ロゴスの彩られた反映

木村直司著

南窓社

「小鳥に説教する聖フランシスコ」
キリスト教的愛の掟は聖人により、すべての被造物に向けられる。
（ボナヴェントゥーラ・ベルリンギエーレ、ペスキア、1235年。
クルト・M・ユング『ヨーロッパ精神史』145頁所収）

アルブレヒト・デューラー作「騎士、死、悪魔」
騎士の形姿は「キリスト教的戦士」と呼ばれることもある。しかし、左下どくろの署名碑年号まえのSは不当な宗教裁判により刑死したサヴォナローラを暗示し、伴走する犬は教会の忠実な僕、地面をはう火いもりは復活を象徴している。すでに1558年に信仰の正当性を認められたドミニコ会士に、1997年、修道会から福士の称号が申請された（パウル・ハンカマー『ドイツ文学史』ボン、1930年所収）。

まえがきに代えて

詩人を理解しようとする者は、
その詩人の国へ行かなければならない。
オリエントに赴いて喜ぶがよい、
古きものが常に新しいことを。
（ゲーテ『西東詩集』「よりよき理解のための注解」から）

天文学に「薄明」（twilight, crépuscule, Dämmerung）という概念がある。とくに日の出前あるいは日没後に大気圏がほのかに光る状態を表示する普通の言葉ではあるが、太陽光が大気および浮遊する微粒子によって散乱されて、空に薄光のあらわれるこの現象は科学的に簡単に説明できなかったようである。以前、おそらく太陽を直接眺めて観察または観測できなかったからであろう。それは歴史のあけぼのについても比喩的にある程度まで適用できるように思われる。シラーがイェーナ大学教授就任講義「普遍史を学ぶことの意義と目的」（一七八九年）において強調しているように、太古の自然と歴史の始まりは人知の薄闇に深く包まれているだけでなく、終末論的なヨハネの黙示録におけるようにもし世の終わりがいつか来るとしても、その到来の時期も最後の審判の状況も個人の生と死以上にまったく判然としていないからである。いま宗教的あるいは哲学的に思弁をめぐらすことをせず、知りうる限りの具体的な歴史の始まりに向かうならば、インド・中国・エジプト・ギリシア・ローマなど至るところに宇宙生成についての神話や伝承がある。『古事記』は「豊葦原の瑞穂の国」の起源を扱っているだけであって、アジアさえまだ視野に入っていない。

少なくともヨーロッパ文学の濫觴に見出されるのは、言うまでもなくホメーロスとウェルギリウス（前七〇―前一九）である。ホメーロスの人となりについては何も知られていない。しかし古代ローマ詩人の誕生日は十月十五日であることが知られており、一九三〇年の同日にドイツでもウェルギリウスの生誕二千年が祝われた。翌年にヘルマン・ヘッセにより称讃された名著『西欧の父ヴェルギール』を発表した反ナチズムの思想家テオドール・ヘッカー（一八八九―一九四五）は、「白バラ」運動のミュンヘンの学生たち、とりわけショル兄妹の精神的指導者であったが、ドイツ人がホメーロス心酔のあまりまさに、ハーメルンの笛吹き男のような偽予言者の跡をつけて没落への道を歩みはじめたその時に、ヘレニズムを曲解する悪夢のようなファウスト・イデオロギーに潜む政治的危険性にいち早く警鐘を鳴らした。そして古代ローマ「事物の本性について」の詩人ルクレティウスの言葉「われわれの心から永遠の悲哀を取り去る日は来ないであろう」と『アエネイス』にいわれている「涙は苦しみから流れ落ちる」をふまえた同郷の詩人ヘルダーリンから次の詩句を引用した。「誰も私の額から悲しい夢を取り去ることはできない」。生（ビオス）と精神（ロゴス）の相克を時代の根本問題として把握していたヘッカーはまた、続刊の著書『人間とは何か』序章の中で、「東洋の父老子について一書を著す人が出てくることは大いに考えられる」と述べていた。ドイツではたとえばシュヴァイツァーにおけるように、倫理的な孔子より形而上学的な老子の評価がむしろ高いとはいえ、『論語』にはR・ヴィルヘルムをはじめ優れたドイツ語訳がいくつもある。「唐詩選」はもちろん、日本語の読み下し文のほうが私にはしっくりする。まして、中国のある友人から贈られた美しい古典的挿絵にそえられた、横書きの略字漢字表記には多少の違和感がある。

ギリシアの詩人とローマの詩人に外面的に共通なのは、両者の代表作に見られる旅ないし遍歴の主題である。航海のきっかけに公私の違いがあるとはいえ、オデュッセウスもアエネイスも共に長いあいだ海上をさまようのである。その際、ウェルギリウスがホメーロスを文学的に模倣したのかどうかは問題ではない。それは李白の「春夜に桃李園に宴するの序」と芭蕉「奥の細道」の書き出しを比較するのと同じ、文献学的な別の次元のことがらである。そこには無論、共通性もあれば違いもある。筆者の関心事はいま、後者が省略した前者の「それ天地は万物の逆旅なり」という前置きだけである。逆旅とはもともと宿屋を意味していたようであるが、それは芭蕉において月日と言いかえられた本来の「光陰」の移り行く時間性と対比された広大無辺の宇宙空間をさしており、ローマ人ウェルギリウスとギリシア人ホメーロスにおける世界像の差異を暗示しているようにみえる。『アエネイス』によれば、夢の国に象牙の門と角の門とがあり、象牙の門からは偽りの夢が、角の門からは真の夢がでるといわれる。このような違いは、海上の暴風雨をイスラエルの預言者ヨナが鯨のような大魚の腹の中で避難したとき更に大きく現われてくる。

いずれにしてもわれわれ人間は、ゲーテの描く悲劇的形姿エグモントが「デモーニッシュなもの」（魔神的なもの）に関する『詩と真実』の結びで語るように、究極においてどこから来てどこへ行くのか分からない。ゆえに人間の一生について、シェイクスピアの『テンペスト』第四幕に「我等は、夢の織りなされると同じ品柄で、我等の小さい生涯は眠りを以て取り圍まれてゐる」(石田憲次訳)といわれている。東洋では昔から「酔生夢死」あるいは「池塘春草の夢」といわれ、西洋でもたとえばカルデロンに「人生は夢」、グリルパルツァーに「夢は人生」という文学的イメージがある。ノヴァーリスになると「青い花」はロマン派的夢の象徴そのものである。また近代科学的にフロイトは、ゲーテの夢体験にうながされて夢解釈をはじめ、人間の深層意識を発見した。しかしながら、人生はやはり幸不幸の夢幻の時ではなく、善かれ悪しかれ過去・現在・未来の多少とも明確な記憶の連続であると思う。青年時代の初期に私が聖アウグスティヌスの『告白』から学んだのも、天国とは少なくとも心に刻まれた美しい記憶であり、地獄とは自分の犯した罪と拭い去れない悪行の追憶にさいなまれることに他ならないという観念であった。それは漂泊の旅の途上に思い浮かべる山水画の風景と異なる、キリスト教的に刻印されたホモ・ヴィアトール(旅する人間)の善悪と決断の緊張をはらんだ内面生活のイメージである。

死生観へのこのような倫理的反応の漠然とした存在論的前提は、戦時中に来日したことのあるドイツの著名な教育学者エドワルト・シュプランガー(一八八二―一九六三)がその標語的著書『現世敬虔』(ライプツィヒ、一九四一年)において指摘しているように、ヨーロッパ中世のキリスト教徒にとって、ゆえにキリスト教的西欧の人間にとって、宇宙が一般に三階建ての構造を有していたことである。それは天国・現世・地獄から成り立っていたのである。ヨーロッパ中世においては、実際、ダンテの『神曲』に描かれているように、天国と地獄の中間にさいわいなお煉獄といわれる世界があり、人間には痛悔あるいは改悛の機会が残されていた。こうしてプトレマイオス的宇宙遍歴のさい、詩人を悪徳の渦巻く下界と煉獄の島へ導いていくのはローマ建設の叙事詩『アエネイス』の作者ウェルギリウスであって、後者の浄罪界の頂上に地上の楽園がある。そして信・望・愛の天上界への導き手はダンテの「永遠の女性」ベアトリーチェである。回心まえのアウグスティヌスは、毎日、全十二巻から成る『アエネイス』を半巻ずつ読んでいたと白状しているが、彼にとってもダンテにとっても、精神的模範はプラトンでもアリストテレスでもなかった。イギリスの枢機卿ジョン・ヘンリー・ニューマン（一八〇一―九〇）が指摘しているように、ウェルギリウスの語る言葉こそ自然の声そのものであり、ホメーロスではなく、このラテン語詩人が中世全体をとおし予言者あるいは言葉の魔術師と見なされていたのである。

ところが、ルネサンス以降のヘレニズムにおいては人間の想念から地獄が消滅し、現世がむしろ煉獄の性格をおび、近代の世界像にはもはや天上と地上の世界しか存在しなくなってしまった。宇宙空間にロケットの飛び交う現代においては、宗教的な意味の天上さえ存在が危うくなってきたようにさえ見える。なるほど、ヨーロッパ人の生活は依然として、一般に神・世界・人間の相互関係から成立している。人間はたえず高みからの落下の危険にさらされながらも、たいてい希望を捨てずに多かれ少なかれ向上の努力をしている。『ファウスト』第一部「劇場の前芝居」の末尾を支配人はなお朗らかに、「狭い小屋掛け舞台の中で／被造世界の隅から隅まで駆け回り／すばやく慎重に／天国から世界を通って地獄まで踏破するがよい」（二三九―二四二行）と結んでいる。他方でゲーテは典型的な近代人ファウストに、「メメント・モリ」（死を想え）といわれる中世的な死を目前にして次のような捨て台詞を言わせている。

地上の圏域を私は充分に知っている、
天上への展望はわれわれに失われている。
愚か者は、そこに目を向けてしょぼつかせ、
雲の上に自分と同じような者がいると思い込んでいる。
ここでしっかりと立ち、あたりを見回すがよい。
有能な者をこの世は放っておかない。　（一一四四一―一一四四六行）

たしかに現代においても、自分の姿を凸面鏡あるいは凹面鏡で見ると大きく歪んで見える。幼少年時代に故郷のデパートの最上階で通りすがりによく見ていた私自身の鏡像に照らしても、青年時代のヴェルテル的抑鬱による自信喪失あるいはファウスト的誇大妄想の躁状態はいわば精神的自画像の先取りであったように思われてくる。後年それは、レーゲンスブルクにおける最古の教会の一つ、ロマネスク様式のエメラム教会の外にある、小さな建物の一室でふたたび変形して体験されることになった。仕切りのドアがたまたま開いていたので、左手の壁面と隣室の奥にあった二つの鏡がほとんど向かい合う位置にあった。ふと見ると一つの鏡に映った自分の姿がその鏡の枠ごと他の鏡に反映していた。そして視線をずらすと、この鏡の中の自分がまた元の鏡に映っているように見えた。このときゲーテの後述する小論文（五五頁以下）にある「繰り返された反映」ということが実感をもって経験され、以来それは脳裏に去来するさまざまな思い出の個人的な比喩となった。もと

より、それらの映像はゲーテにおけるような甘美な恋愛体験などではなく、むしろ自分の研究生活に伴う苦い思い出と海外における悲喜こもごもの旅行経験が大半であった。しかし、それはまた『ファウスト』第二部冒頭「優美な地方」の結びの句「われわれは彩られた反映において生を把握する」と容易に結びつくものであった。Jugend（青春）と同様に多義的なドイツ語の Leben（生）は生命・生活・人生を含意し、シュヴァイツァーの「生への畏敬」のように、生きとし生けるものの生きようとする意欲に適用できるものである。

学生時代のさまざまな体験が繰り返されることになったのは、帰国後の母校におけるさまざまの教職活動をとおし、とりわけ一九八二年後期の二度目のミュンヘン滞在および定年退職後のドナウ河畔レーゲンスブルクにおける授業経験をとおしてである。さらにウィーンとスイスの首都ベルンへは、その前後から、ある文化科学研究所と出版社との関係でしばしば行くようになった。ウィーンからチューリヒまではインスブルックを経由してアルプス沿いに一本の列車で直結されていた。こうして、ミュンヘンにおけるゲーテ研究を中心とする学生生活とならんで、南ドイツ中心のある程度まで個人的な、後半生におけるヨーロッパ各地の滞在は四つの研究テーマから成り立っていた。㈠日本における夢想していただけのドイツの現実的体験、㈡バイエルン・オーストリア・スイスで見たさまざまな文化景観の帰国後の再検討、㈢ヨーロッパ遍歴中に見聞したアルプス地方自然の追体験、そして㈣スイス出自のルドルフ一世に始まる神聖ローマ帝国ハプスブルク王家に関する知見の自分なりの集大成である。これらは截然と区別できないだけではなく、晩年の私の渾然一体となったヨーロッパにおける自然・歴史・文化の多彩な心象風景となっている。

もとより、ドナウ河は私にはどちらかといえば、「ドナウの航路図は私の地図だ。私がそこで調べるのはオリエントへの不滅の街道である。この街道を訪れる人は年をおって多くなり、その力強い流れに乗っていく詩人たちはいつか、どの灌木、どの石もここで秘めている詩歌の宝を掬い上げるすべを心得ているであろう」と述べたハンス・クリスティアン・アンデルセン（一八〇五―七五）のばあいと同様、生きいきとした自然体験というよりも古い歴史景観である。これに対しライン河の源流スイスは、私にとって自然・ゲーテ・詩作品をとおしてもうかなり長いこと、ミュンヘンと同様ひじょうに親しみ深い日常的存在である。それは最初の出会いのときから、気候風土と文化の面で、隣接するバイエルンおよびオーストリアとなんら変わらない地域であった。ただ率直にいえば、この国を私はやはり、ドイツとオーストリアのように多年にわたる現実の生活体験をとおしてというよりは、書物や交友をとおして、それも過去の時代からより多く知っているだけであった。一度試みたツアー参加のあと自分でまたスイスを一人旅してみて、私は自分のスイス理解がまだまだ足りないことを痛感せざるをえなかった。それは旅行体験がどうしても一時的な、自戒の念をこめていえば外見的な印象に留まるからである。とくに旅行記の最大の危険ないし弱点は、個人的な体験をすぐ一般化してしまうことである。その際、良い印象は手放しの讃美になりやすく、悪い印象は根も葉もない浅薄な批判や悪口を誘発することになる。

　そこで私は、ゲーテが一七九七年の第三次スイス旅行のさい行なったように、現在のスイスに関するできるだけ多くのパンフレット的資料を判断材料として渉猟することにした。過去のスイスについては、ゲーテのスイス旅行関係の文献資料を入手しうる限りほとんどすべて所有しているからである。私が数年まえ、詩人的科学者ゲーテの自然科学的発展を反映している四つの紀行文を一書にまとめ、それをあえて『スイス紀行』と名づけて刊行した意図は、スイス旅行を詩人的科学者ゲーテの自然研究の基盤として指摘すると同時に、スイス体験の意義を偉大な詩人の自己発見の旅として明らかにすることであった。彼の形態学的動植物研究はたしかにイタリア、とくにシチリア島のパレルモにおいて本格的に始まる。しかし、その方法論は私見によればチューリヒの牧師ラファーターの観相学研究への協力をつうじて触発され、岩石と気象に対する興味は、とりわけイタリアを望むゴットハルト峠への三度の徒歩旅行により喚起されたのである。

一方、私はヨーロッパにおける自分のさまざまな旅行の思い出を、いくつかの自伝的叙述のさいに、記憶の湖底からできるだけ明確に呼び起こそうと努力した。それは無味乾燥な客観的報告ではなく、あくまでも自分の個人的体験ではあるが、ゲーテを含め先人の体験や考察をしばしば引用することにより記述にある程度まで客観性と文学性を持たせるように心がけた。私が青年時代に見た心象風景は広義の南ドイツからイタリアまでヨーロッパ全般に及び、多種多様な形で変形され繰り返されていった。カナダ・アメリカ・イギリス・フランス・ロシア・ポーランドへは、教職についてから種々の学会参加あるいは知人訪問のために何度か行った。それはスイス出身の師友トマス・インモース神父のいう西洋とも通底している東洋人としての無意識的元型というよりは、キリスト教の伝統の中で生まれ育った一日本人の深層意識のめざめであったように思われ、これは書くことによりますます意識化されていった。

そのうえ私は松本へ行く途中の中央線の車窓から南アルプスや八ヶ岳を繰り返しながめ、一年の大半を北アルプスの山麓で暮らしているため、現実と追想が一緒になってもはや截然と切り離すことができない。芭蕉は鬼神の思いにかられて「奥の細道」への遍歴に出かけた。私は俳諧をたしなむほど風雅の道を解さないので、「閑（しづか）さや岩にしみ入る蝉の声」が実感される森の中に蟄居しながら、まとまった研究論文を執筆できないときは筆のすさびにせめて紀行文的なエッセイを書くことにした。その他、とりわけ退職まじかの二つの行事は、自分で主催したこともあり深く記憶に残っている。一つは、一九九八年十二月十二日と十三日に上智大学ドイツ語圏文化研究所で開催された国際シンポジウム「ＥＵとドイツ語圏諸国」である。ウィーンでＥＵ首脳会議が行なわれていた時とちょうど時期が重なり、当時の議長国オーストリアのヴコヴィッチ大使に出席していただくことができた。閉会にあたり私の行なったヨーロッパとの出会いに関する短いスピーチは、それまでの経験を要約した次のようなものであった。

「今回のシンポジウムについて少し個人的な体験と、それにもとづく私見を述べさせて頂きますと、私とヨーロッパの付き合いはもう四十年になります。私が一九五九年に初めてドイツへ行ってから見聞したヨーロッパは一言で申しますとライン河中心でありました。その頃はすでに鉄のカーテンがありましたので、東独との国境線が西欧と東欧の分け目でありました。従ってそれから先の東の方はよく見えませんでした。逆の見方をしますと、ＥＷＧとＥＧというものが組織されていったときの「砦」ヨーロッパの概念はこの意味の西欧にねざすもので、独仏ともに相互の結束を必要としておりました。ところが、その四十年後にベルリンの壁が崩壊しますと、エルベ川の上流チェコのモルダウ川、ポーランドとの国境オーデル川とワルシャワを流れるヴァイクセル川が視野に入ってきて、これらの地域はもともと中欧と呼ばれていたことが分かってきました。それればかりではなく、ソ連邦が消滅しますと、ヴォルガ河もかすかに見えてきました。なぜなら、ヴォルガ・ドイツ人と呼ばれる人々が東西ドイツの統一後、突然レーゲンスブルクに姿を現わしてきたからであります。そのうえ、EU成立後のユーゴスラヴィア紛争とともに、ドイツのシュワーベン地方からトルコの黒海まで、ヨーロッパを東西に流れる唯一の川であるドナウ河が特別な意味をもって現われてきました。ウィーンの東にブダペストがあり、その先にベオグラードがあって、オーストリア・ハンガリー二重王国の東部を含むこれらのドナウ流域がほんらいの意味で東欧と総称されていたことに、私はしだいに気づいてきたからであります。すなわち、欧州連合と呼ばれるときのヨーロッパの概念は、ベルリンの壁が崩れる前と後では著しく変化し、それに伴ってEUの意義と役割も変更を余儀なくされてしまったように思われました。イギリスがこの大陸ヨーロッパに対して政治的になぜ依然として距離をおいているのかは、昨年の秋にドーヴァー海峡をわざわざフェリーで渡って見たときに少し分かりました。それはある程度まで、釜山から下関までフェリーで渡ったときの体験に似ておりました」。

もう一つの行事は、同年十月二十四日に行われた国際シンポジウム「スイス――その変貌と持続性」である。それはトマス・インモース神父の傘寿を記念して、マンツ・スイス大使列席のもと開催された。「他のヨーロッパ諸国のアンチテーゼ」である多言語・多民族・多文化のスイスに関する問題提起は次のように要約されていた。「チョコレート、チーズ、時計、アルプスの少女ハイジ、マッターホルン…これは日本人が抱く典型的なスイスのイメージである。しかし、それ以上のこととなると誰もがよく知っているわけではない。たとえば、スイスは永世中立を政治原理とする平和国家でありながら、なぜ強力な軍事力を保持しているのか、なぜスイスは国連加盟もまたＥＵへの加盟も拒否したのか、四つの言語と、人口の二〇パーセントを超える外国人居住者をかかえながら、なぜ国家としてのまとまりを保っているのか、等々、われわれから見れば疑問の種は尽きない」。

政治・経済・社会の問題はさておき、インモース神父の研究領域は一方で宗教学・哲学・心理学、他方でスイス・日本・オーストリアであった。同師はサバティカル（研究休暇）を利用して、ウィーン大学で客員教授として比較宗教学を教えたことがあった。同師はそれらの経験にもとづき、シンポジウムの折に「私の日本との出会いを記述しようとすると、内的な必然性に従って、日本が私のもっている可能性の展開のために提供してくれたすべてのものに対する感謝の表現へと発展していく」として、「日本におけるスイス人としての私の人生」という感銘深い講演をされた。比較文化のために参考になるだけではなく、反対方向に渡独した私のヨーロッパ体験にもある程度まで当てはまるものであった。

「一九五一年一月五日、神戸に上陸したとき、私は最初の大きな失望を味わった。爆撃によって焼き払われた港町の廃墟には、優雅きわまりない芸術趣味の国での高尚な美的生活というユートピアを思い出させるものは何一つなかった。このユートピアは、ロンドン大学のアーサー・ウォーリー教授の講義を聞いている間に私の心に閃いたものであった。

翌日、奈良を訪れたとき、私は本来のカルチャー・ショックを体験した。薄暗い寺院の中で金色に輝く数々の巨大な仏像は、私に異様な印象を与えただけではなく、一種の嫌悪感さえ惹き起こした。この全く異種の文化にいつか親しむことができるかどうか、私は疑わざるをえなかった。それから猿沢池のほとりでお弁当を食べたときには、旅の荷物をほどかずに、帰国することを考えたほうが賢明ではないかという考えさえ浮かんできた。

ところがその時、隣のベンチに腰掛けていた小さな女の子が立ち上がり、私のところへやってきてお辞儀をし、供物をするような格好で私にミカンを一つ差し出した。ずっとあとになってから、私はそれが埴輪の人形に見られるのと同じであったことに気づいた。

なす術もなく茫然としていた丁度その時に、あの完全性の象徴である〈黄金のりんご〉が私に差し出されたことにより、私の心は限りない喜びで満たされた。私は、この少女の姿に日本は私を受け入れてくれたのだ、私はこの民族、この国、この文化をあらゆる異質なものがあるにもかかわらず好きになるだろう、と感じたからである（後略）」。

ラインラント出身の故クラウス・ルーマー神父が関東大震災の日に横浜に入港し、広島の原爆を体験されておられたのに対し、スイスの原初州（ウルカントン）シュヴィーツ出身のインモース神父は、イエズス会士でなかったこともあり、詩人的なホイヴェルス神父とも異なる別のタイプの文学的宣教師であった。ゲーテはスイス旅行の際にはいつもシュヴィーツの町を通過し、険しいハッケンの山のはざまにある峠道を越えていったので、インモース師の出自を知るのはきわめて興味深かった。一九六六年冬学期に「アイヒェ」という母校独文科のドイツ語学生新聞に次のような自己紹介記事が見出される。それによれば、あとで知った多くのスイス人のあらゆる反感にもかかわらず、スイスという国はやはりハプスブルク家の鼻祖ルドルフ一世と切っても切れぬ関係にあるのである。

「私の故郷はシュヴィーツ、原初スイスの村でカントンである。われわれの誇りは、全スイスに名称と紋章をあたえたことである。ブルグント地方のある町攻略にさいしそれが武器をとって加勢したことへの感謝として、皇帝ルドルフは一二八九年、シュヴィーツの村人たちに自分自身の軍旗を贈ったのである。それはドイツ皇帝の旗で、右端の上に十字架というキリスト受難の道具が描かれていた。そこで十字架が私の故郷の紋章に取り入れられ、そこからスイスの旗ができ、のちには赤十字のしるしとなったのである。古い市場町シュヴィーツが一度も防禦壁を有していなかったのは、周囲を環状の山々によって守られていたからである。広い谷間にあり、フィアヴァルトシュテット湖からほど遠くないところに位置し、それはアレマン人に典型的な開放的な居住地で、村の中心を個々の農地が取り囲んでいた。教会のまえの広場から五本の街路が延びていた。肥沃な牧草地の中に点在しているのは二十以上の古い都市貴族の家々で、彼らはかつて外国の王たちに士官ないし指揮官として仕え、名誉と富を賦与され、故郷が平和なとき晩年を過ごしていた。今日まで住民たちは工業化に抵抗し、自分たちの農民的・市民的な生活様式を守ってきた。郷土の詩人はマインラート・イングリンで、彼は倦むことなく自然景観の神話的偉容とその豊かな歴史を叙述した」。

ゲーテは第一次スイス旅行から帰国した直後、一七七五年七月二十七日付で、『若きヴェルテルの悩み』のロッテに黒い眼をあたえた新しい恋人マクセの母親ゾフィー・フォン・ラローシュ夫人に、自分にとってのスイスの存在意義を早くも次のように書き送った。「スイスのような国を知っていて幸いです。私はこれから先どうなるか分かりませんが、そこにとにかく逃避する場所があります」。当時、バイロンやシェリーなどの詩人、あるいは音楽家ワーグナーなど、あるいはまたEUの思想的生みの親クーデンホーフ＝カレルギーなど、スイスに一時的に亡命した人々は枚挙にいとまがない。若いアレクサンダー・フォン・フンボルト（一七六九―一八五九）は、政治的亡命の必要はなかったが、一七九五年のスイス徒歩旅行のさいにすでに彼の科学方法論、図表的記述であるいわゆる「自然絵画」の着想を得たといわれる。その際、この旅の自然景観的クライマックスはルツェルン周辺の風光明媚なフィァヴァルトシュテッテ湖で、彼はここに「スイス全体のもっとも優美な地方」を見出し、いつかこの地方に住むことさえ夢見ていた。それは次の彼の手記に色濃く反映している。自然科学者の眼で見られているだけに、それは当地を『スイス紀行』の中で描写したゲーテの再来を思わせる。

「流水が土砂の小堆積を寄せ集めると、植物が芽生える。こうして草本の島々がゴットハルト峠とベルナール峠の人けのない花崗岩ブロックのうえに見られる。モンブランの氷河の真っ只中においてもそうである。これらの島々は珊瑚礁でと同様に地衣類で包囲されている。いとも肥沃なさまざまな地域もかつて、地球体のむき出しの、まだ覆われていない大地の上のこのような島々であった。木々の枯れた葉により土砂の堆積が大きくなってくると、人間が巣くい、住みつく。そのようにフィァヴァルトシュテッテ湖の雪どけ水はゴッテスヴァイルダー・プラッテの背後で土砂を、二つの岩のあいだにある唯一の割れ目に寄せ集めた。そのさまざまな亀裂の中に個々の樅の木が成長してくる。この小さな芽生えの繰り広げられた場所は太古のものである。なぜなら、湖のこちら側とあちら側で岩層は一様の傾斜をしており、ゆえに谷間であって、いまや湖が海の深さにまで刻まれ、固い岩石にまで及ぶからである。厚い草地がなだらかな表面を覆い、広葉樹のブナで占められる。それらは群生して小さな藪を形づくったり、夕日の最後の残光の中で、長い影を草地のうえに投げかけたりしている。個々の樅の木が高山から岸辺まで下ってくると、ここには岩のブロックが分散して横たわっている。しかし緑の沃野がいわば緑の湖面に消失するところ、かの穏やかな地域にまで、それらは侵入してこない。谷間の中央で、岩の割れ目がいかに乏しくても、清らかな小川が流れ落ちてくる。そのほとりに教会が立っている。前景に樹木はないが、墓地のうしろではブナの葉がざわめいている。湖畔には漁師の家々が並んでいる。そこで少年たちが水と戯れている。断崖が空に向かって聳え立つ谷間の終わりには、万年雪で覆われた静かな山の背が突出している。この場所はシシコンといわれる」。

日本にいながら疑いもなくドイツ的伝統の中で生まれ育った私は、古い世代のゲーテ研究者として、教養にほかならない人間形成を、ドイツ十八世紀の徒弟制度の枠内で考えながら自分をささやかながら学問的な徒弟および職人とみなしていた。そして修業時代のあと文字どおりの遍歴を繰り返しながら、専門的になんとか親方の域に達しようと努力してきた。ドイツ語のマイスターにはなるほど名人の意味もある。しかしゲーテはシラーに向かって、自分の長編小説の主人公はほんらいヴィルヘルム・マイスターではなく、ヴィルヘルム・シューラー（生徒・弟子）と呼ばれるべきであったと述懐している。ヘルマン・ヘッセも彼の教養小説『ガラス玉演戯』の主人公をヨゼフ・クネヒトと名づけている。クネヒトとは下男・下僕のことである。

ドイツではゲーテ時代のあと、多くの詩人と作家たち、シュヴァイツァーでさえ、いわゆる「エピゴーネ（亜流）の時代」に生きているという意識に苦しまねばならなかった。チューリヒの詩人ゴットフリート・ケラー（一八一九―九〇）の教養小説『緑のハインリヒ』の主人公はまだ画家志望で、女性の愛が重要な人間形成手段であった。私のばあいも青年時代からいつも、自分の生き方がエピゴーネの字義どおり時代遅れであるという自覚を持っていた。自然科学はいざ知らず、人文系の学問は時代がたてばたつほど研究史が研究材料とともに雪だるまのように膨れあがり、遅く生まれてきた研究者は堆積した知識の中で窒息するか、溺れ死ぬかのような生活感情を味わわざるをえないのである。その中で新しい境地をみずから開拓し、前人未踏の認識に達することなど至難のわざである。アレクサンダー・フォン・フンボルトは、自然もいくつかの類型を繰り返すことを指摘しているが、ゲーテも明確に、精神の領域で完璧な独創などありえないと述べている。トーマス・マンの二十世紀の代表的教養小説『魔の山』の主人公ともなると、アルプス高地ダヴォスの自然の中で、芸術制作にも科学研究にも従事することなく、熱烈な恋をすることもなく長い年月を一見無為徒食の療養生活で送らなければならない。これはすでにある程度までドイツの伝統的な「教養小説の崩壊」（池田浩士）である。

もちろん、ゲーテが創作にあたり念頭においていたのは、円熟した境地の古典主義的な『ヴィルヘルム・マイスターの修業時代』（一七九五／九六）のことであった。これに先立ち彼は一七七六年から八六年にかけて、まだシュトゥルム・ウント・ドラング的な気分の『ヴィルヘルム・マイスターの演劇的使命』を執筆していた。彼がワイマール前期十年ののちイタリア旅行（一七八六―八八年）に出かけたこともあり、人形芝居に熱中した主人公の幼少期から始まるこの作品は未完に終わっていた。さいわいチューリヒのバルバラ・シュルテス夫人の筆写した草稿が一九一〇年に発見されたため、それは翌年に出版され邦訳もある。ワイマールの女官ルイーゼ・フォン・ゲヒハウゼン（一七五二―一八〇七）の遺品のなかに発見され、一八八七年に『ウルファウスト』として印刷された初稿の『ファウスト』と共にゲーテ文献学における大発見であった。ゲーテが続編として『ヴィルヘルム・マイスターの遍歴時代』初稿を発表したのは、一八二一年のことであった。その数週間まえには、プロテスタントの牧師ヨハン・プストクーヘン（一七九三―一八三四）のゲーテに対する道徳的個人攻撃である偽作『遍歴時代』が出版されるトラブルがあった。しかし、恐らくこれを知らずに初稿がトーマス・カーライルにより英訳されたので、わが国にも明治・大正時代にすでにそれを読んでいた人がいるかもしれない。しかし現在一般に知られている決定稿は、『修業時代』刊行直後の一七九七年に執筆を開始され一八二九年の刊行まで徐々に成立した。それは『ファウスト』第二部と同様に、もはや演劇あるいはシェイクスピアないしハムレット体験などによる個人的人間形成ではなく、深遠な自然認識と社会倫理的諦念を主題とする晩年の作品である。その過渡期にあたるのが、一七七五年十一月のフランクフルトからワイマールへの移住後におけるイルメナウ鉱山再開発事業に伴う着実な自然研究と、イタリア滞在中の実践的芸術体験であった。

『修業時代』が青少年時代における愛読書であったのに対し、『遍歴時代』はゲーテ学徒としての後年の私にとり、正にその非古典主義的な文学形式により研究対象として刺激的であった。なぜなら、若い進歩的貴族たちの結社によるアメリカ移住計画と結びつくヴィルヘルムの個人的遍歴物語はさまざまなジャンルの断章的な作品を包含していただけでなく、思想的にも有機的な教養理念と完全性の美学から、諦念の倫理的理念と構成分子が自己の責務をはたすオーケストラ楽団員のような理想的社会の形成へと進展していたからである。後者は「もはや美しくない」抽象美術と必ずしも物語性を追求しない二十世紀の現代ロマーンに通じ、前者は個人主義的市民社会を突破するなんらかの意味の社会主義を内包するものであった。しかしながら、やがて明らかになったのは、続編の『遍歴時代』にファシズム的全体性国家に濫用されうる契機ないし萌芽が潜んでいたことである。そこではオーケストラの指揮者の指導理念と資質がフマニテートの意味で自明のことのように前提され、楽団員の音楽的技能は政治的に「滅私奉公」のように曲解されえたからである。私が他の場所で資料をもとに論証したように、『修業時代』に傾倒した善良な市民による『遍歴時代』のこのような政治的受容の仕方は、一九三〇年代のドイツでも日本でも認められた。戦後これとの関連で強調されたのが、プロイセン的ナショナリズムの時代におけるドイツ人ゲーテのヨーロッパ性であった。

刊行年が順不同であったとはいえ、著者の自伝的論文集『未名湖』は、第一部「イザールアテンの心象風景」、第二部「ソフィアの学窓」、第三部「屋根裏のコックピット」、本書第四部「ロゴスの彩られた反映」をもっていちおう完結する。それらは青少年期における精神的彷徨のあと自立的な人生の旅を歩みはじめたミュンヘン留学時代、半世紀ちかい母校における教職活動、海外におけるさまざまな旅行体験および長い研究生活の自己反省を包括するものである。私はもともとヘルダーからヴィルヘルム・フォン・フンボルトの言語哲学へ進み、言語学者ヤーコプ・グリム研究に向かうつもりであったが、残念ながら前提条件となるギリシア語やラテン語の知識が不足していた。そのため、本書の序章「ゲーテの文学的告白」はゲーテ研究初期に書いた未完の旧稿に自然研究者としてのゲーテの告白概念の意味内容を加味したものにすぎない。第一章「曾遊の地ミュンヘン」はこれまでの種々の自伝的叙述をとりあえず擱筆する紀行文的断章である。第二章「アジアにおけるゲーテとシラー」の前半は中国と韓国に関連したいくつかの断章、後半は北海道日独協会創立六十周年記念シンポジウム「ドイツ文化と北海道との邂逅」での講演草案である。第三章「南ドイツの文化遺産」は定年退職後における、とりわけロマンティック街道を中心とする折々の旅行体験を一章に纏めたものである。第四章「中世の文学街道『ニーベルンゲンの歌』」は学生時代からのドイツ中世文学に対する興味の名残であり、第五章の二十世紀の女流作家「ランゲッサーにおける現代の神秘主義」についての宗教的関心と容易に結びつくものである。第六章「ゲーテの色彩美学」は、過日「めぐろシティカレッジ」の講座『「色」が結ぶ世界　自然・文化・心』において行なった講演の草稿である。ゲーテの色彩研究について人前で話をする最初の機会であった。著者のゲーテ研究は定年前後にフンボルト研究に向かうことにより転機を迎えたが、アレクサンダー・フォン・フンボルトをゲーテの人文学的自然科学における後継者とみなす見地から、それは断絶ではなく自然な展開であって、第七章「フンボルトによる中国の地理学的発見」はその研究の一端である。中国および韓国における個人的な旅行体験はいずれ別途に発表する予定である。定年退職後私は同年の友人張玉書教授のもとで一時期を過ごしたので、共通の傘寿を記念してわれわれは北京大学構内の美しい人造湖のまわりを改めて一周した。しかし、この大きな池の一角に立っている石碑に刻まれた名称「未名湖」のように、私の人生には未だに名がないのである。

なお本書の執筆中に、畏友の張玉書北京大学教授は大気汚染が悪化するばかりの北京市を逃れて万里の長城近くの寒村に転居し、心機一転ふたたびドイツ文学の訳業に専念できるようになった。また校正中のこの夏には独文学シンポジウムのため二度ソウルへ行き、とりわけ旧知のソウル大学名誉教授池明烈氏から、日韓文化交流について貴重なお話を伺う機会があった。これまで日本の古典文化よりもドイツ文学と親しんできた著者は、仏典と漢籍に通暁したキリスト者新渡戸稲造のことを思い心中忸怩たるものがあった。ゲーテ自然研究の完成者であるアレクサンダー・フォン・フンボルトも、晩年の主著『コスモス』の中ですでに、シーボルトの日本研究をとおしてアジアにおける仏教と植生の分布の関連についてかなりの知見を得ていた。十年まえに訪れた韓国の名刹海印寺「高麗大蔵経」経板とともに、我が国への仏教伝来の経路が今後の研究課題として浮かび上がってくる。時あたかも日本で日韓国交正常化五十周年記念の特別展「ほほえみの御みほとけ仏——二つの半跏思惟像」が開催され、足の組み方の異なる本書のカバーの騎士像ははからずも、東西の類似と差異を示唆することになった。そのうえ江戸東京博物館では、シーボルトの「日本博物館」がほとんど同時企画として展示されている。多年にわたり筆者の研究をささえて下さった南窓社社長岸村正路氏と編集者松本訓子氏に改めて深謝申し上げたい。

二〇一六年七月二十二日、北アルプス山麓

木村直司

ロゴスの彩られた反映　目次

目　次

ロゴスの彩られた反映

序　章　ゲーテの文学的告白

後世になにか役立つことを遺そうとするなら、それはさまざまな告白でなければならない。個人として自分がどう考え、どう思っているか明言しなければならないのである。あとに来る人々は、自分たちに適当なもの、普遍妥当なものを探し出せばよいのである。

（一八二九年十一月一日、ツェルター宛書簡）

告白概念の多様性

恐らく、親友の音楽家カール・F・ツェルター（一七五八―一八三二）に向かって言い表わされたゲーテのこの言葉にもとづき、アルベルト・シュヴァイツァーは「四つのゲーテ講演」の一つにおいて次のように述べている。「人間が自己の精神的遺産として、この世に残すことのできるものは何でしょうか。ゲーテの考えでは、そういう遺産は体系にあるのではなく、後世の人々が、われわれが何を思い、考え、体験し、意欲したかを読みとることができるような告白のうちにあるのであります。こういう自己伝達から、後世の人々は、彼らに価値ありと思われ、永続する真理の印象を彼らに与えるものを選びとって、自己のものとするでしょう。その点でゲーテは自己に対して忠実をまもりぬきました。われわれにまとまった世界観はのこさずに、たんに彼が人間らしい不完全さのなかで生涯にわたって実現しようとした人生観の諸断片を、告白としてのこしただけであります」（手塚富雄訳）。

ゲーテはこれらの考えを、後期のある自然科学論文の中でさらに「われわれが言い表すすべてのことは信条の告白である」と言い換えている。「すべてのこと」といわれる以上、自然に関する論文だけではなく、心情について語られたあらゆる詩作品も含まれていることになる。この意味で彼のファウスト文学は、外面的な規模においても、テーマの多様性、内面的な思想・感情の豊かさにおいても彼の全作品の中でもっとも充実したものである。しかし主人公が自然研究者として登場するのは、『ファウスト』第一部「夜」の場面においてだけであって、ゴシック風の書斎からメフィストを道づれに立ち去ったあとのファウストは、世俗の世界におけるグレートヒェンの愛人、ヘーレナを求めるエロス的人間、海岸から埋め立て地を獲得しようとする植民者的征服者である。ゆえに、画家ヴェルテルと同時期に制作され始めたこの形姿には、若い詩人の文学的告白が多々認められるとはいえ、自然科学者としてのゲーテの告白は比較的わずかである。しかし自然と精神の汚れない根源であるロゴスを探究する、その限りで熱烈な神探究者であるファウストの「世界を奥の奥で統括しているものを認識したい」（三八二行以下）という決定的な意義をもった独白ほど後世に大きな影響を及ぼしたものはないであろう。

もともと若いゲーテには深い実存の不安感があった。自然をまだ科学的にではなく、もっぱら文学的に体験していた彼は、その漠然とした生活感情を早くから克服しようと努めていた。そのとき詩人のこころに自然に目覚めてきたのが、『詩と真実』第七章に記されている彼の周知の詩的傾向である。「こうして始まったのが、私の一生涯はなれることのできなかったかの方向性である。すなわち、私を喜ばせたり苦しめたり、そのほか心を煩わせたことを一つのイメージ、一つの詩へと変換し、自分自身と決着をつけることである。こうすることにより私は、外部のさまざまな事物についての自分の理解を正し、内部でそれらについて安心することができた。このような才能を私ほど必要としていた人はほかにいなかったと思われる。私はその本性により絶えず一つの極端から他方へと駆りたてられていたからである。それゆえ私から知られるようになったすべてのものは、大いなる告白（Konfession）のさまざまな断片にすぎない」。しかしながら、この詩的才能こそ彼の人間存在への不安をいや増し、生産的に芸術的・科学的形成へとうながす原動力であった。それゆえ告白とは彼において単に自分の弱さを表白することではなく、まさに生来の強さを発揮することに他ならなかった。

自叙伝を書こうと思い立った晩年のゲーテは「昔からかくれんぼ遊びをするのが好きだったことを私は否定しません」（一八〇八年六月二十二日付ラインハルト伯爵宛）と述懐している。中世哲学の研究者ヨゼフ・ピーパーは告白の背後に隠れた「ゲーテの沈黙」に注意をうながした。しかし『西東詩集』「酌人の書」に「詩人は黙秘してもやり甲斐がない／詩作そのものがすでに裏切りだから」といわれているように、詩人が隠そうとしていることの中に「公然の秘密」を読み取ることこそ文学解釈の醍醐味である。ゲーテのファウスト文学成立についても、なるほど『詩と真実』の第三部

第十四章に「ふつう私は執筆に取りかかるまえに、まず何がしかの構想を持たなければならなかった」と述べている。しかし、この構想が具体的にいかなるものであったかは、仲間たち、とりわけ師友ヘルダーに詩人自身によりほとんど明らかにされなかった。ゆえに同一のテクストにもとづきながら、『ファウスト』にはこれまで二百年のあいだにポジティヴなものからネガティヴなものに至るまで、ドイツの時代精神を反映した実にさまざまな解釈が見出されるのである。外国においては言うまでもなく、それに付随して更に、それぞれの国民性が写し出されてくる。そこで戦後ワイマール・ゲーテ協会の会長であったアンドレアス・B・ヴァクスムートなど、ゲーテのある詩句をもじって、次のような替え歌をつくっている。

ファウストの形姿はわれわれには、七つの封印をほどこされた書物だ、
それは解釈者自身の精神にほかならず、
その中にさまざまな時代が反映している。

厳密に区別することはできないとはいえ、ゲーテは告白という言葉を、個人的な「信条の表明」のときはラテン語でCredo、「信念の披瀝」のときはBekenntnis、「心情の吐露」のときはKonfession などと表現する。最初のCredoの用例はもちろん宗教的な発言に限られ、あまり多くはない。『地質学論集』の「さまざまな告白」と「思いきった告白」は、モットーにおいて強調されている科学的信念の意味である。文学的創作により成立する告白（Konfession）については一八一〇年五月十八日付の日記に、ルソーを念頭に「告白を書く人はだれでも、涙っぽくなる危険がある。異常なこと、

犯した罪だけを告白し、自分のさまざまな美徳を告解してはならないからである」と書かれている。これとの関連で、「私から知られるようになったすべてのものは大いなる告白（Konfession）のさまざまな断片にすぎない」という一八〇八年に由来するゲーテの上記の言葉は、後述するように自叙伝『詩と真実』の執筆と密接な関係があり、彼の文学の告白的性格は一般によく知られたきまり文句でさえある。

これに反しあまり知られていないように思われるのは、ゲーテが詩人的科学者として自分の信念を披瀝するさいに告白という言葉をしばしば用いていることである。たとえば「和解の提案」という小論文の中で彼は、自分の自然研究に敵対する一部の専門家たちに対して以下のように敢然と宣言している。「すべてのいとわしい精神的抗争ができるだけ速やかに終息するように、われわれが行なう和解の提案は次のとおりである。誰であろうと各人は、自分の権能を検証し、自問していただきたい、自分は自分の持場でほんらい何をなしたか、自分の使命はなんであるか、と。われわれはこれを毎日行なっており、これらの冊子（ゲーテが発行していた二系列の自然科学機関誌）はそれに対する信条の告白である。われわれはこれを、研究テーマと自分の能力が許す限り明瞭かつ純粋に、邪魔されずに続けていく所存である」。ここで自分の自然研究、とりわけ色彩論について用いられている「信条の告白」とはほとんど宗教上の「信仰告白」の意味である。

実際、自然研究者ゲーテは『色彩論』全巻を歴史編において「著者の告白」で締めくくっているだけではなく、「さまざまな告白」の論文の中でさらに、「ゲーテの著述『自然科学一般のために』および『形態学のために』二巻は、三人の卓越した人物により、イェーナの『一般文学新聞』一八二三年一〇一号、および次号に好意的かつ詳細に書評されている。著者は最初に閲読したのち、下記のように感想を述べた」として自分の自然科学的信念を書き下ろしている。とくに彼が信奉してきた岩石水成論についてはやや譲歩的に次のようにあくまで信念を披瀝している。「この告白により私は決して、自分が新しい学説の敵対者であることを示そうというのではなく、ここでも私の対象的思考の権利を主張しようとするのである。そのさい私が容認してもいいのは次のことである。すなわち、最近の人々は異口同音に自分のテーゼを主張しているが、私がもし以前から彼らのように（フランスの）オーヴェルニュからも、アンデス山脈からも私の直観を獲得でき、私にはいま自然の例外と思われるものを規則として印象に刻むことができていたならば、現在通用している学説（火成論）とまったく見解が一致していたかも知れないということである」。

ゲーテがとくにその感を深くしたのは、『自然の諸相』に収録されている二十歳年下の親友アレクサンダー・フォン・フンボルトの論文「さまざまな地帯における火山の構造と作用の仕方」を読んだときである。しかし例外的に彼は、水成論から火成論への自分の科学的転向を公に告白することなく、むしろ「思いきった告白」の論文において左記のように記していた。

「自然は至るところで活動しうる力により、近いところでも、遠くからでも、遠くへでも作用する。両方の作用はいつでも観察することができる。いかなる観察方法も他のものを押しのけることは許されず、またできもしない。何年もまえに書かれた前掲の文章は、近いところに捧げられている。注目にあたいする自然現象を身近な条件から説明しようとするのである。そうするのは当然であり、いつまでもそうするであろう。しかし、われわれが温泉の起源を直接その場で探し求め見出したように思っていても、それにより誰に対しても、それらを地殻の沸騰する深淵から高山の頂上まで、冷めない熱水のまま噴き上げさせる権限はそこなわれない。後者の物の見方がいまや支配的になったにしても、許容してほしいのは、そこに歴史的現象しか認めず、それに対しまた歴史的・在来的な、個人的に適した考え方にあくまで留まることである。この考え方はそれなりに新しいものに劣らず経験を豊かにする活動をつづけるであろう」。

文学化されるゲーテの告白

もちろん、ゲーテの告白は一義的に彼の文学作品にかかわっている。彼の広範囲な創作活動のなかで、自伝的著述は、詩作および自然科学論文とならんで広義の文学的領域をなしているからである。とりわけ「わが生涯から」と題された自叙伝『詩と真実』は、告白文学として昔から世人の特別な関心を集めてきた。人々はここから、偉大な詩人の生い立ちと青少年時代の出来事および体験を詩人みずからの口から知りえたばかりでなく、アウグスティヌスの『告白』、ルソーの『告白録』、トルストイの『わが懺悔』などと比較する興味をも見出すことができたからである。その序言にはヒューマニズムの時代にふさわしく、「伝記の主要課題であるように見えるのは、人間をその時代環境のなかで描き、全体がどの程度彼に逆らい、またどの程度幸いし、彼がそこからいかなる世界観と人間観を形成し、もし彼が芸術家・詩人・著述家であるならば、それらをまたいかに外部に向かって反映したかを示すことである」と記され、告解といわれる伝統的な告白概念と結びついていた神の名はもはや挙げられていないのである。ゲーテ自身、伝記を生きた人間の生活記録として平素から愛読し、みずからイタリアの金銀細工師B・チェルリーニ（一五〇〇―一五七一）の伝記を翻訳したり、ヴィンケルマン伝を書き下ろしたりしていた。

そのうえ、ゲーテの自叙伝の原題名はもともと「真実と詩」であった。執筆中に間もなく現在の語順に改められたのは、いちおう、ドイツ語でWahrheit und Dichtungではundのdと Dichtungのdが重なって発音しにくいという理由からであった。したがって彼の意図は、自分の人生についてまず客観的な「真実」を述べ、それに続いて自分の創作である「詩」について可能な限り伝えることであった。個々の事実を外面的に叙述することのみを目的とするのであれば、生前からの各種文学辞典の記述や、著名な詩人の死後に書かれるのが常である追悼文や伝記で充分だったであろう。その代表例が後代のH・デュンツァー（一八一三―一九〇一）による文献学的伝記『ゲーテ』である。しかしゲーテはまさにそのような記述に強い不満を感じていた。「ある偉人の生涯を通じ人々の語り草となり拍手喝采をあびた良いこと悪いことを、彼の死後ただちに熱心に渉猟することにより、彼のいわゆる美点および欠点を偽善者的正義感で書きたて、そうすることにより、このような相反する性質の生きた一致においてのみ考えられるひとりの人間の人格を死よりもっとはなはだしく破壊するかの伝記者たちは、なんと不愉快なことだろうか」（一八〇一年五月二十九日付ツェルター宛）。エッカーマンとの対話においても彼は「もし人生から、伝記者や辞典執筆者たちがわれわれについて言っていることしか得られないとすれば、人生は生きるに値しないだろう」（一八三一年十二月二十一日付）と述べている。ゲーテのこの批判に応えようとして書かれたのが有名なヘルマン・グリム（一八二八―一九〇一）のエッセイ的伝記『ゲーテ』であり、これら二つの傾向のあいだで比較的バランスがとれているとされるのが、森鷗外の『ファウスト』翻訳のさいに抄訳されたアルベルト・ビルショウスキー（一八四七―一九〇二）のゲーテ伝である。

しかしながら、抒情詩・戯曲・小説を含む文学はほんらいフィクションであって、詩人であるゲーテにとって創作はこの意味の虚構にほかならず、彼の生活ないし人生の自伝的記述そのものも、たんなる年代記ではなく文学的な叙述になればなるほど随所で「詩」の要素を含むようになった。そればかりでなく、シュタイン夫人との親密な関係に入るワイマール前期十年について、彼は伝記的なことを書き記すのを控えた。真実を隠すあるいは語らないことはすでに一種の虚構である。この事実からも分かるように、『詩と真実』は詩人の青年時代の出来事をたんに年代記のように叙述したものではないのである。一七四九年からイタリア旅行の一七八八年までの期間は、後年まさに『年代記』という標題で「私のその他の告白の補充として」改めて要約的に報告されるのみであった。当時の生活記録と『イタリア紀行』という文学作品を比較検討することは、文献学的な研究テーマではあっても、紀行文学そのものを享受する見地ではない。まして、実生活を克明に調べて「素顔のゲーテ」を暴露しようとするのは、偉人を貶めようとする卑小な意図が感じられ、少なくとも文学作品の美的鑑賞の大義に反している。『詩と真実』のためのある断片的草稿の中で、このような伝記者は「卑劣な」と呼ばれている。ゲーテ自身、一八〇九年に読んだイタリアの戯曲作家ヴィットリオ・アルフィエリ（一七四九―一八〇三）の自叙伝の中で次のように言われているのを読みすごすわけがなかった。「詩人というものは、たくさんの著作を遺すとき、伝記を免れることができない。少なくともそれは刊行されたさまざまな作品の手引きのなかに見出されるであろう。それならば著者みずから自己の生活の歴史を書くほうがよい。彼がそれを一番よく知っているのだから」。

かねて自己のこれまでの多種多様な著作が読者により充分に理解されていないことを憂えていたゲーテは、それゆえ『詩と真実』序言のなかで自叙伝執筆の動機としてある虚構の手紙を引用し、読者にあたえた印象として、それらの作品に関連が欠けているように見える点を挙げている。しかし、それらはすべて一つの統一ある人格から生まれた統一ある精神的世界であった。これらを正しく理解してもらうためには、詩作品から自然科学論文にいたる自己の著作全体の内的関連およびその意義を明らかにすることがどうしても必要であった。これがいかに困難な仕事であるかを、「伝記の主要課題」としてすでに引用した箇所につづいて彼は次のように暗示している。「しかしこれには、個人が自己および自己の生きている世紀をよく知るという、ほとんど成就しがたいことが要求されている。自己とはすなわち、あらゆる境遇・状態のもとで不変であったものであり、世紀とは人間を好むと好まざるにかかわらず引きずっていき、規定し、形成するものである。この力はきわめて大きく、出生が十年早かったか遅かったかにより、各人は、自己の教養および外部への影響という点に関して、まったく別のものになっていただろうといっても過言ではない」。

個人の内的本性と時代環境の交互作用から成立するゲーテの人間形成ないし教養理念の根底には、事実、アリストテレスのエンテレヒーやライプニッツのモナドの思想にもとづく彼の形態学的原理がある。その発現の仕方は植物と動物のばあいでやや異なっているが、「植物を構成する内的自然の法則」と「植物が変形される外的環境の法則」は人間形成のばあいにも原理的に適用されている。一八一〇年五月十八日、ゲーテはワイマールからボヘミアのカールスバートへの旅の途上、日記の中で自叙伝の構想について次のように書き記している。「メタモルフォーゼ（形態変化）――あらゆるものの根底は生理的である。生理的・病理的なものがある。たとえば、メタモルフォーゼの一段階から他の段階に移行する有機体の過渡的状態において。これをほんらいの病的状態とよく区別すべきである。――外部の影響はしばしば最初の意味で病理的な遅滞状態を惹き起こす。しかし、これらはまた病的状態を惹き起こし、メタモルフォーゼの順序を逆にすることにより、生物体を殺してしまうことがある」。これに続く箇所から分かるように、ゲーテにとってほんらいの意味の「病的なもの」は、人間の場合、個人の罪や欠点と関係している。しかし前述のように社会的通念に従い、自叙伝においてこれらだけを告白し、自分の美点をけっして告白してはならないとすれば、告白録を書く者はともすればルソーのように哀れっぽく涙もろくなる危険にさらされる。これに対しゲーテは告白としての自叙伝を、欠点も弱点も美点をも含めた人間形成の真実の歴史としてより積極的に叙述しようとしたのである。

実際『詩と真実』第三部第十一章に添える予定で書かれた草稿には、自己の青年時代までの成長発展を植物の段階的生長になぞらえて描写しようとしたゲーテの意図が明確に言い表されている。それによれば彼は、植物のメタモルフォーゼの法則に従い、まず第一巻において子どもが四方に根をはやし僅かばかりの子葉を展開するありさまを、第二巻において少年が生きいきとした緑の色を示して段階的に種々の形の小枝を広げるところを、そして第三巻においてこの茎がさらに生長して美しい開花を予期させるような有望な青年を描写しようとした。しかしすでに一度引用したように、植物の比喩にとどまる限り、凋落ないし不作の現象、ばあいにより枯死もまた必然的に述べられなければならない。ゲーテが書き進めなければならない次の時期においては、ミニヨンを暗示しながら「咲いた花は落ち、すべての開花が実を結ぶわけではなく、結実したものも始めはみすぼらしく、肥大は緩慢で成熟は遅い。そればかりではなく、いかに多くの果実がいろいろな偶発的出来事により熟するまえに枝から落ちてしまい、もう手中にしたと思っていた実を食べる楽しみが駄目になってしまうことだろう」といわれている。

このような形態学的見地に立つと『詩と真実』に叙述されている人間のメタモルフォーゼは、ゲーテ自身の人間形成ないし教養のプロセスであり、『ヴィルヘルム・マイスターの修業時代』のような典型的教養小説はその内面的努力の結実である。それはさまざまな体験の記述であるばかりでなく、ゲーテは自己の詩人性について、すなわち自己の詩的才能の特質、詩作の内的過程についてもある程度まで告白している。作中には「美しき魂の告白」というピエティストのクレッテンベルク嬢をモデルにした他者の内的伝記も見出される。彼の詩人的才能は自然における聖なるものの予感・感知と深く結びついていただけではなく、いかに通俗的であってもファウストの人形芝居からも大きな影響を蒙っていた。「新パーリス」の童話のさいにも幼時の詩作の体験が語られる。それからフランス悲劇の体験、さらにヨゼフ物語との関連において桂冠詩人に対する憧れ、すなわち文学的名声への願望が率直に語られている。

ちなみに、ゲーテのヴィルヘルム・マイスター小説は、『修業時代』八巻（一七九六）と『遍歴時代』三巻（一八二九）とから成っているが、両者は内容・構成の面で著しく異なっている。題名はドイツの伝統的な職人の徒弟制度の名称を取り入れ、秘密結社フリーメーソンとの関連を暗示している。『ヴィルヘルム・マイスターの修業時代』は第六巻「美しき魂の告白」を中心に前半と後半に分かれ、主人公ヴィルヘルムだけでなくさまざまな男女の人間形成の正と負の可能性を描いている。当時アメリカでは独立宣言（一七七六年）、フランスでは大革命（一七八九年）、イギリスでは産業革命（一七四〇―一八〇年）が行われていた。そのような時代にドイツの市民階級出身のヴィルヘルムは女優に恋をしたり国民劇場の創設を夢見たりしながら、やがて演劇の世界に幻滅し、市民化した若い貴族の集まりである「塔の結社」の人々の指導に従って実践的活動に従事しようと決意するのである。これに対し、古いバロック的宗教性に生きた「美しき魂」の女性は現世逃避に陥り、愛と詩歌と内面性にのみ生きるミニヨンや竪琴弾きは没落していくことになる。『修業時代』はいわゆる「教養小説」の典型として、ロマン派のノヴァーリスをはじめドイツの多くの作家たちによって模倣されたが、この作品に含まれている市民性と芸術家性のいずれを高く評価するかに従って模倣の仕方が異なってくる。

『ヴィルヘルム・マイスターの遍歴時代』は独立の作品として発表されたいくつもの短編やメールヒェンのほか、手紙・日記・箴言などが挿入されているため形式の統一を欠き、長いあいだ過小評価されてきた。しかし注意深く分析すればどの挿入部分にも本筋におけると同様に諦念の主題が一貫して扱われており、ゲーテ自身の生活におけるように、この「赤い糸」を手がかりに主人公ヴィルヘルムと息子フェリックスの親子二代にわたる自由と必然、精神と自然の葛藤を理解することができる。『遍歴時代』が個人の人間形成をこえた二十世紀小説の先駆と見なされるようになったのも、いわれのないことではない。

自叙伝における「真実」と「詩」

ゲーテの学術秘書リーマーの日記によれば、ゲーテが自叙伝を書こうと思い立ったのは、一八〇八年八月二十七日、満五十九歳の誕生日前夜のことであった。外的機縁は、一八〇六年から一八一〇年にかけてコッタ書店から刊行中の十三巻の第三著作集（A）が、『親和力』（一八〇九）および『色彩論』（一八一〇）の出版とともに完結に近づきつつあったことである。それはイタリア旅行中（一七八六―八八年）の最初の著作集（S）、一七九二―一八〇〇年の著作集（N）に続くものであった。そのうえ一八〇八年の秋には、フランクフルトの母親が死去してしまった。いまや「自分自身を歴史的に眺める」年齢に達した詩人は、一八一〇年、ベッティーナ・フォン・アルニム（一七八五―一八五九）に告白としての自叙伝を書く旨を伝えた。彼は自分のこれまでの多種多様な著作が読者に充分理解されていないことを憂慮し、それらが統一ある人格から生まれた統一ある精神的世界であることを同時代者たちに示そうとしたのである。すなわち、詩作品から自然科学論文にいたる自己のさまざまな作品の内面的関連およびその意義を明らかにすることが、彼ほんらいの意図であった。彼の第一次スイス旅行の記述とラファーターの観相学への協力は、後年の形態学研究への序奏であった。

ゲーテにとり自伝の最初の試みは、とりもなおさず、自己の精神的遺産の確保であった。十八世紀の世紀末に台頭してきたロマン派が対抗意識から自分たちの希望・意見・創作原理を貫徹しようとするあまり、古い世代が築き上げてきたワイマール古典主義の功績を過小評価しがちなことに鑑み、彼は自己の諸作品に正当な歴史的価値をあたえ、それらを後世の誤解に対して守ろうとしたのである。ただし一八〇九年十月十一日の第一図式、翌年五月三十一日の第二図式においてなお、一八〇九年まで年代順に叙述するつもりであったにもかかわらず、彼は前述のようにかつての婚約者リリー・シェーネマンや人妻シュタイン夫人など身近な人々への顧慮から一七七五年で中断し、『イタリア紀行』を自伝第二部として出版してしまった。そして彼は官房長フォン・ミュラーとの一八三〇年十一月十五日付の対話において、「私の遺稿はきわめて複雑かつ多種多様で意義深いので、私の子孫だけではなく、精神的ワイマールに対しても、全ドイツに対しても充分配慮を払わなければならない」と語っている。

ゲーテの文学的告白の際まず第一に問われることは、告白された事柄の真実性である。ゲーテの生涯に関する詳細な文献学的研究の結果、『詩と真実』の記述中には、記憶の誤りと思われるものだけではなく、しばしば故意に事実を曲げているように思われる箇所がいくつも見出される。これは自叙伝の発表当時すでに感じられたことであり、その信憑性が問題になった。そもそも表題自体がすでに、何が「詩」で、何が「真実」であるかという問いを読者たちの間に起こさせずにおかなかった。一般に明白な真実性のない自叙伝は、もはや額面どおり受け取ることができないと考えられた。一八三〇年一月十一日付のバイエルン国王ルートヴィヒ一世に宛てたゲーテの書簡は、このような問いの代表例を示すとともに、それに対する詩人自身の明快な回答を含んでいる。

「私の生涯からの告白的記述の、もちろんある程度まで逆説的な表題『真実と詩』に関して申しますと、それは、一般の読者がこのような伝記の試みの信憑性に常になにがしかの疑惑を抱くということの経験にうながされて付けられたものであります。これに対処するため私はある種の虚構を認めると公言してはばからないのでありますが、これはある程度まで不必要なことであり、またいくらかの反抗精神に駆られてしたことでもあります。なぜなら、私のもっとも深く努力したことは、私が洞察しえた限り自分の生涯の中に支配している本来の基本的真実を、できるだけ描写し表現することでありました。しかし、このような努力は後年においては追想、したがって想像力を働かせることなしに不可能であり、したがってまた詩的能力をある程度まで用いることが必要となるため、われわれが過去のことを現在どう考えているかということの結果を、当時起こった個々のできごと以上に並べ立てて強調するのは明らかであります。きわめて低俗な年代記すら、それが書かれた時代の精神のなにがしかを必然的に伴ってくるものであります。（中略）語り手および物語に属するこれらすべてのことを、私はここで『詩』という言葉で要約しましたが、それは私の知っている真実を私の目的のために利用できるためでした。この目的を達したかどうか、私は好意ある読者の決定に委ねたいと思います。なぜなら、叙述されたものが首尾一貫しているかどうか、その著作によりよく知られている一人の人間の段階的な自己形成の過程がそこから把握されるかどうか、という問いがすぐ持ち上がってくるからであります」。

これらの言葉から明らかなように、ゲーテの告白概念は、自然主義的な赤裸々な事実ではなく、いわゆる「根本的真実」にもとづいている。これは種々のできごとの事実性ではなく、それらの中に認められる高次の意義であり、詩の中でその真の姿を現わしてくるものである。したがってゲーテにとり、自分の生涯に起こったすべての事実が重要なのではない。エッカーマンが伝える一八三一年三月三十日の対話においても、彼は『詩と真実』がたんなる事実の羅列ではないことを明言し、彼の生涯からのさまざまな結果であり、個々の事柄は高次の真実を確証するために語られているにすぎないと述べている。それゆえ、彼の存在全体にとって象徴的な意義を有していた事柄だけが重点的に取り上げられるのである。彼はルートヴィヒ一世宛の手紙の写しを一八三〇年二月十五日付でツェルターに送ったが、それに書き添えられた言葉には、さらに個々の人生体験に対する彼の処世訓が簡潔に表明されている。精神的に脱皮を繰り返した詩人は別のところで、抜け殻にひとしい自作に対する無理解な批判についても、自分はもう先に進んでいるので何の痛痒も感じないとさえ述べている。『西東詩集』「歌人の書」「護符」にいわれているように、呼吸には二つの恵みがあるのである。

「呼吸のたびごとにエーテルのような忘却の流れがわれわれの存在全体に浸透し、そのためわれわれが喜びを適度にしか、また苦しみをほとんど思い出さないことを考えてみるがよい。神のこの優れた賜物を私は昔から高く評価し、利用し、高めることを知っていた。――したがって、運命や恋人や友人や敵対者たちがわれわれを試練した打撃や痛手について語るとき、それらの思い出は決然たる善意の人間においては吐く息とともにとっくに忘れ去られているのだ」。

『詩と真実』の告白的記述が高次の真実にもとづくものであることを、ゲーテは自叙伝の序文の末尾においても、初恋の少女グレートヒェンの場合のように「なかば詩的、なかば歴史的取り扱い方については、物語の経過中に幾度もなお述べる機会があるだろう」と暗示している。彼がこの叙述方法をはじめから明らかにしなかったのは、それが彼の文学観の真髄をなす創作原理と深いかかわりがあったためと考えられる。自叙伝の表題が最初「真実と詩」とされていたのは、やはり発音だけのためではなく、それぞれが素材とフォルムに対応し、したがって現実とポエジーの問題と関連しているためであった。彼にとって単なる現実は素材にすぎない。また日常卑近な現実は文学に対して低次の真実にすぎず、高次の真実は芸術的なフォルムを与えられた素材の中から初めて輝き出てくるものであった。もとより、両者のあいだには内実と呼ばれる詩人の精神あるいは魂から流れ出る内面の価値が秘められている。

このように、『詩と真実』において重要なのは人間形成の諸段階とそれらに伴う一般的考察のための個々のテーマである。この意味でそれは彼の広大な精神的世界を映し出す鏡であって、ここにゲーテ解釈のもっとも意義深い手がかりが見出される。それゆえ個々の叙述は若いゲーテの思想と感情の直接的告白というよりは、むしろ執筆当時の老詩人の関心事および思索の表われとみなされる。これは第一部第一章における叙述の展開の仕方にすでに反映している。それらはまた、以下に列挙するように、幼年時代・少年時代・青年時代と進んでいくに従って内容的に密度を増していく。

㈠家庭は幼少期のもっとも重要な生活環境である。市民の生まれであるゲーテは祖先の系譜については意識的にほとんど触れていない。父方と母方および出生に関する事柄はほとんどすべて占星術的な叙述に解消され、むしろ父母から享けた自然的素質および精神的な感化に重点が置かれる。「父親から私がもらったのは体格、／真面目な生き方／母親からは明るい性格と／物語を作る才能」(「穏やかなクセーニエン」から)。

㈡もちろん、出生の場所は初期の人間形成に対して決定的な意義を有している。市長の母方の孫という恵まれた境遇から、彼は帝国自由都市フランクフルトを幼時から地理的に充分に体験する。

皇帝戴冠式などにより、ドイツの歴史的伝統をも生きいきと経験する。

㈢青少年期の精神的成長にとってもっとも重要なことは、宗教的な自然体験とならんで、やはり勉学と読書である。彼の精神は幼少の頃から外国語の習得によって培われる。最初、ゲーテは中世以来の古い大学ではなく、近代的なゲッティンゲン大学でギリシア・ラテンの古典語を学習しようとするが、父の希望により、やや因襲的なライプツィヒで法律学を学ぶことになる。しかし法律学にはあまり興味をもたず、それ以外の詩作・錬金術・美術修業・宗教的体験などあらゆることを試みる。

㈣精神的成長はとくに病気および恋愛体験により助長される。病気はゲーテにとって人間的成長の途上に起こるほとんど必然的なことである。ただ自然的成長の移行期に現われる「健全な」病気と有機的成長を阻止する死に至る病いを区別しなければならない。これらの身体的病気の背後にあるのは、幼年期のばあいを除き少年期の初恋である。ゲーテは初恋が唯一の真の恋愛であると言っているが、最初の恋愛体験の相手とされるグレートヒェンがまさに虚構の女性であって、その存在は文献学的に実証されていない。

㈤ゲーテはみずから端的に、自分の詩作は告白文学であると述べている。しかしながら彼は、アウグスティヌスのように自己の罪悪を告白し、人間の弱小を容認することにより神の偉大さと慈悲を讃美するのでもなければ、ルソーのように自虐的に自己の無実を誇大な表現で訴えたり、あるいは憂鬱症的な自己批判から自分の弱点を暴露しようとしたのでもない。ゲーテの告白概念は、キリスト教ほんらいの懺悔とも、人間中心の虚栄心からの白状とも異なっていたのである。実際、フランクフルト、ライプツィヒ、ふたたびフランクフルト、シュトラースブルク、ヴェツラー、（ワイマール移住まえの）フランクフルトという生活の場の展開につれて、詩作・勉学・友情・病気・恋愛の描写の程度が実質的に高まっていく。とくにドイツ啓蒙主義文学の中心地ライプツィヒにおけるアナクレオン風の習作からヘルダーの感化を受けたシュトラースブルクにおけるシュトゥルム・ウント・ドラング文学運動までの若いゲーテの文学的発展は、十八世紀の生きたドイツ文学史である。

(六)「詩は絵のように」というボアローの啓蒙主義的詩学の伝統の中で、若いゲーテの詩作と切り離して考えられないのは、彼の美術修業である。フランクフルトの画家たちは美術史的に重要ではなかったが、幼少期におけるゲーテの美術体験として意義深いものであった。彼は写実主義的雰囲気の中で育ち、超自然的・超越的・アレゴリー的バロック美術を経験しなかったのである。フランクフルトの教会はすべてゴシック様式であり、彼は南ドイツのバロック教会の華美には福音的清貧に反するといって反対であった。古典古代の彫刻を彼はヴィンケルマンの研究を通して知ることになる。当時、文学と美術の違いを明らかにしたのは、レッシングの『ラオコオン』である。

(七)しかしながら『詩と真実』は『イタリア紀行』同様ゲーテ晩年の自伝的作品である。彼は青年時代を叙述しつつ、自己の全存在の本質を解明しようとしたのである。彼が他のいかなる作品においてよりも神学的テーマをたびたび扱っている理由がここから明らかとなる。彼の宗教観の中心は、第一部第八章の末尾で言い表されているいわゆる「自家用のキリスト教」である。彼は生まれながらルター正統派に属していたが、十六歳でプロテスタント教会を内面的に去り、以後しだいにピエティスムス（敬虔主義）に傾いていった。しかし、この主情的傾向は彼の自然に対する独特の感覚を助長しはしたが、自然における神の栄光を讃える宗教感情が深まるにつれ、自然は被造物としての性格を失っていった。そして人間の内なる自然の解釈の相違から彼の宗教性はクレッテンベルク嬢やラファーターのピエティスムスと相容れなくなった。原罪説において、ラテン教父アウグスティヌスにより論駁されたペラギウス主義を原則として信奉していたとはいえ、彼が知らず知らずのうちにカトリシズムのロゴス的自然解釈に近づいているのは注目すべきである。

告白された恋愛体験の意義

ゲーテ文学においてとりわけ恋愛体験は、伝記的事実という観点からだけではなく、彼の人間的・精神的成長に及ぼした実存的意義という面から考察されなければならない。なぜなら、彼の文学的告白はまさにこの点において単に暴露的な心情の吐露ではなく、それらの品位ある芸術的昇華だからである。しかもそれは、真摯な告白として宗教的領域におけるような内面的赦しと癒しを伴うものであった。『詩と真実』においてとくに大きな意義深い役割を演じているのは、虚構と思われる初恋のグレートヒェン、ライプツィヒのケートヒェン、ゼーゼンハイムのフリデリーケ、ヴェツラーのロッテ、フランクフルトのリリーである。たとえば、シュトラースブルク時代の恋人フリデリーケ・ブリオンを真に愛しながら天才の使命に忠実であるため意識的に棄てて行かなければならなかった苦衷を味わっていたとき、彼は「自分の昔ながらのやり方に従って」詩作に救いを求めた。彼は「いつもの詩的告解を再びつづけ、この自虐的償いによって内面的赦免に値するものとなろうとした」のである。また婚約を破棄せざるをえなかったリリー・シェーネマンには、思いやりのある美しい文学的描写のほかには、伝記的記述をいっさい残さなかった。

このような傾向はゲーテの最初の詩集『アンネッテ』（一七六七）以来のことで、自己の内面生活における一つの清算として、ゲーテは若い時代から文学的告白の衝動を有していた。「詩人は沈黙することを好まない、自分をいつも大衆に示したがる」のである。もとより、告白の内容となるべき精神的なもの、心的なものは本来なんらかの意味で宗教的次元にあるものであって、彼の生活環境に深く浸透していたルター派のプロテスタント教会は、十八世紀末までなおカトリック教会と同様に告解制度を保持していた。もともと教会の会衆全体のまえで行われたこの慣習的制度を若いゲーテがいかに体験していたかは、すでに言及した『詩と真実』第二部第七章、ライプツィヒにおける大学生活の回顧の機会に「大いなる告白」として述べられているとおりである。彼はかねがね奇妙な宗教的疑惑を抱いていて、告解の機会に内面の誤りを正してもらいたいという強い精神的欲求を感じていた。しかし、せっかく詳細な告白を書きとめ用意しても、フランクルトの教会的形式主義に妨げられて、彼はいつも自己の内面的問題を充分に言い表すことができなかった。「墓場を越えて前進しようとする」彼の精神と心情はこうして宗教的な深みにおいてつねに欲求不満の状態におかれていた。この意味で『詩と真実』は「大いなる告白のさまざまな断片をあえて全体に纏めようとする試みにほかならなかった」のである。

似たような意味で『箴言と省察』に少しぞんざいな言い方で「物語を書くのは、過ぎ去ったことを厄介払いする一種のやり方」とあり、「格言的に」の詩には「詩人は、いつも自分の前足をなめている熊のようだ」とある。また一七八二年にすでにゲーテはシュタイン夫人宛てに、「われわれのような者がある主人公に自分のさまざまな性癖と愚行をまとわせ、彼をヴェルテル、エグモント、タッソーその他の名前で呼ぶとなんとかうまく行き、読者は、著者の実生活が豊かであるか貧しいか、注目にあたいするか浅薄であるかに従って関心を寄せるのです」と確言している。もちろん、ファウストやヴィルヘルム・マイスターはもっとも成功した例であり、『親和力』についてもツェルター宛に「私は多くのことをその中に書き入れ、その中へ隠し入れたことも少なくない」と書き、エッカーマンには「その中には、私が自分で体験しなかったことは一行もない」とさえ語っている。一八一八年の自己の性格描写によれば、結局、詩人にとり文学的告白は自分の悪行を公に言い表すことではなく、その限りで実は多くのことを伏せたまま、世人と自分の外面的および内面的混迷を文学的に描くことにより、前者に深い関心を寄せたり後者の過失を正したりすることにあったのである。

世界の混乱を考察し、
心の迷いを考察するのは、
詩人の使命であって、
ピラミッドのようなわれわれの生活の
多くの階段から熱心にあたりを
見回したのは無益ではなかった。
外面からも内面からも

得るものは極めて多かったからだ。

これに反し、『ゲッツ』や『ヴェルテル』を読んだ当時の読者たちの多くは、彼とまったく正反対の体験をした。彼らはゲーテの創作原理ないし告白概念をまったく理解していなかったからである。決定的な意義をもっているのは、『詩と真実』第三部第十三章に述べられている次の所見である。「もちろん、ここでも本来の効果を惹き起こしたのは、私とちょうど正反対の気分に陥っていた。なぜなら、私はこの詩作品によって、ほかのどんな作品によってよりも、自分あるいは他人の責任により、偶然あるいは自ら選んだ生き方により、決心と性急により、強情と譲歩によりいとも激しく振り回されていた内面の嵐から救われたからである。私は総告解のあとのように心がふたたび軽く明るくなるのを感じ、新しい生活を始めることができるように思った。（詩作）という古い常套手段はこの度はとくに私のために役立った。ところが、私が現実を詩に変えることにより心軽くなり明るくなったと感じていたのに対して、私の友人たちは詩を現実に変え、このような小説を地で行き、自分も自殺をしなければならないと思い込み、すっかり混乱してしまったのである」。ゲーテ自身がライプツィヒ大学において敬愛する詩学教授クリスティアン・F・ゲレルト（一七一五―六九）の内面的指導を求めても充分に得られなかったことは、彼ほんらいの傾向に拍車をかけた。とくに当時の彼はケートヒェン・シェーンコプフとの恋愛において愛のよろこびと苦しみのすべてを味わっていたので、内面的苦悶はなんらかの告白をますます求めさせた。そして彼は、宗教的告白の可能性を見出しえなかったため、自己の思想と感情を文学作品のかたちで書き表すことにより、告白のあとのような心の平安を得るようになったのである。しかも、このような文学的告白は彼にとって一種の内面的償いの意味を持つものであった。現存する彼のもっとも古い戯曲作品に属する『恋人のむらぎ』や『同罪者』は理由のない嫉妬心にかられてケートヒェンを苦しめたことに対する自責の念から書かれたのであり、『ゲッツ』と『クラヴィゴー』の中で同名のマリアを裏切って没落する性格のよわい男たちの形姿もゼーゼンハイムのフリデリーケに対する悔恨の情から生まれたものであった。

ゲーテの文学的告白は、究極において、彼の詩人としての内的本性特有の衝動であったに違いない。また悟性偏重の啓蒙主義的文学に対する、心情に傾く敬虔主義の時代的機運の中でのゲーテ個人における一つの大きな高揚として精神史的にもよく理解されることである。しかし彼がアウグスティヌス以来ほんらい宗教的営為である告白を文学の次元においてなすことができ、しかも多くのばあい不当に苦しみを加えた女性に対する赦しと償いをそこから期待しえたことには、たんなる悟性・感情の対立よりもっと深い原因があるように考えられる。ほとんど時期を同じくして台頭してくるロマン主義における自由恋愛と離婚の風潮もこれと関連があるように思われるのである。結婚道徳はいまや、少なくともリベラルな知識人のあいだで市民社会の打破されるべき桎梏と感じられるようになってきた。

告白概念の世俗化の根底にあるのは、私見によれば、ゲーテにおける「聖なるもの」の価値の変化である。彼において聖なるものはもはや、敬虔主義における宗教的な対象のみではない。これはもちろんキリスト教的な意味で依然として聖ではあるが、それについて詩人たちの間で語られることはもはやあまりない。ゲーテにとって聖なるものはむしろ、自然感情・恋人・天才的芸術家などである。とくに文学的告白と関連して重要なのは恋人となる女性である。たとえばケートヒェンについてゲーテは次のように書いている。「グレートヒェンに対する以前の愛情を私はいまやエンヒェン（愛称）の上に移した。私の思い出す限り、彼女は若く、きれいで、快活で、愛情深く、ひじょうに快く、心の宮居の中にしばし小さな聖女として祀り、あらゆる崇敬を捧げるのに値するように思われた。崇敬をはらうことは、受けることよりもしばしば快い感情を呼び起こすものである」。彼がこのように、愛する女性をかりそめにも聖女として自分の心の中で崇めるような気持になったことは、『ヴェルテル』における数々の感情描写をはじめ、『ヴィルヘルム・マイスター』小説における理想的女性の呼称など、そのほかにも幾多の例がある。それらはすべて、ゲーテにおける文学的告白の世俗化を如実に示すものである。

ゲーテの文学的告白の代表例は、とくにシュトラースブルク遊学中におけるフリデリーケ・ブリオンとの恋愛の不幸な結末である。詩人は自分の天才性を市民的幸福のために犠牲にすることを厭い、恋人であった素朴な牧師の娘を捨ててしまったのである。彼は自叙伝のなかで自分の非を率直に認めて、痛切な悔悟の念を表明している。ところが五十年後の一八二二年の秋、ボンのネーケ教授というある学者がその間に天下に知れ渡ったアルザス地方ゼーゼンハイムを訪れ、それについて小著をあらわした。それは一八一一年以来ゲーテと親交を結んでいたプロイセンの外交官かつ著述家のファルンハーゲン・フォン・エンゼ（一七八五―一八五八）により一八四〇年に初めて刊行されたが、ある友人から送られてきたこの叙述の手稿に感謝して、ゲーテは一八二三年一月末に「繰り返されたさまざまな反映」という小論文を書いた。それはゼーゼンハイムの報告について簡潔に自分の感想を言い表わすため、「一般的・自然学的な象徴と、しかし特殊な内視的色彩から取られた象徴を用いなければならない」として短い九項目から成っていた。比較的短い文章なので全文を訳出すれば、以下のとおりである。

「ゼーゼンハイムの報告に関する私の考えを手短に言い表わすために、私は一般的・自然学的象徴と、しかし特殊な内視的色彩から取られた象徴を用いなければならない。ここで語られることになるのは、繰り返された映像である。

一、少年期の至福な妄想的生活は、無意識に強い印象として青年のこころの中に反映している。

二、長いあいだ培われ続けた、新たにもされたイメージは、いつも愛らしく親しく、多年にわたり内部で波打っている。

三、つとに愛に満ちて獲得されたもの、長く保持されたものは、しまいに生きいきとした追憶の中で外部へ言い表わされ、ふたたび反映される。

四、この残像は世界のあらゆる方面に輻射し、美しい気高い心情は、この現象が現実であるかのように、恍惚とするかもしれず、それから深い印象を受ける。

五、これに続いて展開する衝動は、過去から魔法のように呼び起こしうるすべてのものを実現しようとする。

六、あこがれが芽生え、それを満たすためにどうしても必要なのは、現場へ赴き、その場所を少なくともわが物とすることである。
七、ここで起こる幸いなこととして、事情を知り関心を寄せる人物があがめられた位置に見出され、その人の中にあのイメージが同じく深く刻み込まれる場合がある。
八、今やここで生ずる可能性は、ある程度まで荒涼とした場所で、真実性を帯びたあるものを回復し、生存と伝承の廃墟の破片から第二の現在をつくりだし、かつてのフリデリーケをその愛らしい姿のまま愛することである。
九、こうして彼女は、その間にさまざまな出来事が地上で起こったにもかかわらず、昔の恋人の魂の中でももう一度反映し、彼に価値ある、愛らしい、潑剌とした現在を愛情深く新たにすることができる。
繰り返されたさまざまな精神的映像が過ぎ去ったことを生きいきと保存するだけではなく、高次の生にまで昇華させることを考えると、想起されるのはさまざまな内視的色彩現象である。これらも鏡から鏡へと色あせるのではなく、ますますもって色あざやかになる。ここで獲得される象徴は、美術と科学の歴史においてだけではなく、教会や恐らく政治の世界においても何度も繰り返されてきて、いまも日々繰り返されるものである」。

いわゆる内視的色彩とは、透明な媒体の内部で二つの鏡による反射により惹き起される色彩現象のことであるが、きわめて難解な光学的問題であって、いまここで解説することはできない。またアレクサンダー・フォン・フンボルトの親友で、ゲーテ崇拝者のラエル・レヴィン（一七七一―一八三三）の夫でもあったファルンハーゲンが一八二三年にたまたま『同時代者たちの好意的批評に見られるゲーテ』という資料集を出版したのを受け、自然科学者ゲーテはすでに上記の論文「和解の提案」の中で次のように述べて、必ずしも彼の個人的な生き様に対してではないとはいえ、自分の自然研究に加えられてきた毀誉褒貶を示唆している。「何よりも願わしいのは、敵対勢力がしだいに遠ざかってくれることである。しかし私は、自分自身と他人に対して、これまで好意的に認められてきたよりも自由な活動の場を獲得したいと願っているので、私と同志の人々に悪く取らないでいただきたいのは、われわれの正当な要求を阻むものを今後はっきり表示し、多年にわたりわれわれに当りまえのことのように加えられてきた不正をもはや甘受しないことである」。

『若きヴェルテルの悩み』の初稿

フリデリーケ・ブリオンがいわゆる「ゼーゼンハイマー・リーダー」という一連の清新な恋愛詩により文学的に不滅化されているのに対し、若きゲーテの文学作品のなかで、伝記的に周知のヴェツラー体験にもとづく書簡体小説『若きヴェルテルの悩み』（一七七四）がもっとも告白文学的性格を有していることに異論の余地はない。しかし潮出版社版ゲーテ全集に神品芳夫訳の初稿が収録されるまで我が国においてほとんど知られていなかったのは、現在まで世界中で読まれている作品が、十年以上たった一七八七年、ゲーテのイタリア旅行中に出版された最初の『著作集』中の改訂版だという事実である。初稿がすでに体験の単なる告白的文学化でなかった以上に、そこには作者の種々の配慮から意図的な改作が施されているのである。彼は一七八三年五月二日に、ロッテの婚約者アルベルトのモデルと目されるヨハン・C・ケストナー（一七四一—一八〇〇）に宛てて書いている。

「あのように大きなセンセーションを惹き起こしたものに手を触れずに『ヴェルテル』を数段階高めたいと思う。とくに私の意図は、あの熱情的な青年がアルベルトを誤解するにしても、読者が誤解しないようにアルベルトを描くことです」。

ところが晩年のゲーテは、『ヴェルテル』の直接の影響が匿名で出版された初稿に帰することを明白に認めている。一八二四年、ヴァイガント書店が『ヴェルテル』出版五十周年を記念して特別装丁本を出そうとしたとき、彼は出版者宛七月三日付書簡の草稿の中で、自分の最初の小説が巻き起した世界文学的反響について次のように記しているのである。「私はあなたが、あの小著をあなたのところで出版された初稿のとおり新たに印刷されたらどうか、と考えております。（中略）あの大きな影響を惹き起こしたのは、本来、絶対的な激しさをもった初版です。私はその後の版を叱正するつもりはありません。しかし、それらはすでに外面的な顧慮によって和らげられ、修正され、あの新鮮な直接的生命をやはりもう持っておりません」。主人公は狭隘な市民社会から二面的な自然の中へのがれてきた画家風の青年であるが、素材は、有能な官吏ケストナーの自然そのもののような母親的婚約者シャルロッテ・ブッフとの詩人自身の恋愛体験であった。

では、このような『ヴェルテル』初稿はどのような内容のものだったのだろうか。ゲーテは一七七四年六月一日付シェーンボルン宛の手紙の中で、物議をかもしたヴェルテルの性格の根本的特徴を簡潔に要約し、自殺の原因が彼自身の性格に根ざしていることを明らかにしている。「『若きヴェルテルの悩み』という表題の小説の中で、私はひとりの青年を描いています。彼は深い純粋な感情と真の透徹した感覚に恵まれているのですが、熱狂的な夢想に心を奪われ、思弁に耽るあまりしだいに意気阻喪し、最後にはそれに加わる不幸な情熱、とくに果てしのない恋に身をさいなまれ、頭に弾を打ち込んでしまいます」。主人公のこのような性格は作者の基本的構想であり、この点において初稿と第二稿に本質的な違いはない。しかし第二稿においては、アルベルトをめぐり巻末に大きな変化が現われている。ここでは、ヴェルテルの日記風の記述を中断する第二部の「発行者から読者へ」が十二月六日の手紙のあとに来、十二月十二日の手紙のまえになお、ヴァールハイムで起こった村の下男による殺人事件やカナリアへの思わせぶりな愛情表現の記述が挿入されるのである。これはヴェルテルとアルベルトの関係が思わしくなくなり、その後で初めてアルベルトがロッテに対して、ヴェルテルとこれまでのような親密な交際を続けないようにと要求するに至る過程を心理的に動機づけるためであった。

これに反し初稿においては、ヴェルテルの内面的苦悶の叙述が直截かつ急テンポである。すなわち、十二月六日のあとすぐ第二稿の十二月十二日および十四日の手紙が八日および十七日の日付で続き、その後で初めて「編集者から読者へ」がくるのである。しかもこれは、第二稿のそれと内容的にかなり異なっている。まず初稿では、ヴェルテルの最後の日々について詳細に報告するため、ここで彼の書簡を中断しなければならないと、記述の必要性を積極的に強調している。そしてその資料は、ロッテがアルベルトやヴェルテルの下僕その他証人の口から集めたとされている。しかし、この部分は第二稿においてはるかに注意深く詳細に扱われ、人によって考え方、判断の仕方が異なること、ある行動の真の動機を発見するのは非常に難しいということが付記されている。

次に初稿の描写では、ヴェルテルの熱情によってアルベルトとロッテの間の平和がかき乱され、アルベルトが忙しい仕事に追われてしだいに妻と疎遠になっていったことが、一方でヴェルテルの愛をますます募らせ、他方でアルベルトに嫉妬心を起こさせたことになっている。ヴェルテルのロッテに対する優しい心遣いは、アルベルトにとって夫としての権利の侵害とも、妻を婚約時代のように愛さないことへの無言の非難のようにも思われたのである。アルベルトは多忙なばかりではなく、仕事が思わしく行かなかったり、俸給が安いことなども重なってますます不機嫌になり、憔悴したヴェルテルも以前のような生気を失ってしまう。その結果、ロッテは深い憂鬱に陥ってしまうが、アルベルトはそれをヴェルテルに対する愛が募っていくためと誤解し、ヴェルテルは夫アルベルトに対する不満ととらえた。こうして二人の友は互いに不信を抱き、互いに相手を避けるようになったため、ヴェルテルは結果的にロッテと二人きりでいる機会をたびたび得るようになった。彼は二、三度ロッテの許を去ろうとするが到底できず、むしろアルベルトの不在のときを狙ってロッテを訪れるようになった。これによりアルベルトの不満はますます高まり、ある日のこと彼は妻に向かって、せめて世間体を考えてヴェルテルがあまりたびたび訪問してこないようにしてほしいと要求する。

これに続いて、ヴェルテルが自殺の決意をするのはこの頃であったといわれる。当時、キリスト教社会で自殺ほどスキャンダルと見なされているものはなかった。しかし、この箇所は第二稿では十二月十四日の手紙のあとに接続するものである。死を想うヴェルテルの内面的動機を示す、ヴィルヘルム宛手紙の冒頭と思われる日付のない短い文章もそのままであるが、初稿ではこのあとに次のような異質の箇所が挿入されていた。「公使館で起きた不愉快な出来事を、彼は忘れることができなかった。彼はそれについてめったに述べることをしなかったが、ちょっとでもそれに触れられたときは、それによって彼の名誉が永久に傷つけられたと思い込み、この事件によって官職も公の活動もいっさい嫌になってしまったことが感じられた。そのため彼は、彼の手紙に見られるようなあの異様な感じ方および考え方、また果てしのない情熱に耽溺し、しまいには、彼の心にあった活動力はことごとく消尽されてしまった。愛する女性に対するかなわぬ恋が、彼女の平和を乱すばかりで延々と続くほかなく、目的も期待もなく狂気のように自分の精神を消耗していくうちに、彼は遂にあの忌まわしい行為に駆り立てられていった」。

これは一八〇八年十月二日、エルフルトにおけるゲーテとの会見に際し、ナポレオンが二つの異なった素材のつなぎ目として批判したと思われる箇所である。しかしながら、このコンポジション上の誤りは、一七八六年の改作のときすでにヘルダーによって指摘され、初稿から取り除かれていた。この箇所があると、ヴェルテルが自殺に駆り立てられる動機に、愛以外に不純な要素が混入するというのが、初稿しか読んでいなかったナポレオンの批判の理由であった。もちろん、ヴェルテルの死が愛だけではなく、現実の生活そのものに絶望したためと解釈することも可能である。しかし進歩的市民であるヴェルテルが封建的貴族社会から閉め出されることは、本来、彼がふたたびロッテの許へ帰っていくきっかけである。いずれにしても初稿では、引用した叙述のあとにすぐ十二月二十日の手紙がきて、ヴェルテルはクリスマス前の日曜日の夕方ただちにロッテのところへ出かけて行く。第二稿で、この間にヴェルテルをなんとかして自分から遠ざけようとするロッテの内的な戦いが発行者の傍注として挿入されているのに比べ、ロッテからクリスマス・イヴまで来てはいけないと言われたときのヴェルテルの反応はこうしてより直情径行的となり、彼の絶望感はますます深刻になる。

しかも第二稿において、ヴェルテルのロッテに宛てた最後の手紙断片のあと、アルベルトが用事のため近くの村へ出かけ、外泊しなければならないことが偶然の出来事のように淡々と述べられているのに対し、初稿においては、アルベルトの意地悪い嫉妬心と邪推があらわに出されている。ここでは、ヴェルテルはアルベルトの不在中を狙ってきたというよりは、むしろアルベルトの心理的な罠にかかってしまったようなことになる。原語の題名„Leiden"（悩み）はキリストの「受難・受苦」の意味に近くなるのである。そして、アルベルトに深く辱められ失望したことにより、ヴェルテルに対するロッテの愛慕の気持が募っていく内面の過程がある程度まで正当化されるような印象を与える。

「六時半に彼はアルベルトの家へ行った。独りきりでいたロッテは、彼の訪問を受けてびっくりした。彼女は夫に、ヴェルテルはクリスマス・イヴ以前には来ないでしょうと、話のついでに語っていたのである。これを聞いたあと間もなく、アルベルトは馬に鞍を置かせ、用事があるので近隣の官吏のところへ行ってくると言い残して、悪天候にもかかわらず出かけていった。ロッテは、彼がこの仕事をずっとまえから延び延びにしていたこと、そのため一晩家を留守にしなければならないだろうということをよく知っていた。そこでこの素振りが分かりすぎるくらいによく分かり、悲しくてたまらなかった。彼女はひとり座っているうちにしんみりとした心持になり、過ぎ去ったことを思い出し、自分の価値と、約束どおり幸福にしてくれるかわりに彼女の生活をみじめにし始めた夫に対する自分の愛を感じた。彼女の思いはいつしかヴェルテルに向けられていた。彼女は彼を叱責した。しかし憎む気にはなれなかった。彼は知り合った最初のときから、ふしぎな絆により彼女の親しい人となったが、このように時が経ったあと、このように多くのことを一緒に体験したあと、彼の印象は彼女の心から消しがたいものとならざるをえなかった。遂に彼女は胸の思いを涙に流し、憂鬱な気分に陥った。憂鬱は時間が経つほどますますひどくなった」。夫アルベルトに信用されていないことをよく知っている初稿のロッテのヴェルテルに対する態度は、第二稿におけるのと当然異なっている。ヴェルテルの階段を上がってくる足音と、彼女のことを尋ねる彼の声を聞いたときの彼女の驚きはまず第一に、夫を騙した結果になることへの恐れであった。そこで女友達を呼びにやるときも、彼女はヴェルテルと二人きりになることを防ぐよりも、あとで夫に対し対話の証人になってもらいたいという願いをもっている。そして女友達が来られないことが分かったとき、彼女の腹立たしい心中には、潔白の誇らしい感情が起こってくる。彼女はアルベルトの邪推に反抗する気分になり、最初考えたように召使いの少女を部屋に呼ぶことをやめる。それればかりではなく、心の乱れを鎮めるためピアノに向かってメヌエットを二、三曲弾いたあと、彼女は平然として長椅子のヴェルテルの横に腰をおろすのである。ここには、第二稿には見られない複雑な愛憎の心理が描かれている。

アルベルトの不在中にヴェルテルがロッテに読んで聞かせる「オッシアンの歌」は、第二稿にもそのまま取り入れられている。しかしヴェルテルに初めて抱擁されたあとのロッテの感情と、翌日十一時頃アルベルトが帰ってきたときの夫に対する彼女の態度は、初稿においてかなり違っている。

第二稿においては、アルベルトはヴェルテルが来たことに対して何も厭味を言わず、この紳士的な態度によって安らかな気持になったロッテは、すべてを告白して赦しを乞おうとする。これに反し初稿のロッテは、ヴェルテルの熱烈な愛を想い興奮して夜も眠られず、アルベルトのヴェルテルに対する侮蔑的な態度に激しい憤りさえ感じる。初稿においては夫妻の内面的決裂があらわにされ、ヴェルテルの下男にピストルを平然と渡すアルベルトは、ヴェルテルが自殺するのを勝利者のまなこで冷たく見ている陰険な性格の男として描かれているのである。この箇所には、ゲーテと共通の友人カール・W・イェルザレムが一七七二年十月三十日に人妻への失恋からケストナー所有のピストルで自殺した事実が根底にあるため、モデルにされた当人とって極めて不快であるのは当然であった。ゲーテにとっては生と死の根源現象、自分の生活体験と身近な他人の没落が重なり合う深刻な経験であった。以下は、ヴェルテルがアルベルトへの依頼状を認めたあとの、ロッテのもともとの心理描写である。

「愛すべき夫人は昨夜ほとんど眠らなかった。彼女の血は熱病にかかったように煮えたぎり、彼女の心は無数の感情によって千々に乱れた。不本意ながら、彼女は胸の奥深くでヴェルテルの熱い抱擁を感じた。それと同時に、こだわりのない無垢の日々、自分自身にすっかり信頼できた日々が倍も美しく見えてきた。ヴェルテルの訪問を知ったときの夫のまなざしと、彼の無愛想な軽蔑したような問いを想像するだけで、彼女はもう不安におののいた。彼女はこれまでうわべを偽ったり、嘘を言ったりしたことは決してなかった。それが今はじめて、どうしてもそうしなければならない破目に陥ったように思われた。それに逆らう気持、そのさい感じた困惑は、彼女の罪悪感をました。しかし、その罪を惹き起こした者を憎むことも、彼と二度とふたたび会わないということも、自分に約束できなかった。彼女は明け方ちかくまで泣き通し、困憊のあまりようやくまどろみかけた。しかし、はっと気が付き衣服をまとったとき、夫はもう帰宅していた。彼女には、夫が身近にいることが初めて堪えられなかった。夜通し泣きはらした眼を見つけられるだろうという不安におののきながら、彼女はますます混乱してしまったからである。彼女は激しく抱擁しながら夫を出迎えたが、それは待ちきれない喜びの表現というよりは狼狽と悔恨の表現であり、それにより、ことさらアルベルトの注意を惹くことになってしまった。アルベルトは二、三通の手紙と小包を開封したあと、ほかに何かなかったか、だれも来なかったか、と素っ気なく尋ねた。彼女は口ごもりながら、ヴェルテルがきのう一時間来ておりました、と答えた。――彼はうまく時を利用するね、とアルベルトは言いながら自分の部屋へ行った。ロッテはおよそ十五分間ひとりでいた。彼女が敬愛していた夫の姿は彼女の心に新しい印象を与えた。彼女は彼の善良さ、気高いこころ、愛を思い起こし、それに報いることをしなかった自分を責めた。これまで知らなかったある力に牽かれて、彼女は彼のあとについて行きたくなった。彼女はよくそうしたように、手仕事をもって彼の部屋へ行き、なにか入用ではありませんか、と彼に尋ねた。彼は、何もないと答え、なにやら書くために机に向かった。彼女は腰をおろして編み物をはじめた。彼らはこうして一時間以上も座ったままでいた。アルベルトが二度、三度と部屋の中を行ったり来たりし、ロッテが話しかけてもほとんど何も返事をせずにまた書き物机に向かったので、彼女はいっそう不憂鬱に陥ってしまった。それは彼女が憂鬱を隠し、涙を抑えようとすればするほど、いっそう不安なものになった」。

ところで、ゲーテみずから述べているように、『若きヴェルテルの悩み』出版五十周年を記念する頃には、この初稿を読んだ人々はもうあまり多くはなかった。詩人も記念版に初稿を印刷させることを結局思いとどまり、『ヴェルテル』は一七八七年いらい第二稿のかたちでのみ出版された。ヴェルテル体験に対して深い実存的不安を抱き、この自作を読み返すことを意識して避けていたゲーテは、「絶対的な激しさをもった初版」を密かに恐れていたに違いなかった。青年時代のこの作品が彼の人生にとって何を意味していたかを、彼は記念版の序文に代えた詩「ヴェルテルに寄す」の中で暗示しているが、それは初稿をもとにして初めて充分に理解される。そのうえ『ヴェルテル』は啓蒙主義から古典主義ないしロマン主義への過渡期、シュトゥルム・ウント・ドラング時代を生き抜いた若きゲーテの生活体験の総決算として、当時の文学・芸術・宗教・道徳・社会のあらゆる分野に及ぶ多種多様な問題を内包している。二十五歳の青年の作品に牧師ゲーツェや啓蒙主義者F・ニコライ、レッシングまで当時の古い世代からなぜあれほど激しい非難ないし批判の声があがったかは、暗示された精神史的状況を顧慮することなしに理解できない。ゲーテの意味でそれが彼の告白文学の代表作であるにしても、恋愛体験がいかに文学的に変容され、初稿がいかに技巧的に改作されたかを見るならば、彼の文学的告白はもはや通常の告白概念では把握されえないことが判明する。エッカーマンとの対話において、詩歌の定義として一八二五年六月十一日付で、「さまざまな状態の生きいきとした感情とそれを表現する能力が詩人のすべてだ」といわれている通りである。

第一章　曾遊の地ミュンヘン

すべての存在を縛りつけている威力から
解放されるのは、自分を克服する人間だけだ。
（ゲーテ「秘義」一九一行以下）

繰り返された映像

一九八二年七月、ゲーテ没後百五十周年の機会に思いがけずドイツ側から授与されたシーボルト賞により、私はふたたび曾遊の地ミュンヘンに半年以上滞在できることになった。三日の夕方、モスクワ経由でフランクフルトに着くと、現地法人の支店長になっていた友人Ｆの出迎えを受け、彼の家で一泊させてもらうことになった。翌日、デュッセルドルフのペンフレンドを再訪したのち、六日にボンの大統領官邸でアレクサンダー・フォン・フンボルト財団の総会に参加した。翌日に初めてマインツまでライン下りをするチャンスがあった。何人かの日本人招待客のなかに、中世研究家として著名な阿部謹一教授がおられた。若いとき何年も小樽商大に引きこもっていて、他にやることがないのでドイツ中世の研究に没頭できたとのことであった。七月八日にフンボルト財団の事務総長ハインリヒ・プファイファー博士の面識を得たのち、夕方にはもうミュンヘンにいた。同氏とはその後の中国のゲルマニストたちとの学問的交流にさいし、最初の仲介の労をとっていただいて以来、現在まで密接な関係を保っている。

第一回目のミュンヘン滞在のとき、私はミュンヘン＝パージングという近郊の駅を通過して夜遅く改築まえの中央駅に降り立った。それから二十年後このバイエルンの主都イザールアテンにふたたび比較的長く生活できるようになったとき、私は行ったばかりの夏休み中、七月十九日からまた昔の学生寮「ドイチェ・ブルゼ」に住むことにした。この期間を利用して一緒に来た音楽高校生の娘は、エングリッシャー・ガルテン（英国風庭園）内の日本茶室で芸道「華橋流」を創始していた親友ゲオルク・ヘルツル君の紹介で、生花の先生ヴィテンゼ夫人のところに泊めてもらうことになった。彼女は『蜜蜂マーヤ』の作者ボンゼルスの未亡人と親交があった。家元のヘルツル君は「華橋（はなばし）に欄干なし　一歩一歩　注意せざる可からず」をモットーにしていた真の知日家であったが、惜しくも夭折した。知り合った数多くの日本人のなかで、独文の女子学生Tがたまたま留学中だったので、いろいろな機会に顔を合わせることになった。

以前は「ブルゼ」のあるフリードリヒ・シュトラーセから中央駅まで市電に乗ることもあった。しかし学生寮から大学まではもちろんのこと、都心のマリーエン広場まではほとんどいつも歩いて行った。凱旋門を通り抜けてヴェデキントで知られる芸術家街シュワービング方面へ走っていた市電は、何年かまえに地下鉄にとって替わられていた。その際、ルートヴィヒ通り両側のポプラ並木が何十本も一時的に移植されるという大工事も行なわれた。あの頃は、大学前の停留所に来た市電に歩道から飛び乗ろうとして信号を無視する学生たちを警官が待ち構えていて交通違反をとがめ、

「gemein!（卑劣な）」という顰蹙を買っていた。このような時代であり、しかも窮鼠猫をかむのような気持でゲーテの文芸理論に関する文献学的ドクターアルバイトに取り組んでいたので、私の当時の記憶はいわば黒白写真であった。しかし、この度はすべての生活体験が多彩となり、「われわれは彩られた反映において生を把握する」という『ファウスト』第二部冒頭の言葉が実感されるようになった。

フンボルト財団には研究テーマを「シーボルトとゲーテの科学史的関係」と報告してあったので、ヴュルツブルク大学で在外研究中の東京大学駒場キャンパスの杉浦博氏がすぐ連絡をとってくれた。リルケの『マルテの手記』を私は同氏の訳で読んでいた。その後、マイン河畔のヴュルツブルク近郊シュリュヒテルンのブランデンブルク城に、シーボルトの曾孫にあたる当主イーザ夫人を訪問し、そこでシーボルト・ギムナジウムの校長ヴェルナー・デッテルバッハ氏のほか、シーボルトの関係資料を整理していたボフム大学の日本研究者で図書館の司書を務めていたエーバーハルト・フリーゼ氏と知り合った。彼はシーボルト・コレクションの文献学的復元をめざしてドクター論文を作成中であった。シーボルトが日本でゲーテに言及したという記録が残っているかという私の問題提起に彼も興味をもち、いろいろな形で当地およびボフムで協力してくれることになった。その最大の成果は、長らく紛失したと思われていたシーボルトの手稿「旅日記」の再発見であった。彼は当時西ドイツ人として東ベルリンへ入れないが、旧プロイセン科学アカデミーの図書館に秘蔵されているかもしれないとのことであった。私が早速行ってみると、それは確かに、厚紙の箱のなかにSieboldianaとしてシーボルト手書きの他の貴重な文献とともに確かに収納されていた。その最後のページが日本に残っていた写真と一致したので、それは白い皮表紙の原本であることが確認された。それについては帰国後に日本ゲーテ協会の総会で報告し、専門家の方々から確認していただくことができた。幸運であったのは、ヴュルツブルクからの帰途、駅近くの古本屋でたまたまフンボルトの『コスモス』初版本全四巻を比較的安価に入手したことである。三十年後に、私はそれを詳しい注釈付きで翻訳することになった。ヴュルツブルクには、クライン＝ラングナー氏のシーボルト博物館設立に協力するためその後何度も行った。感銘深かったのはとりわけ、レントゲン光線が発見されたという、駅に比較的近い医学研究所を通りすがりに見たことである。

そのほか私はマイン河畔フランクフルトのゲーテ博物館の催し物に何回か参加した。館長のデートレフ・リューダース氏とはその年五月の日本ゲーテ協会総会のさいに知り合っていた。とりわけ十二月八日に、ボン大学のいわゆる「ディエス・アカデミクス」にスイス人のゲルマニストで来日したことのあるベーダ・アレマン教授から招待された。それは各地の大学で催されていた学生と市民のための一般教養講座シリーズの一環で、さまざまな公開講義と行事により、種々異なった専門科目の研究の様子、さまざまな研究施設の紹介を目的としていた。プログラムには、たとえば以下のような題目が掲げられていた。「皇帝カール五世の峻厳な刑法の伝統と改革」「ワーグナーとブレヒト――楽劇の定義」「古代ギリシアの教育と学校の伝統の運命」「切手、その教育的・芸術的価値」「批判的理性と宗教的信仰」「レバノンの内戦とイスラエルのレバノン侵入」「無神論における自己理解の変遷」「文学におけるいかさま物」「言語の起源」「発展途上国の権利？」「若者言語における英語の流行」「太陽エネルギーの電気化学的利用」「昆虫における神経伝達装置」「自然の放射能」

「進化はストレス克服の助けとなるか」「世界の栄養問題に対する国際的農学研究の寄与」。

定年退職後、私ははからずも皇帝カール五世とかかわりの深いドナウ河畔のレーゲンスブルクに客員教授として何年も住み、また一九七二年にはヘルダーの『言語起源論』をすでに翻訳していた。後年のダルムシュタットでのドイツ文芸アカデミーでの会合のさい、レバノンのあるカトリック詩人と知り合うことになったのも奇遇であった。私は当時『ヴェルテル』の夥しい日本語訳を例に「日本におけるゲーテ受容」について講演をおこなった。そのとき聞きに来てくれた韓国の若いゲルマニストと私は十五年後にソウルで再会し親交を結んだ。彼はアレマン教授について勉学していた。翌年の二月中旬には、オーストリア文学史を編纂中のザルツブルク在住のヴァルター・ヴァイス教授を訪ねたりウィーンへも再び行ったりしたが、ミュンヘンからではドナウ河はまだ身近に見られなかった。三月初旬にケルン経由で神聖ローマ帝国成立の地アーヘンに行ったとき、会いたいと思っていたゲーテの植物学に詳しいゲルマニストはあいにくと不在であった。のちに、この町ともＥＵ研究のため深いかかわりを持つことになり、カール大帝の事績をたずね数度訪れることになった。

同年の春に同じく西ドイツへ来ておられた旧知のゲルマニスト小塩節氏とは翌年一月にミュンヘン総領事館で再会したが、ドイツ再統一後ベルリンの日独センターでまた再会するまで、ボンで話す機会はなかった。しかし昭和五十七年五月十八日付『日本経済新聞』の文化展望欄にたまたま「西独　ふところの深い国」という同氏のエッセイが掲載されていたので、導入部分の「さけも戻ったライン川」がとくに思い出深い。冒頭に臨場感のある体験記として、「最近私はライン川のほとりを歩いた。雪どけの水がまんまんとみなぎり、中央が盛りあがるようにして流れていた」とある。

その数年後私は、レーゲンスブルクでドナウ河が雪解け水で氾濫し、いわゆる「石橋」右岸の市街地のバス通りが水浸しになるのを経験した。十八世紀におけるライン河の氾濫は、水死した健気な少女ヨハンナ・ゼーブスを悼むゲーテの物語詩に記念されている。小塩氏はまた、私が汽車の車窓から見るだけであったライン河で、ちょうど私が褐色をしたドナウ河でつぶさに見聞したような実に貴重な個人的体験をしておられる。「二十年前に私はこのライン川で泳いだ。しかし十年前の一九七〇年代初めにはもう泳ぐことはできず、黄濁した水は化学薬品のにおいがした。釣れた魚もとうてい食べられない。一九六九年六月には、ケルン付近で流入した農業殺虫剤ため一夜にして数百万匹の魚が死んで大騒ぎになった。ラインの水は死んだ、と言われた」。

川の水質汚染とその回復は、科学技術時代の到来とともに始まった恐らくもっとも深刻な環境問題で、一九八一年九月十六日付の『朝日新聞』北海道版にも、私の故郷である札幌市の豊平川上流の真駒内川に同年九月十五日サケが帰ってきたと報道されていた。その二年まえに放流されたと思われるサケが豊平川系に戻ってきたのは実に三十年ぶりで、百四十万人都市の河川にサケが回帰するのは世界でも珍しいといわれ、「豊平川にサケを呼び戻そう」という市民運動は、カナダのヴァンクーヴァーで開かれた第一回太平洋サケ会議で紹介された。ところが、ちょうどその頃「二千年前にローマ人が美味として激賞したラインのさけ」がライン河へ戻ってきたというのである。その頃ライン河では、旧ユーゴスラヴィアとルーマニアの接点にあるいわゆる「鉄の門」をすぎたドナウ河下流ですでに起こっていた、原発の冷却水による水温の上昇と漏れ出す放射能による汚染は当地でまだ重大な環境問題にまで発展していなかったようである。

もちろん、ライン河はもともとアルプスの川であり、スイスとドイツの間にまたがるボーデン湖は周辺諸国を潤す巨大な水がめである。しかし「河川の水はただ流れているのではなく、人間がその知恵の限りをつくし、川の自浄能力を助けなくてはいけない『生き物』である。水を治めるものは国を治めるという。治水こそ『文化』の根底である。文化（カルチャー）とは「耕すこと」（カルティベイト）なのである」。あえて補足すれば、川が生き物であるということは、ライン河もドナウ河も生きているということである。そしてカルチャーあるいはドイツ語のクルトゥーアの語源が耕作、さらに植物全般の栽培であることから、ゲーテやヘルダーリンが歌っているように、土地だけでなくある意味で川のような人間の心・精神・人格を耕すという観念連合がおのずから生じてくる。すなわち中世におけるベネディクト修道会による農耕文化およびゲーテ時代の意味の人間形成・教養理念である。二十世紀後半において「教養小説の崩壊」ということがことさら語られたのはフンボルト的大学理念が失われたことにほかならず、教養小説『緑のハインリヒ』の著者ゴットフリート・ケラーのいうアルプスを旅立った青年のようなライン河が、オランダで運河化され老衰状態になるのとある程度まで似ていた。それればかりでなく、人生あるいは歴史という時間も耕されるべきものであって、ゲーテの『西東詩集』に見出されるトマス・カーライル愛好の格言に「私の相続した遺産はなんと素晴らしく広大であろうか。時間は私の財産、私の田畑は時間」と簡潔に言い表されている。

中世哲学研究者ヨゼフ・ピーパー（一九〇四―九七）が詩人の告白と裏腹に『ゲーテの沈黙について』（一九五一）語っただけでなく、労働についての考察『余暇と敬神』（一九四八）のなかで強調しているように、ドイツ語で文化（クルトゥーア）と語源が同じクルトという言葉は敬神と宗教的儀礼を意味し、ヨーロッパにおいては古代ギリシアの新プラトン主義からシュトラースブルクを拠点とする中世のドイツ神秘主義、バロック時代の汎知学、オランダのデヴォツィオ・モデルナ（新時代の敬虔）をへて現代のキリスト教的ヒューマニズムにまで及んでいる。それはライン渓谷沿岸の実り豊かなぶどう畑や古城の廃墟とならぶロマネスク様式の教会とラインラント各地の皇帝ドームに如実に表われている。また南西ドイツが出自であるハプスブルク王朝のもとで築かれた同じく長い伝統をもったバロック様式のドナウ文化圏においても、政治と宗教は相関関係にあり、時代によりどちらかがより前面に現われてくる。それゆえ、その紆余曲折する弁証法的発展を適切に把握し、それぞれをバランスよく叙述することは、後半生における私の文化史的課題となった。この頃ドイツで文化史は、理論がないという理由で、ゲルマニスティク研究においてまだ過小評価されていた。

バイエルン州立図書館の日々

ミュンヘン大学では恩師ヘルマン・クーニッシュ教授のかつての助手ヴォルフガング・フリューヴァルト氏に指導教授をお願いしたので、七月中旬からすでに大講堂での彼の講義を聴講するほか、シェリング・シュトラーセの研究室でのオーバーゼミに参加した。しかしドイツ各地での催し物や講演に招待されることが度々あり、もはや学生時代のように毎回出席するわけにはいかなかった。クーニッシュ教授とミヒャエル・シュマウス教授とはたいていご自宅でお会いしていたが、今回は学生時代に中世文学の指導教授であったハンス・フロム氏からもたびたび招待されるようになった。同教授はリゴローズムというドクターの口頭試問のために『ニーベルンゲンの歌』を中高ドイツ語の原文で読んでおくようにとの課題を出された。大学の仕事の面では、前年から出版を予定していた拙著『続ゲーテ研究』（南窓社、一九八三年）の校正が秋口から始まることになっていたので、ドイツにいながら影響史に関するさまざまな資料を手許に持っていたのは講演を依頼されたさい好都合であった。たとえばヤスパースの論文「われわれの未来とゲーテ」は、わが国におけるゲーテ受容の仕方に対し反省を迫ると同時に、ゲーテの自然研究を再検討するよい機縁となった。またシュウェービッシュ・ハレにおける「職業教育の促進」に関するシンポジウムは、古い徒弟制度のことしか知らなかった私に新しい知見をあたえてくれるものであった。ここで私は、かつて学習院大学で長いこと教えていた教育学者ギュンター・ハーシュ氏と再会した。

イザールアテンの古巣に戻った八月七日、私はミュンヘン総領事公邸の「日本人はなぜヨーロッパ文化に興味をもつのか」という討論会をかねたガーデンパーティーに招待された。学生時代に総領事館へ行くような用事はなかった。しかし、その年はミュンヘン＝サッポロ姉妹都市十周年に当たっていたため、九月十七日、市立博物館で私もバイエルン独日協会の催し物として故郷の札幌について講演をする機会があった。八月十二日（木）には、エングリッシャー・ガルテン横カウルバッハ・シュトラーセにあるイエズス会のミュンヘン本部で、同僚のハインツ・ハム神父と再会した。彼は夏休みのあと九月二十日に東京へ帰った。

娘も八月三十一日に帰国しなければならなかった。イタリアをぜひ見たいというので、われわれは残された二つの週末に急遽ローマとウィーンへ行くことにした。予約もなにもなしに夜行で出かけ、ローマの終着駅に朝早く着くと、旅行者目当ての斡旋人に紹介されるままに都心の安宿に三泊した。そしてここから、ヴェネツィア広場の向こうにみえるヴィクトル・エマヌエル記念堂の白い建物だけを目印に、ほとんどいつも徒歩で市内をさまよい歩いた。今回の貴重な体験は、ペータースドームでエレベータに乗って屋上に出、丸天井内壁の側面にそって旋回するように高い展望台まで登ったことである。そのほか、ヴァチカン美術館では出口が分からなくなり、たぶん三周くらい館内を歩き回った。

他方でウィーンでの今回の目標は何よりも中央墓地で、市内観光もそこそこに再び七一番の電車に揺られてベートーヴェンおよびシューベルト詣でに出かけた。もう何年もまえから都心の「フェリチタス」というパンジオンを常宿にしていたが、二十年以上たって廃業してしまったのは残念であった。さいわい大学近くのもう一軒の古典的建物の中にあるところはまだ存在している。その後のことであるが、ミュンヘンのある日本企業事務所で働いている何年もまえの卒業生K君が現われ、週末に自分の車でアンデクス修道院やノイシュヴァンシュタイン城、ベネディクトボイエルンやヴィースあるいはオットーボイレンなどのかつて訪れたバイエルンの有名な教会だけでなく、グラーツやクラゲンフルトあるいはクレムスミュンスターやザンクト・フロリアンなどオーストリア各地まで連れていってくれたのは、願ったり叶ったりであった。数年後、彼は、北イタリアのガルダ湖からヴェネツィアまで泊まりがけで同行さえしてくれた。

こうしているうちに九月末、ドイツ人学生たちが学生寮に戻ってくるようになったとき、私は学生時代から初めてミュンヘンでいわば自立して下宿することにした。『南ドイツ新聞』に広告を出し、

バイエルン州立図書館
閲覧ホールへの入口階段

K君に助力してもらい幸いニュンフェンブルク方面の閑静な住宅街に部屋が見つかった。家主はネボリエフというバイエルン放送局に勤務するブルガリア人で、若いとき後に外交官となる日本人学生と一緒に暮らしたことがあるという親日家であった。家はパージングからバスで行くところにあった。九月三十日、彼のところへ引っ越すまえの数日間、題名に惹かれ古本屋で手に入れたランゲッサーの長編小説『消えない印』を寮の部屋で読んでいた。その間に映画館でギュンター・グラス原作の「ブリキの太鼓」やワーグナーのオペラ映画「パルシファル」も見た。演劇ではゲーテの「イフィゲーニエ」と「タッソー」をカンマーシュピーレ劇場における超現代風の演出で体験した。新しい部屋ではテレビが見られるようになったので、ヨーロッパ社会とドイツの日常生活へ大きく目を見開かれることになった。十月一日、社会党のヘルムート・シュミット首相から、ちょうどキリスト教民主同盟のコール政権へ変わったところであった。後日、十一月十一日には、ソビエトのブレジネフ書記長死去のことを正午のニュースで知った。

行動範囲が広くなるのは望むところで、以後、私は毎日のようにバスと電車に乗って都心へ出かけるようになった。行き先はもはや大学の本校舎ではなく、その斜め向かいルートヴィヒ教会の隣にある一八三二―四三年建造のバイエルン州立図書館であった。その裏手には青少年図書館があり、独文出身のS女史が勤務していたので、時おり訪問した。かつての学友でハルトヴィーヒ夫人となっていた日本女性は大学の日本語講師になっていた。のちに彼女の紹介で、日本学教授のインゲ・クルーゲ女史からご自宅へ招待された。透谷と鷗外研究家として知られるヴォルフガング・シャモーニ教授は、日本におけるドイツ文学受容に関する私の講演に来てくれていた。彼はのちにハイデルベルク大学へ移籍した。また十月三日には、シラーの戯曲『ヴァレンシュタイン』（岩波文庫）を翻訳されることになる東京大学の浜川祥枝独文科教授から電話がかかってきて、武蔵大学のある友人とともに宇都宮大学I氏のお宅での新鮮な牡蠣の食事へ招待された。その後、同じ大学の宮下健三教授がボンからミュンヘンへ来られたとき、一緒にもう一度招待された。彼は小樽出身で、いわば同郷人であった。シェリング街に移転していたドイツ文学科のある建物には、閑散としているか混雑しているかで、あまり親しみを感じなかった。付近の古本屋を歩き回ったときなど、アマーリエン・シュトラーセに面した大学本館裏口から入って、なつかしい思いでときどき学生食堂「メンザ」へ行くこともあったが、州立図書館の職員たちと共に地下食堂で安価な研究者用ランチを食べるほうがはるかに快適であった。かつてのように、大学のメンザでもここでもビールがいつも提供されていた。あの頃は、適量のアルコールは許容されているといって、昼間から平気でワインを飲んで自動車を運転する人々がかなりいた。

六百五十万冊の蔵書を有するバイエルン州立図書館は、内部が宮殿のたたずまいのある豪壮な建築で、私にはまさに「ロゴスを愛する学」Philologie（文献学）の殿堂のように思われた。旅行中の外国人でもパスポートを見せれば、一般の閲覧者と同じようにすべての施設を利用することができた。古い貴重な本は依頼してコピーを作成してもらうシステムが完備し、ふつうの本は比較的安く自分で有料コピーを取ることができた。ベンヤミンではないが、私は「技術的複製可能な時代」の恩恵を充分にこうむった。パーソナル・コンピューターはまだ普及しておらず、この高級な機器を閲覧室に持ち込んで仕事をしている人は、めったに見かけなかった。閲覧したい本は用紙に書き込んで午前中の所定の時間までに提出しておくと、まとめて全員に書庫から出してくれるようになっていた。その頃私は閲覧室で読むことはあまり考えず、古書で入手できないと思われる文献を索引カードで探し出し、できるだけ多くコピーにして持ち帰るように努めた。手許に残っている多数の申し込み用紙控えは、自分の研究史のためにも貴重な資料である。この度は研究テーマ「シーボルトとゲーテの科学史的関係」のため、集める資料はおのずから自然科学者としてのゲーテおよび十八世紀の日独医学史関係のものに集中していた。当時アレクサンダー・フォン・フンボルトは中南米探検旅行そのものというよりは、ゲーテとの関係で視野に入ってきた。たとえば彼のゲーテとの往復書簡をコピーした。シュヴァイツァーの『四つのゲーテ講演』をその頃手にしたことも記録に残っているが、のちに古本で難なく入手した。

州立図書館に用意されていた種々異なった案内パンフレットは至れり尽せりで、図書館員たちが徹底した文献学的訓練を受けていることを窺わせた。列挙すると、概観につづいて次のような特殊案内があった。「事項カタログ」「各種文献リスト参考文献」「書籍閲覧と貸し出し」「遠隔地貸し出し」「一般閲覧室」「雑誌室」「写本と稀覯本」「楽譜部門」「東ヨーロッパ部門」「オリエント部門」「東アジア部門」「地図類」などである。これらのうち最も参考になると思われるのは、すべてタイプライターで記された「事項カタログ」である。(ベルリンのプロイセン科学アカデミーの図書館にはヤーコプ・グリムが書いたといわれる手書きの検索カードさえあった)。それはマルティン・シュレッティンガーという人が始めたという世界最古の「一八一九―一八五六年の事項カタログ」から始まり、いくつかの年代に区分されており、それらの中で大小の概念により単にアルファベット順にではなく、体系的に分類されていた。たとえば、事項概念「特殊学校」、地理学的概念「バイエルン」、人類学的概念「スラヴ人」、時期の表示「ロマン主義」、歴史的事件「農民戦争」、人名「シェイクスピア」、文化的機関「バイエルン放送局」などである。

ゲーテそのものについては、なるほど膨大な文献リストがゲーテ研究の枠内で多かれ少なかれ刊行されている。それらは文学史的・美術史的・科学史的あるいは文化史的な事項の著者名および著書・論文をアルファベット順に分類した膨大なリストである。しかし、それらの各分野における特定の概念、たとえば「自然」の分極性や高進性や連続性などの詳細な概念的分類の参考文献リストはほとんど見出されない。ユビレウム記念版の索引はリプリントがあるくらい稀で、はじめ別巻であったハンブルク版ゲーテ全集のインデックスはあまり充実していない。そもそも、そういう完全なリストはゲーテの場合、恐らく不可能である。ましてバイエルン州立図書館の「事項カタログ」に把握されている各種事項と記載されている参考文献を手にすることは、毎日図書館に通っても事実上不可能である。ドイツ人の専門的研究者に現在までどれほどの参考文献の参照義務が課されているのか、もはやよく分からない。しかし少なくとも私にできることは、ゲーテ自身のテクストと向かい合って、ゲーテとキリスト教のような限定された範囲内で、いくつかの重要概念の意味内容を分析し、それらの相互関係を解明すること以外にないと思われた。

そうこうしているうちに、十一月二十六／二十七日にはバイロイト大学における「ゲーテと自然科学」のシンポジウムに招待され、ワルター・ゲープハルト教授と知り合った。彼は中国と日本の美術に造詣の深いヴァッケンローダーのような芸術愛好家で、以後、私のもっとも親しい友人のひとりになった。ミュンヘンに戻ってから、ゲーテの自然観について関心のあった音楽評論家丸山啓介氏と会って長時間話をする機会があった。上記のボンにおける「ディエス・アカデミクス」はその後の行事であった。せっかく北上したのでハンブルクまで行き、途中ハノーヴァーのブッシュ博物館を訪れたところ、休館中にもかかわらずグラッチュ館長が個人的に案内してくれた。行き帰りボッフムに寄り、ヘルダーを研究している大学院生のSとシーボルト研究家のフリーゼ博士と再会した。年末はあちこちのクリスマス・パーティーに招かれているうちに、『ゲーテ研究』続巻の校正刷りが届き、気ぜわしくなってきた。年があけると西ベルリンへ出かけ、「国際ゲルマニスト年鑑」の刊行者である自由大学のハンス＝ゲルト・ローロフ教授と上述のハーシュ氏夫妻を訪問した。同夫妻は帰国後に、東西に分割されたベルリンの誰も住もうとしない「辺境」分離壁際の安い住宅を買って住んでいた。ところが、ベルリンの壁の崩壊とともに、閑散とした彼の居住区域は直ぐに中心街の高級住宅地となった。

ミュンヘンに戻ったとき、私はアジアとアフリカからの学生のための学生寮「パウルスコレーク」でおこなわれる種々の催し物にふたたび参加することになった。かつての指導司祭ゲルハルト神父が老齢のためもう引退していたので、数日後に大学近くの中国人学生寮「ハウス・フー（福）」に彼を久しぶりに訪ね、食事に招かれるなど歓待された。私はすでにワイマールで中国のゲルマニストたちとの面識を得るようになってはいたが、まだ個人的な友人はいなかった。定年退職後の数か月、親友の張玉書教授のはからいで北京大学キャンパスに客員教授の資格で滞在できるようになったとき、女性の学部長から「その頃わたしはハウス・フーのゲルハルト神父の隣に住んでいました」といわれて奇遇に驚いた。韓国へたびたび行くようになったときも、ヘルダーリン研究者のあるゲルマニストから、「ドイチェ・ブルゼ」にソウル出身の友人を何回か訪れたとき、隣室に住んでいた留学時代の私を見かけたことがあると言われた。まことに仏教徒ならずとも「袖振り合うも多生の縁」である。

なお二月五日に早くも、私の『続ゲーテ研究』の見本刷りが届いた。後年、レーゲンスブルク滞在中にもう一度、異郷にいながら関係者の協力で日本語の著書を刊行することができた。二月十三日に手塚富雄先生の訃報を家人からの電話で知った。数日後、オーストリア文学研究会の依頼でザルツブルクのワルター・ヴァイス教授を訪問しなければならなかったので、ウィーンまで足を伸ばし、ワイマールで知己となっていたウィーン・ゲーテ協会会長のヘルベルト・ツェーマン教授をも訪問した。彼はウィーン少年合唱団の出身であった。長いこと留学していた北海道出身の大学院生Sにも再会した。彼は際限のない戯曲資料を扱うドクターアルバイトで十年以上も苦労していた。彼の下宿近くのシューベルトが死去した部屋を見学した日の夕方、楽友協会のまえに立ってぼんやり建物を見ていると、見知らぬ人が「今晩行けなくなったからどうぞ」といって入場券を渡してくれた。それまで、もっぱらオペラしか見ていなかったので、無償の好意に感激すると同時に、不思議な思いをしながらニューイヤー・コンサートのテレビ放送で見慣れた会場の非常によい席でウィーン音楽を鑑賞させて頂いた。一日おいて、ブルク劇場でシラーの三部作「ヴァレンシュタイン」を観劇できたのも貴重な体験であった。この時もS君とウィーンの森へ出かけ、グリンツィングからヌスドルフへ出て、ベートーヴェンの「エロイカ・ハウス」を見て帰った。市内ではウィーン市立博物館に復元されている、大詩人グリルパルツァーの居室を見学した。彼は結婚しないままに終わった許婚に看取られて死去したとのことであった。もともと「エロティカ・ロマーナ」と題されていた『ローマ哀歌』や辛辣な『ヴェネツィア短唱』を書いた、時に意識的に異教徒的に振舞う詩人ゲーテと異なり、同様のコンプレックスがあったらしい深い宗教性あるいは精神性の持ち主キェルケゴールやカフカなどのことが思い出された。

二回目のミュンヘン滞在の最高潮は、ハンブルク版ゲーテ全集の刊行者として名高いエーリヒ・トゥルンツ教授を北ドイツのキールに訪問できたことであった。ベルリンのローロフ教授から紹介され、手紙で打ち合わせてあった訪問時間は三月五日(土)午後四時半であった。しかし夜十時になっても話が尽きなかったので、翌日午前中にふたたびお伺いすることになった。ホテルに帰ると、この晩の宿泊代が支払われていた。とくに印象が深かったのは、ゲーテが『詩と真実』のなかで言及しているウェリングのさまざまな汎知学的図形を古い大型版の原書で見せて頂いたことである。同教授の紹介で七日にはアルブレヒト・シェーネ教授にも会えることになったので、午後にはリュベック経由でゲッティンゲンに向かった。シェーネ教授とは一九八五年に彼の大学で行なわれた国際ゲルマニスト大会以来深いきずなができ、一九九〇年の東京大会をこえ、学問的交流は主にドイツ文芸アカデミーにおいて今日まで続いている。

当時、私は機会あるごとにデュッセルドルフへ行っていた。母校で学恩をうけたドイツ人の先生がデュッセルドルフ大学教授となり、ハイネ研究所を中心に活躍していたからである。三月十三日(日)には、館長のイェルン・ゲレス氏からゲーテ博物館での講演に招かれ、現地商社に勤務していたかつての女子学生Yが思いがけず来てくれた。定年退職後のことになってしまうが、ドナウ河畔のレーゲンスブルク大学で日本語・日本文化の授業をするようになったとき、私は時どきかつてのミュンヘンからではなく当地からニュルンベルクとヴュルツブルクを経由して北上するようになった。ライン右岸の新しい特急路線を利用すると、南フランクフルトからケルン中央駅を迂回せずにライン右岸の見本市町ドイッツ経由でデュッセルドルフへ直行することができた。

都心から地下鉄で旧市街をぬけ、ライン河にかかる「オーバーカッセラー橋」を渡ると、高速道路ちかくのニーダーカッセル地区に、ドイツ「恵光」日本文化センターがある。国際交流基金の運営するケルンの日本文化会館と異なり、浄土真宗の仏教財団が経営する文化団体で、市から提供されたライン左岸の緑豊かな広い敷地に日本人の庭師が設計した純然たる日本庭園があり、そこに日本のと変わらない寺が建っている。館長は僧籍にあるゲルマニストで、日独文化交流のかたわら幼稚園も経営しているので、デュッセルドルフに住んでいる日本人の家族には重要な施設である。年に二回、宗教学と文学・美術関係のシンポジウムを開催しているが、参加者はドイツ語圏のアジア文化研究者および日本からの招待学者と聴講する一般市民である。私も元東北大学独文学教授の館長青山隆夫氏に招かれてこれまで何度もそれに参加した。デュッセルドルフ大学スタッフの協力があり、中国と韓国も視野に入っているので、文化活動はきわめて活発である。その学問的成果は『法輪』というドイツ語の機関誌（ユディツィウム出版社）に発表されている。

ミュンヘン大学の前身を訪ねて

このような研究体験をしながら、この度は全く自由な身であっただけでなくある程度の経済的余裕もあったので、仕事の合間にしばしば鉄道で小旅行に出かけた。マールバッハのシラーの生家と近代文学資料館のほか、とりわけ、ドイツにおける第二の母校となったミュンヘン大学の前身のあるドナウ河畔のインゴールシュタットに興味があった。北岸の旧市街はヴェルテルの町ヴェッツラーと同様に駅からバスに乗らなければならないほどかなり離れていたが、南岸の新市街とは三本の道路と鉄橋で結ばれている。それは筋向かい二つの塔のある後期ゴシック様式の大聖堂「聖母ミュンスター」およびドイツでもっとも美しいものの一つといわれる市門「聖十字架門」（一三八五年）によって有名であり、一三九二年いらい何世紀もバイエルン公爵たちの居城地かつ大学都市であった。ドナウ河上流のシュワーベン地方とバイエルン地方を分かつドナウヴェルトから六十キロメートル下流にあるこの町は、カロリング王朝時代の御料地に遡り、十五世紀にヴィッテルスバッハー公爵家のインゴールシュタット家系の上部バイエルンにおける城砦都市になっていた。もともとこの地方出身のヴィッテルスバッハー家は、北ドイツ・ザクセンのヴェルフェン家出身ハインリヒ「獅子公」が不服従のため神聖ローマ皇帝フリードリヒ一世バルバロッサにより追放されたあと、一一八〇年にバイエルン公爵領を封土として受領したのである。

ほんらい十四世紀まで、八世紀に聖コルビニアンにより創設されたフライジング司教区が上部バイエルンにおける文教の中心地であった。しかし、すでに一四五〇年頃、バイエルン公爵たちはローマ法王から大学設置の認可を得ようと努力し、ピオ二世も一四五九年にその用意があると伝えていた。しかし、ある戦争のため大学の設立は遅延し、一四七二年にようやく創立された。大学の基本方針はアリストテリズムで、論議の中心は普遍論争、すなわち個を重んずる唯名論者と理念にのみ真の存在を認める実在論者の思想的戦いであった。初期の知的水準はきわめて高く、大学は一四九〇年から一五一六年まで大いに栄えた。このインゴールシュタット大学の歴史的にもっとも重要な出来事は、一五一九年にライプツィヒで行なわれた、当地の著名な神学教授ヨハネス・エックと宗教改革者マルティン・ルターとのあいだの公開論争であった。それはエックの惨敗におわり、反宗教改革の牙城インゴールシュタットはやがてドイツ史の中で取り残されていった。一五一七年の宗教改革と同時に、ルネサンス以来の人文主義がますます優勢となっていったからである。

　この影響を受けた新進の教授たちが激しく批判したのは、ケルン、エルフルト、マインツなどの大学におけるように、中世スコラ学の牙城とみなされた諸大学の旧套墨守の神学者たちであった。これに対し歴史的意味のフマニスムス、すなわち人文主義を旗印に掲げる改革者たちは、ボッカッチョ、ヴァラ、フィチーノ、ペトラルカなどの詩文と修辞学、ラテン語・ギリシア語・ヘブライ語を重んじ、数学と音楽を奨励し、そのためロストック、グライフスヴァルト、テュービンゲン、インゴールシュタット、ウィーンなどの諸大学に学問的繁栄の一時期をもたらした。当地の代表的な学者はエックのほかコンラート・チェルティス、ヨハネス・アヴェンティヌス、ヨハン・ロイヒリンであった。しかし一五五六年以後は、イエズス会士たちがインゴールシュタットにおける学問的な支配的勢力であった。インゴールシュタットの定款はすでに実績のあったウィーン大学を模範としていて、最初の学生たちはバイエルンではなく、オーストリア・スウェーデン・アルザス・スイス出身の者たちで占められていた。

　私は後日はじめて、ここのバロック教会マリア・デ・ヴィクトリアの香部屋に、一五七一年のレパントの海戦におけるドン・ファン・ドストリアの勝利を記念する聖体顕示台（一七〇八年）が安置されていることを知った。二十年後、ドナウ河畔のレーゲンスブルクで、神聖ローマ皇帝カール五世のこの庶子の立像のすぐ近くに住むことになるとは予感だにしなかった。またレーゲンスブルクの帝国議会でヴァレンシュタインの後継者となったティリー将軍がグスターヴ・アドルフに敗れ、怪我のため一六三二年にインゴールシュタットで死去したことも、まったく無関係ではなかった。なぜなら、その後数度おとずれたバイエルンの巡礼地アルトエッティングで彼はそのマリア崇敬のため聖人のように敬愛されていて、市内に騎馬像まで立っているからである。

一八〇五年、バイエルンが王国に昇格したとき、西端に位置するインゴールシュタットはバイエルン国境を固める城砦都市であると宣言された。しかし大学はすでに一八〇〇／一八〇二年に廃校となり、低地バイエルンのヴィッテルスバッハー公爵たちの居城地ランツフートに移転していた。時代思潮は、中世大学の教養部から発展した哲学が神学に代わり諸学の女王になることを要求しつつあったのである。十九世紀初頭、大学のこのような役割はたしかに大学改革者たちによりまだ要求されてはいなかった。しかし一八一〇年にヴィルヘルム・フォン・フンボルトによりプロイセンの首都ベルリンに大学が創設されたとき、新設あるいは再開される大学は、その模範に従うことが広く期待されるようになった。たとえば、十八世紀にしばらく大学が存在していたボンにおいて、一八一八年に改めて大学が設置された。ナポレオンにより同じく閉鎖されたハレ大学もヴィッテンベルク大学との併合により新たな発展を迎えた。そしてイザール河畔のランツフートの大学も、新しい啓蒙主義の中で、ルートヴィヒ一世により一八二六年に上流のミュンヘンへさらに移転されることになった。すでに十年以上経過した抜本的大学改革まえのミュンヘン大学には、すでに神学部・法学部・財政学部・医学部・獣医学部・文学部・自然科学部があった。工学部は科学技術がまだ実学とみなされていたためと、費用がかかるため一八二七年に工科大学として独自に設立されていた。また第二次世界大戦後にアメリカ研究所が設置され、大学内で学部なみの地位が認められていた。

しかしながらランツフートの短命大学は、青年時代のルートヴィヒ一世がここで学び、神学者ヨハン・ミヒャエル・ザイラー（一七五一―一八三二）の薫陶を受けたことにより歴史的意義を獲得した。ザイラーは一七八〇年にインゴールシュタットの教義学教授となり、一七八四年にディリンゲンの司牧神学と倫理学の教授となったが、教会内の陰謀により一七九四年に解任された。しかし一七九九年にふたたびインゴールシュタットの教授となり、一八〇〇年にランツフートに移り、一八二九年にレーゲンスブルクの司教となったのである。彼はレーゲンスブルク大聖堂の内陣横に葬られている。また駅前小公園に銅像も立っている。戦後その横に師弟向かい合って設置されていたルートヴィヒ一世の騎馬像は、もともとの場所とほぼ同じドーム横、中央郵便局まえに移されている。ただ、インゴールシュタット大学もランツフート大学も、現在ではまったく忘れ去られており、比較的古いエルランゲン大学を除き、レーゲンスブルク（一九六四年）のほかアウクスブルク、バイロイト、パッサウなどが一九六八年の大学紛争後に設立されたバイエルンのいわば新制大学である。ドナウ河・イン川・イルツ川の合流するバイエルン東端の由緒ある司教都市パッサウは、若いアレクサンダー・フォン・フンボルトにより世界の最も美しい七つの町のひとつに数えられたところである。

今日ランツフートが有名なのは、とりわけ、ドイツ中世への追憶のため四年毎に行なわれるポーランド公女ヘドヴィヒと領主ゲオルク富貴公との「ランツフートの結婚式」のためである。それは旧市街の中心にある聖マルティン教会まえの広場で、古楽器による民衆音楽が鳴り響くなか、彩りはなやかな中世衣装をまとった男女の祝祭行列として繰り広げられ、余興に中世騎士たちの摸擬馬上試合も行なわれる。低地バイエルン地方の主都であるこの町の目抜き通りには、当地におけるヴィッテルスバッハー家系の建築趣味の影響をうけ、市民たちのイタリア風住居が立ち並んでいる。しかし、その一角にある旧大学校舎は、伝統あるインゴールシュタットと異なりもはやなんの役割も演じていないように見える。

イザール河畔の大学および芸術都市

第三帝国におけるドイツの大学は、ナチの制服の色により「褐色の大学」と呼ばれていた。とくに明朗快活な「ビールの町」ミュンヘンは、ヒトラーが暴力的なナチズムの旗揚げをした都市として、第三者から複雑な思いで眺められていた。一九四五／一九四六年の冬学期にすでに、ゲッティンゲン大学のルドルフ・スメントのような憲法学者は、学生たちに次のような見解を言い表わしていた。「第三帝国はまったく思いがけずわれわれのところへやって来たわけではない。それには成立と妥当性のある種の諸前提が、ドイツ人の政治思考の今日まで二世代に及ぶ誤った発展の中にあった。もとより、この発展の延長線上に、過去の世代が夢にも思わなかった仕方の展開が起こった。いずれにしても、健全な政治状況に戻ろうとするならば、われわれは、われわれの父親——諸君の祖父の代——が十九世紀の後半に陥ったかの原点を明確にする必要があるであろう」。

ゆえに、ナチズムの成立の経緯と批判は、一九三〇年代の歴史的考察にほかならないが、戦後のドイツ連邦共和国(西ドイツ)におけるドイツ大学の再出発は一般に次の諸段階にわけて考察されていた。(一)終戦から一九六五年(正教授の権威主義にもとづく旧制大学の復興)、(二)一九六五年から一九七二年(学生運動の政治化、大学紛争)、(三)一九七二年から一九八二年(正常化、官僚化、学校化、類型化)。

これに従えば、私のミュンヘン留学時代はまだ第一段階にあり、ほんらいの大学問題はまだ全然起こっていなかった。すなわち、ナチズムとの対決はいわば封印されて、フンボルト的大学理念による大学の復興がドイツ知識人にとって焦眉の課題であった。一九六八年、それが必然的結果として爆発したとき、私は意図的にミュンヘンから遠ざかっていた。

英米仏の占領軍は終戦とともにドイツの全大学を閉校にし、まず徹底的な非ナチ化と大学の新規再編成を行なおうとした。しかし、翌年から大学は多かれ少なかれ空爆で破壊された校舎の中で、復員してきた学生と教授たちにより再開された。もちろん、ナチとの協力が明白な教員たちは公職から追放されたが、占領が長びくにつれてアメリカ的民主化が前面に出され、非ナチ化はうやむやにされていった。なるほど一九六〇年代に「褐色の大学」についての、それまで隠されていた事実と資料が徐々に明るみに出されてきた。しかし、ナチズムとの対決より優先されたのは、一九五〇年から六五年までの「奇跡の経済復興」であった。事実、私が一九五九年ミュンヘンで学生生活を始めたとき、街路と建物に戦禍の跡はほとんどなく、大学の授業は文献学的ないし審美的であって、イデオロギー批判のような発言はほとんど聞かれなかった。私が帰国する直前のある日、「Bildungsnot（教育の危機）」という言葉とともにフンボルト的教養理念が黒い柩に入れられて担いでいかれる行列の絵を見かけるようになった。今回は九月二十一日にバイエルン州文部大臣ハンス・マイヤー教授の「われわれの教育の未来」という講演を聴く機会があった。彼が来日したとき、私は彼の講演原稿を翻訳していた。また退職後ミュンヘン大学教授となった同氏と、後日、ドイツ文芸アカデミーでしばしばお会いするようになった。

もとより、留学生の私にはドイツの大学改革問題はさしあたりなんの関心もなかった。私にとり重要なのはドイツ文献学を曲がりなりにも習得し、学位を取ってなるべく早く帰国することであった。そのうえ、ゲーテ時代の教養理念ないし理想になんの疑念も抱いていなかった。私は本来これを学ぶためにミュンヘンへ留学したのであった。ミュンヘンを個人的にいかに体験したかは、前著『イザールアテンの心象風景』の第三章において日記にもとづき叙述したとおりである。文化史的な事柄はむしろあとからの、旅行者的視点からの一般的な知識である。今日この大学は、一八六七年に創設された工科大学とならび、全ドイツの大学ランキングの中で一、二を争う順位を享受している。しかし、それは大学そのものの学問的充実のためばかりではなく、ミュンヘン市内の文化景観およびバイエルンの自然景観に負うところが大きいと思われる。なぜなら、優秀な学生や研究者たちは、夏冬を問わず豊富にあるこれらの楽しみのためにも、この都市へ集まってくるに違いないからである。

人口千百万人といわれるドイツ連邦共和国最大のこの州は、南にバイエルン高地、東にザルツァハ川とイン川、北にはバイエルンの森とフィヒテル山脈、西にはある程度までシュヴァルツヴァルト（シュワーベンの黒い森）に取り囲まれている。そのうえ、ドナウヴェルトからパッサウまでドナウ河が貫流している。その間にはケルハイムの解放戦争記念ホール、ヴェルテンブルク修道院、世界文化遺産レーゲンスブルク、ヴァルハラ神殿などの名所旧跡が横たわっている。全体としてカトリックに留まったバイエルンが、プロテスタントのプロイセン——王家はカルヴァン派——に内面的に敵対的態度を取っていたのは、十九世紀後半にカトリック教会からドイツにおける覇権を奪ったビスマルク主導のドイツ帝国のためである。一八七一年以後イエズス会は一九〇四年ないし一七年まで、いわゆる文化闘争によりドイツから追放されていたのである。このためプロイセンに対するバイエルン人の反感は第一次世界大戦が終わり、皇帝ヴィルヘルム二世がオランダに亡命した一九一八年以後も根づよく、学生寮受付のおじさんなどたとえ冗談にしても、ラジオのニュースなど聴きたくない、話されるのはプロイセン語だから、といった調子であった。バイエルン方言は逆に北ドイツにおいて、一般に粗野で無骨なドイツ人の代名詞となっていた。

ミュンヘンはもともと一一五八年にハインリヒ「獅子公」によって基盤をおかれ、十四世紀に神聖ローマ皇帝ルートヴィヒ「バイエルン王」により現在の規模に拡張された。若いとき文学青年で、イタリア美術に心酔していたルートヴィヒ一世（在位一八二五—四八）は、ミュンヘンを美しい芸術都市につくり上げようとしたとき、「ミュンヘンを見たことのない者はドイツを知らないといわれるくらい、ドイツの栄誉となるような町にしたい」と語ったといわれる。またこの町に四十年間も住んだ、北ドイツ・リュベック出身のトーマス・マンは、その作品『クラウディウス・デイ』の中で、「芸術が栄え、芸術が支配し、芸術がそのバラ色の王笏をこの都市の上にかざし、ほほえんでいる」と讃美している。

ルートヴィヒ一世が王に即位したとき、彼にはミュンヘンを擬古典主義的芸術都市にしようとする明確な意図があった。構想の一つは王宮（レジデンツ）から凱旋門までの大通りをウィーンのリングシュトラーセのように豪壮な建物で飾ること、今ひとつは「王の広場」であるケーニヒスプラッツから王宮までの空間に美術館や博物館、オペラ劇場や演劇のための劇場その他を建てることであった。この文教地区への入口に立っているのが、アテネのパルテノン神殿の山門に相当するかの「プロピュレーエン」である。これを通り抜けると左右にあるのが、「グリュプトテーク」とアンティーケンザンムルンクという古典古代の立像および塑像・土器・装飾品コレクション用の建物である。そしてその先にあるのがとりわけ二つの絵画館、すなわち古ドイツ美術館、いわゆる「アルテ・ピナコテーク」と近代美術館「ノイエ・ピナコテーク」である。八月一日（日）のこと、「アルテ・ピナコテーク」のロビーで娘にいろいろ説明していたところ、流暢な日本語で話しかけてくる中年のドイツ人がいた。驚いたことに、同氏は東京大学に留学し、私が大使館に出入りするようになる以前にドイツ大使だったクラプフご夫妻であった。

アルテ・ピナコテークの所蔵する夥しい絵画はいわゆる板画の始まりから十八世紀末までの作品で、以後のものは市内の多数の美術館で分散展示されている。その基本となったのは、ロマン派のボアスレー兄弟が一八〇三年の教会財産の世俗化にさいし中小の教会と修道院から流出し二束三文で売られていた貴重な美術作品を収集したコレクションである。それらが展示され、ゲーテも訪れていたハイデルベルクの彼らの邸宅は、いまハイデルベルク大学のゲルマニスティク研究所になっている。それらがバイエルン王家により買い取られ、王室ギャラリー所蔵の美術品とともに一つの美術館において公開されることになったとき、現在の建物を設計したのは、すでにグリュプトテークを建てていた有名な建築家レオ・フォン・クレンツェ（一七八四―一八六四）であった。それは封建君主により一般市民のために立てられた最初の公共文化施設であった。それは一八二六年四月七日、ラファエロの誕生日にルートヴィヒ一世により礎石をおかれ、一八三一年に粗造りの建物がいちおう完成し、一八三六年に開館されることができた。以後この建造物は博物館ないし美術館のための卓越した模範としてドイツ中で認められるようになった。現在ここで展示されているデューラーの絵「四人の使徒」は、一六二七年に選帝侯マクシミリアン一世によりニュルンベルクの参事会から買い取られているので、イタリア旅行の途上ゲーテはそれを見ているはずだと推定されている。しかし、一七八六年九月に身分を隠してバイエルンを旅行している詩人がそれを王室ギャラリーで見ているとは思われない。『イタリア紀行』に言及がないのは、そのために違いない。

ノイエ・ピナコテークも、グリュプトテークとアルテ・ピナコテークにつづいてルートヴィヒ一世の委託により、フリードリヒ・フォン・ゲルトナー（一七九二―一八四七）により設計された。しかし、この建物は戦時中に破壊され、廃墟は一九四九年に撤去された。一九六六年になってコンペにより新しい建物の新築がきまり、一九七五年に礎石がおかれ、一九八一年三月二十八日、美術館は同じ場所にようやく再開された。ちょうど一年後にふたたびミュンヘンに滞在していた私は、ここでヨゼフ・シュティーラー作「ゲーテ肖像画」の原画を見る機会に恵まれた。ワイマール・フラウエンプランのゲーテ博物館にあるのはコピーである。詩人が手にしているのは、バイエルン国王がゲーテに宛てた一八二八年五月十六日付の書簡とのことであった。

なお、ルートヴィヒ一世（一七八六―一八六八）がスコットランド系の踊り子ローラ・モンテスとの情事のため一八四八年に革命の余波で退位せざるをえなくなったとき、バイエルン王家はなおマクシミリアン二世（在位一八四八―六四）およびルートヴィヒ二世（在位一八六四―八六）によって引き継がれ、ミュンヘンは学芸の都として繁栄を続けることができた。それが政治的な紆余曲折をへてドイツ革命により僅か二週間存続したバイエルン共和国の主都となるのは一九一九年のことであり、そのあと更にナチズムの台頭と第三帝国の没落という深刻な時代が続いている。いま正式名ルートヴィヒ＝マクシミリアン大学だけに限定すれば、ミュンヘン大学本館正面入口を入った吹き抜けホールの左側片隅の壁に、ナチにより処刑された「白バラ運動」の学生たちを記念する碑銘が刻まれている。そしてローマの噴泉のある大学まえの広場は指導的役割を演じたショル兄妹の名を付けてGeschwister Scholl-Platz と呼ばれている。そのさい忘れてならないのは、向かい側の広場がProfessor Huber-Platz と呼ばれていることである。クルト・フーバーは一八九三年スイス生まれの音楽学者で一九二六年いらいミュンヘン大学教授であったが、「白バラ運動」に関与していた廉で一九四三年に処刑されるまえ、自分の学問的身分である博士号に対する誇りに満ちた感動的な文章を遺している。

第二章　アジアにおけるゲーテとシラー

なつかしい死んだ古人のもとでは、説明を必要とし注解を欲する。近代人は難なく理解できるように思う。しかし、やはり通詞なしにはうまく行かないだろう。

（ゲーテ「格言的」から）

ゲーテと日本人のメンタリティー

注目すべきことに、ゲーテの記念祭はこれまで常にドイツ史の危機的状況の中で祝われてきた。すなわち、三月革命直後一八四九年の生誕百年、M・コメレルにより「ゲーテなき青少年」と慨嘆された一八九九年の生誕百五十年、ナチ政権成立直前一九三二年のゲーテ没後百年、ドイツを二分する国境が定められた一九四九年の生誕二百年、分裂した東西ドイツにおける一九八二年の没後百五十年である。そしてゲーテ生誕二百五十年は奇しくも、ドイツ統一後十年、ドイツ連邦共和国成立五十年という記念すべき年に祝われることになった。今年度中にドイツだけではなく全世界で催される関連行事はおびただしい数にのぼり、新しいゲーテ崇拝が懸念されることから、ローマン・ヘルツォーク前ドイツ大統領が、一九九九年四月十四日フランクフルト市庁舎の「皇帝の間」で行なった記念講演において、人間ゲーテを無批判に理想化することのないよう戒めたほどである。

ゲーテの記念祭が祝われるとき常に主題となるのは、「ゲーテの現代的意義」あるいは「ゲーテの現代性」というような現在に直結する問題である。そのためドイツ再統一十年の機会に、たとえば「ヨーロッパの文化都市」に選ばれたワイマールでは実にさまざまな催し物が企画されていた。それらにおいてゲーテの意義は、多かれ少なかれ、欧州連合により新しい様相を呈しはじめた現代のヨーロッパとの関係あるいは現代にまで及ぶ世界的影響に求められていた。ドイツ文学史においてふつう「世紀転換期」といえば、二十世紀初頭にベルリンの表現主義運動があったにもかかわらず、「世紀末」の意味でもっぱら十九世紀末から二十世紀にかけて台頭したウィーンにおける革新的な芸術運動をさしている。しかし十八世紀末に古典主義に対抗してロマン主義が成立した限り、それも先行した一種の世紀末であり、二十世紀末の現在も新しい世紀末とみなされる。したがって、二十一世紀をまえにゲーテ研究においてもたしかに総決算を行なうよい契機である。

多少の弊害が憂慮されるにしても、このように繰り返し盛大に祝われるということは、やはり詩人ゲーテの世界的影響の現われにほかならない。上智大学ドイツ語圏文化研究所でもゲーテ生誕二百五十周年の機会に「現代におけるゲーテの影響」という国際シンポジウムを企画し、東京ドイツ文化センターとの共催で、十月二十八日（木）と二十九日（金）の二日間にわたり人間ゲーテおよびゲーテ文学の現代に対する意義を再検討することになった。このシンポジウムにはドイツ・オーストリア・スイス・イギリス・アメリカの専門家だけではなく、中国・韓国のゲーテ研究者も参加し、個別講演のほか「ゲーテの世界市民性」および「ゲーテと国民文化」という二つの視点からパネルディスカッションを行うことになっていた。また第一日目には有名なグリュントゲンス演出の「ファウスト」、第二日目はオペラ形式の「若きヴェルテルの悩み」のビデオ映画を十号館講堂で上映できることになった。

なおパネルディスカッションの主題の一つである「世界市民性」とは、コスモポリタニズムに相当するドイツ語を邦訳したものである。ゲーテの人と作品が時代と国境を越えて世界中の人々から愛好されてきたという事実は、その普遍性を雄弁に物語っている。他方の問題は、ゲーテ文学のこの普遍性が各国の特殊な国民文化と出会って、いかなる影響を及ぼしたかということである。それは原則としてゲーテの諸作品の翻訳に始まり、やがて専門的な研究へと移行していく。この影響ないし受容のプロセスを具体的に示すため、東京ドイツ文化センター図書館で行なうことになったのが「アジアにおけるゲーテ受容――日本語・韓国語・中国語のゲーテ文献」という展示会である。

この主題は、わが国におけるゲーテ・日本的・メンタリティーという三つの問題を内包している。ただしゲーテ受容に限定すれば、ゲーテがどのような人間であったかは、東西のいわゆる知識人が多かれ少なかれ知っていることであり、今回改めて論ずるまでもない。全体として彼は人間的、リベラル、ヒューマニスティックそして汎ヨーロッパ的と呼ぶことができる。ゲーテ・シンポジウムで「ゲーテの世界市民性」および「ゲーテと国民文化」という二つの総合テーマが、日本的なメンタリティーとの関連から論じられることになったのはそのためである。メンタリティーとは英語の用法に従い、一人の人間ないしあるグループの人間の思考様式と行動様式の意味である。それゆえ、この論考の枠内で問題になるのは、日本人が十八世紀ドイツの詩人についていかに考えており、また彼に対していかなる態度をとっているかということである。とくに問われなければならないのは、ゲーテに対する日本人特有の肯定的な態度である。ドイツにおけるゲーテに対する否定的な態度というものは昔から、宗教的・倫理的・政治的な動機からとだいたい決まっており、今日の問題提起においては特に取り上げる必要はない。

いま挙げた三つの部分的問題のうち決定的な意義を持っているのは、そもそも日本人とは誰かということである。ここでは文芸評論家の亀井勝一郎（一九〇七―六六）のように、その著作を通じわれわれが思考様式とゲーテに対する態度をよく知っている日本人を代表例として考察することにしたい。さもなければ、なんの典拠もなしにただ漠然と日本人一般について語り、それが典型的に日本的であるというようなことを主張することに終わってしまうからである。青年時代に左翼運動のため捕えられ獄中にあったとき、亀井勝一郎はゲーテを読むことによって精神的起死回生を経験した。のちに彼は親鸞に心酔する倉田百三のなかに日本の宗教的人間を見出し、たとえば若い人々のための人生論である『愛の無常について』において宗教と芸術の関係として聖母マリアと対比しながら、『ファウスト』第一部「魔女の厨」の場でメフィストにより、ヘーレナがヴィーナスとしてファウストに対する最大の誘惑として示されることを指摘している。なるほど亀井勝一郎のほかに、日本の知識人の間には多くのゲーテ愛好者がいる。しかし、彼らのゲーテ像ないしゲーテ解釈は多種多様であり、何が特殊日本的であるのかを規定するのは、結局、ある程度まで個人的な判断に拠らざるをえない。こうしてゲーテと日本人のメンタリティーの間に見出される親和性は、ほぼ次の諸点に要約されるように思われる。(1)芸術的な生き方、(2)人間的な宗教性、(3)弁証法的思考、(4)調和への傾き、⑸世界内在性、⑹教養主義。

もとより、このメンタリティーはゲーテ愛好の原因であるよりも、明治時代から日本人がゲーテを愛読してきたことの結果であるかもしれない。そこで、これらに関する論述に続いて最後に一つのテーゼとして問題提起したいのは、日本におけるゲーテ受容がヨーロッパ文化に同化しようとする日本的試みであったと見なすことができないかということである。文化的試みを日本的と規定したのは、ユダヤ系ドイツ人によるゲーテ受容が十九世紀末いらい同様の契機から熱心に行なわれたという先例があるからである。戦前の日本においてゲーテが非常に好まれたことは周知の事実であるが、ドイツにおけるゲーテの積極的受容は、実は詩人の死後に始まるユダヤ系ドイツ人のゲーテ研究に負うところが大きかったのである。

明治時代から日本の読者がゲーテをどのように受容してきたかを振り返ってみると、次の六段階にほぼ要約することができる。㈠英国経由のゲーテ、㈡『ヴェルテル』の詩人、㈢ファウスト的理想主義、㈣教養小説としての『ヴィルヘルム・マイスターの修業時代』、㈤詩聖ゲーテ、㈥自然科学者としてのゲーテ。蘭学時代末期、福沢諭吉がオランダ語を捨てて英語を学んだように、明治時代における欧米文化の移入は、英語で書かれた書物の翻訳から始まった。フランス語と同じくドイツ語の学習も徐々に普及するようになったが、これはまだ主としてドイツ医学や法律を学ぶためであった。そこでゲーテの文学作品は、日本ではとりあえず、英語の翻訳で読まれることになった。その際、きわめて重要な役割を演じたのがカーライルとエマーソンである。イギリスのカーライルはゲーテとの往復書簡から知られるように、文通をとおし晩年のゲーテと親交を結ぶ幸運に恵まれ、

『ヴィルヘルム・マイスター』小説両編を英訳しただけではなく、いくつかの優れたゲーテ論を書き、これが比較的早くからわが国の英語学習に用いられたからである。またカーライルと基本的に同じ見地に立つアメリカのエマーソンは、その『代表的偉人論』のなかで一章をもうけて、作家ゲーテを高く称揚しているのである。新渡戸稲造と内村鑑三がカーライルに精神的に私淑していたことにより、彼らによるゲーテの間接的影響は計り知れない。

ゲーテを英訳で読んでいたのは、とりわけ『文学界』に依拠する若い詩人たちである。ドイツ文学史ないし文芸学では、十八世紀ドイツ文学の二大潮流として古典主義とロマン主義を区別するのが普通であるが、何よりも『若きヴェルテルの悩み』に感激した明治時代の日本の詩人たちにとって、ゲーテこそロマン主義の詩人であった。文学青年たちの間に起こってきたこの機運のなかで明治三十七(一九〇七)年、久保天随により『ヴェルテル』が初めてドイツ語の原典から雅文調で訳出され、以後この恋愛小説は、大正三年の秦豊吉による感傷的な口語訳により通俗化されていく。同様のことは、後述するように『ファウスト』についても当てはまる。この作品の全貌は、大正二年に第一部と第二部がともに森鷗外によって訳出されたことにより初めて明らかになり、その読みやすい口語文体のおかげで日本の読者層から大いに歓迎された。ただゲーテのこの作品は、キリスト教的に地獄堕ちで終わる十六世紀のファウスト伝説にもかかわらず、以後わが国においてはもっぱら「世俗の聖書」として読まれるようになり、阿部次郎著『三太郎の日記』などの影響により、理想主義的に「知の巨人」ファウストの努力と迷いと救済のドラマとみなされるようになった。

大正末期から昭和初期の教養主義の時代において愛読されたようにみえるのが、『ヴィルヘルム・

マイスターの修業時代』である。大正九年、林久男によって全訳されたこのいわゆる教養小説は、その名称にふさわしく旧制高等学校の人間形成の理想を具現していたからである。裕福な市民の出である主人公ヴィルヘルムは、恋に夢中になったり演劇活動をしたりしながら人間的に成長し、若い貴族たちの集まりである「塔の結社」の一員に加えられ、最後に貴族の女性ナターリエと結婚できるまでになる。それは実学よりも文学や哲学を重んじ、しかも将来の立身出世を約束されていた多くのエリートたちにとり、自分自身の生活を投影しているかのように思われたに違いない。これと比べると、文学的に現在はるかに高く評価されている長編小説『親和力』は、退廃的とはいわないまでも、少なくとも不健全かつ無気力に見え、青年たちに積極的な人生の生き方を示すものではなかった。また『ヴィルヘルム・マイスターの遍歴時代』は、「教育州」に描かれたゲーテの深遠な教育思想にもかかわらず、一九三〇年代に至りマルキシズムに対する思想的対抗手段として解釈される嫌いがあった。また日本浪漫派の人々は、一見、ドイツ・ロマン主義に依拠しているようでありながら、ゲーテ特集号を刊行したりしている。実際、その文学的成果で今日まで残っているのは、その後の太宰治を除けば、せいぜい亀井勝一郎の論文集『人間教育――ゲェテへの一つの試み』くらいのものである。保田與重郎のエッセイ『ヱルテルは何故死んだか』を手にとる読者はもういないであろう。

こうして形成されていったのがいわゆる詩聖ゲーテのイメージであり、その根底には神々の寵児である万能の天才に対する畏敬の念と無条件の讃美の念があった。しかし戦後まもなく哲学者カール・ヤスパースが要求したように、人間を神格化するようなゲーテ崇拝の時代は、さいわいドイツだけでなく日本でも終わった。それに代わって現在最も注目を浴びているのは、自然科学者としてのゲーテ、自然破壊に対抗する有力な思想の持ち主としてのゲーテである。ヤスパースがゲーテの自然研究はもう時代遅れであると批判したにもかかわらず、その意義は生誕二百五十年祭の機会にドイツでも再評価されている。しかしながら、問題はむしろ、ゲーテを自然科学者の面からのみ見直すことが妥当かどうかということである。ゲーテはあくまで普遍的人間であって、その広がりから全体像を把握するのでなければ、やはり正しい理解とはいえないからである。

ドイツ語研究における教養と実用

明治二十（一八九〇）年代、日本人が徐々にドイツ語を学び始めたとき、ドイツはプロイセン帝国として統一されていた。それ以来、ドイツ語の学習は日独の特別な友好関係によりますます促進され、その伝統は第二次世界大戦後ドイツが東西に分裂したのちも、多かれ少なかれ保持されてきた。しかし国際情勢の変化に伴い、大方の日本人のドイツ語に対する関心はしだいに薄れ、東西ドイツが再統一される直前の一九八〇年代後半には、大学人の間でドイツ語教育の危機的状況ということさえ語られるようになっていた。

これをめぐる論議のなかで絶えず指摘されてきたのは、戦後の新制大学にはドイツ語教育の制度だけが残り、戦前のような理念が欠けているということであった。その時、この理念は、教養か実用かのいずれかに求められるのが常であった。わが国で教養といえば、ふつう大正・昭和初期の教養主義にねざした意味内容を思い浮かべる。しかし、ドイツ語の原義に即して人間形成を考えれば、それは時代の要請によっておのずから変わってくるはずである。また今日では、実用とは一般に会話能力をさしている。しかし、明治時代の日本人がドイツ語の原書から、医学・法律・哲学・宗教・歴史・音楽・美術・科学・技術・軍事など万般の知識を摂取したのも、当時の実用であったはずである。これが蘭学以来の伝統であることはいうまでもないが、江戸時代において蘭学者たちのうち通詞出身の者は、長崎出島の蘭館医師たちと対話する能力も充分身に付けていたのである。

ドイツ語学・文学という学問の原語であるゲルマニスティクは、もともと、ゲルマン系諸言語で書き記されたあらゆる種類の古文書研究の総称であった。したがって、その最も重要な創始者の一人であるヤーコプ・グリムにおいて、ドイツの古い法と言語とポエジーは同一の研究対象とみなされていた。しかし古代ゲルマン語の研究はしだいに中世ドイツ語の研究に席を譲り、そればかりでなく、十九世紀末に勃興したゲーテ文献学以降、ゲルマニスティクは大幅にドイツ文学史ないし文芸学に取って代られてしまった。わが国の研究者たちは翻訳にさいしすでにドイツ本国のゲルマニストたちの本文批評・注釈・解説に頼らざるをえなかったが、翻訳をこえて本格的な研究に入るさいにも、彼らの方法論や研究成果に依存しすぎるきらいがあった。そのため日本のゲルマニスティクはゲーテを中心とした文学偏重に陥り、一九三〇年代には無批判にドイツ・ナショナリズムの弊害を受けたり、一九七〇年代にはめまぐるしく変わる旧西ドイツの方法論争に翻弄されたりする結果になった。

ほんらいゲルマニスティク成立の背景には、一八〇六年のナポレオンによる神聖ローマ帝国解体後、政治的に分裂しているドイツに、ドイツ語ならびにドイツ文学の研究をとおして国民意識を覚醒し、統一国家形成の精神的前提をつくり出すという政治的な要請があった。このため、ドイツのゲルマニスティクには最初から、善かれ悪しかれナショナリズムの担い手となる危険性が内包されていた。ヤーコプ・グリムを議長とするドイツ・ゲルマニスト大会が一八四六年に初めてフランクフルト・アム・マインで開かれ、翌年のリュベックにおける第二回目につづき、第三回目が一八四八年三月革命後のフランクフルト国民議会と合流してしまったという事実は、ゲルマニスティクのドイツ的学問としての基本的性格を明示している。第二次世界大戦終結まで、その最大の関心事は、シュトゥルム・ウント・ドラング(疾風怒濤文学運動)から第三帝国に至るまでの文学史の流れをドイツ運動として特徴づけることであった。

そのうえ、教養と実用の概念を再検討する必要がある。厳密にいえば、ドイツ語そのものを研究対象とする学問はドイツ語学と呼ばれる。それは一般言語学の一部門であり、ドイツ的な独自の見方と特殊な方法論に従って行われる。わが国のドイツ語学研究は、戦後、いわゆるドイツ語学概論のかたちで始まった。それは戦前のドイツにおける研究方法の強い影響のもとで、著しく通時論的かつ方言学的であった。これとの関連で二、三のドイツ語史が書かれたり、ドイツ語の研究書や入門書がいくつも翻訳紹介された。しかし、東西ドイツの言語研究にソシュールいらい構造主義的な見方が導入されたのに伴って、わが国のドイツ語学においても共時論的な研究がやがて主流となった。これらの研究はしばしばきわめて専門的なため、言語そのものが自己目的となり、教養も実用ももはやなんの役割も演じていないように見える。その場合、言語とはヴィルヘルム・フォン・フンボルトが簡潔に表現したように記号の体系としてのエルゴンであって、チョムスキーによって再確認されたような人間精神の根源的な深みから発現してくるエネルゲイアではない。ヘルダーやフンボルトの言語論は、現在ではドイツ語学ではなく、むしろ言語哲学に属している。

他方で、ドイツ文学と呼ばれるドイツ語と不可分の学問分野がある。それはドイツ語で書かれたあらゆる文学作品を研究対象としているため、文学史と文芸学、場合によっては文芸批評まで包括している。文学史といっても、日本人がみずからドイツ文学史の時代区分を考えたり、文芸思潮を体系化したりすることは不可能である。そこで、わが国の研究者たちはたいてい文学史記述をドイツ人の学者にまかせ、各自が関心を抱いている時代の作家なり作品を個別的に研究するのが通例である。その基礎作業はもちろん原典翻訳であり、これもまた重要なドイツ語研究である。わが国のドイツ語研究者を網羅する学術団体が日本独文学会という名称を有しているのは、歴史的に翻訳を主とするドイツ語研究がまず先行し、しかも質量ともに狭義のドイツ語学より優勢であったためである。これに対し、一九九〇年に東京大会が開かれたＩＶＧというゲルマニストの国際組織は、ドイツ語学・文学国際学会と呼ばれている。

もちろん、これに対応して外国人ゲルマニストのほうも、ドイツ的な学問であるゲルマニスティクをいかに学ぶべきか、反省する必要に迫られてくる。とくに、戦前・戦後を通じドイツのゲルマニスティクに強く依存してきた日本のドイツ語学・文学研究は、今後、自己の学問的立場を明確にしていかなければならないであろう。そもそも、われわれ日本人が外国語であるドイツ語を学ぶ意義はどこにあるのだろうか。この問いに対する答えは、とりもなおさず日本のゲルマニスティクの存在理由である。ここで改めて考え直さなければならないのは、ドイツ語教育の理念としての教養ないし実用の意味である。現代において、教養はもはや単に人文主義的なものではありえない。また実用は単に日常会話能力などに尽きるものではない。今日、日本の社会に必要不可欠と思われるのは、ドイツ語をドイツ語圏の総合的理解のための手段として活用することである。すなわち、ドイツ語の研究と教育を語学と文学に限定せず、ドイツ・オーストリア・スイスなどドイツ語圏諸国の政治・経済・社会・学術・文化のあらゆる分野と個別的に関連させていくことである。具体的にいえば、ドイツ語圏諸国の一流の新聞雑誌あるいはテレビ・ラジオなどで取り上げられるあらゆる問題を、ドイツ語を媒介として研究したり教えたりすることである。そのためには、日本のゲルマニストは今後かつての蘭学者のように、文学や語学以外の学問領域の一つにおける専門家にならざるをえないであろう。

しかし自明のことながら、ヨーロッパの中央に位置するドイツは、歴史的に、北欧のゲルマン系諸国だけではなくロマンス系の西欧、ラテン系の南欧、そしてスラヴ系の東欧、さらには十字軍以来オリエント諸国とも密接なかかわりがあった。一九七〇年代、とくに中世文学研究においてこのことが強調された後、一九八〇年代には、従来のゲルマニスティクの学問的枠組みを広範囲な比較文化学にまで拡大しようとする動きが旧西ドイツで興ってきた。学際的ないわゆる異文化間ゲルマニスティク確立の試みである。その一翼を担っているバイロイト大学では、たとえば多くのアフリカ人留学生が文化科学としての広義のゲルマニスティクを学んでいる。彼らはアフリカの母語のほか、フランス語や英語を母国語のように習得している。しかし彼らの生活習慣や物の考え方はやはりヨーロッパ人のそれとは著しく異なっている。このようなアフリカ人に伝統的なゲルマニスティクをドイツ語でどのように教えたらよいのか、教授たちは否応なしに反省を迫られることになる。ドイツ人ゲルマニストが客員教授としてたとえばアメリカや日本の大学で教える場合にも、ある程度まで同様の問題が生じてくる。

ドイツ再統一によって生じたさらに新しい局面は、これまで国際的コミュニケーション手段となることをほとんど絶望視されていたドイツ語が、東欧諸国で復活してきたことである。ポーランド・チェコ・ハンガリーなどでは、英語よりもドイツ語のほうがはるかに通用するのである。またトルストイをはじめロシアのインテリゲンチヤが社交にはフランス語を、思考にはドイツ語を好んで用いてきたことも周知の事実である。そのうえ、ゲルマニスティクは日本だけではなく、韓国でも中国でも熱心に研究されている。このため、中国・韓国・日本のゲルマニストたちは今やドイツ語を共通のコミュニケーション手段として用いることにより相互理解と学術交流を深めることができるようになったのである。

中国・韓国の『ヴィルヘルム・テル』

ＩＶＧの東京大会に先立ち、一九八八年九月十九日から二十四日までハイデルベルク大学の国際学術フォーラムで、„Deutsch-chinesische Literaturbeziehungen im 20. Jahrhundert“という国際シンポジウムが開催された。ゲーテ没後百五十周年の一九八二年にアメリカ・ヨーロッパ・中国の学者たちが「ギンゴ・ビローバ」ゆかりの地でゲーテと中国の関係を論じ合って以来――学会誌『ドイツ文学』第八十一号に書評が掲載されている„Goethe und China-China und Goethe“はその成果である――三度目の Euro-Sinica-Symposion であった。主催者は初回からハイデルベルク大学のゲーテ愛好の中国文学者ギュンター・デボン教授とモントリオール大学の独文学者アドリアン・シャー（夏瑞春）教授であった。今回の特色は中国のほか韓国および日本のゲルマニストも参加して、恐らく初めての中・韓・日の学問的交流がネッカル河畔の古い大学都市でささやかながら成立したことである。ちなみに、参加者の数は毎日三十名くらいで、日本人はまだ私ただ一人であった。

数多くの研究発表のなかで、私にとって最も興味深かったのは、フンボルト財団の給費生としてマインツに滞在していた韓国の女性ゲルマニスト Choi Seok-Hee 教授の「中国および韓国の小説としてのシラーのヴィルヘルム・テル」と題するものであった。彼女の指摘によれば „Sosa kon guk-chi"（瑞士建国誌）はシラーの戯曲『ヴィルヘルム・テル』を一九〇七年七月に上海亡命中の Park Un-Sik が漢文調の韓国語で小説化したものであり、その典拠は一九〇二年に Chung Chuil という中国人によって著された同名の書物ということであった。ところが、質疑応答の過程で、彼女がやっと入手したというこの「原典」の扉のコピーを中国人のある参加者がよく読んでみたところ、そこには日本語からの重訳であると記されていたのである。

残念ながら私はこのコピーの複写をもらい損なってしまったのであるが、崔女史には、日本に帰ってからよく調べてデータを提供することを約束してきた。鈴木重貞著『ドイツ語の伝来』（一九七五）に、ゲーテとならんでシラーについても多くの文献学的な記載がなされていることを知っていたからである。それに従えば、わが国における最初の完訳とみなされるのは一九〇五年四月に出版された佐藤芝峰訳『ういるへるむ、てる』である。大町桂月の序文に、「近来、劇に上りたる小波翻案の瑞西義民伝は……翻案にして翻訳には非ず。ウヰルヘルム、テルの本体を伺ふべくもあらず。芝峰の訳出づるに及びて、茲にはじめて、その本体をあらはせり」と書かれているように、それ以前のものは抄訳ないし未完成であった。

しかし、韓国語の政治小説『瑞士建国誌』が一九〇二年の中国語訳戯曲の翻案であるとすれば、これのもとになっている日本語の原典は佐藤芝峰訳でありえない。そこで問題になるのは、一八八〇年十二月に出た本邦初訳の斎藤鉄太郎訳『瑞正独立自由の弓弦』、一八八二年の山田郁治訳『哲爾自由譚』一名自由之魁前篇および一八九〇年に雑誌『少年文武』に訳載された中川霞城の「維廉的児自由之一箭」である。これらはいずれも原作の一部をごく自由に訳出したものであって、どの程度まで中国語訳のもとになっているのか分からない。そもそもこの漢文訳が手に入らない限り、比較はできないのである。

もちろん、これらのテクストを解読できるかどうか、私には全く自信がない。そのうえ、古い漢文調の韓国語訳は一九〇七年十一月に平易なハングル文字で現代語訳されているので、これもほんらい読めなければならない。しかし、今回の国際シンポジウムを契機にEuro-Sinica e.V.という学会が正式に設立され、年次総会だけでなく、二、三年おきにシンポジウムを開くことが予定されているので、ドイツ語を媒介とした日・中・韓の共同研究が可能となる見通しができたのは非常によろこばしいことである。

同様にすぐにでも始められるのは、たとえば現代中国の文学者郭沫若（一八九二―一九七八）の『ヴェルテル』訳（一九二二年）と『ファウスト』（一九一九―二二年）の日本語訳との比較対照研究である。彼は一九一四年いらい長らく日本で生活していたので、これら二つの作品の日本語訳を読んでいたに違いないのである。ハイデルベルクで再会した北京大学の張玉書教授によれば、郭沫若の『ファウスト』訳は文献学的な意味ではまだ翻訳とはいえない一種の Nachdichtung とのことである。しかし、それが彼の『ヴェルテル』訳に劣らず近代中国文学に大きな影響を及ぼしたという事実は、受容史研究の視点を日本からさらに中国へと広げさせずにはおかない。近代中国有数の作家魯迅（一八八一—一九三六）でさえ、医学とドイツ語を学ぶため一九〇二年に日本へ留学したのである。受容の仕方にはおのずから個人の心性や国民性が現われてくるので、このような研究をとおして最終的に期待されるのは相互理解である。創設されたばかりの Euro-Sinica e.V. の会則にも、„Euro“ にはアメリカも、„Sinica“ には東アジアも含まれていると明記されている。

『ファウスト』第一部の本邦初訳

『ファウスト物語』（一九一〇）を書いた新渡戸稲造について私が意識的に考えるようになったのは、一九九五年に国際ゲルマニスト大会のためヴァンクーヴァーへ行ったとき、彼の名前をつけた記念庭園がブリティッシュ・コロンビア大学の植物園にあることを知ってからである。第五回太平洋会議のさいカナダのヴィクトリア市で彼が客死した後すぐヴァンクーヴァーで追悼礼拝が行われたようであるし、青年時代にすでに「太平洋の橋」になろうとした先覚者・先駆者にふさわしいと思った。私も過去五十年、単なる文献学者として微力ながら、少なくとも日独間で同様の役割を果たしたいと努力してきた。たとえば、私は一九六二年ミュンヘンのバイエルン独日協会の創設と、二〇〇五年レーゲンスブルクの独日協会の創立に参画した。

ヴァンクーヴァーのあと十年くらいしてから私はさらに、ニューイングランドのボストンからアマースト大学を訪れ、あるドイツ人女性教授の授業を参観し、図書館に掛かっている新島襄と内村鑑三の肖像画を見てきた。アメリカの大学には、一九三〇年代に亡命したユダヤ系ドイツ人やオーストリア人の優秀なゲルマニストたちが沢山おり、一九六八年の西ドイツ大学紛争のさいには、過激な言動をした多くの若い研究者が教職を求めてアメリカに移住した。オーストラリアのメルボルンには東独から亡命したドイツ文学史とノヴァーリス研究の権威がいる。フンボルトを再発見したチョムスキーいらい、現代言語学だけではなく、ドイツ文学はいまやアメリカでも充分に研究できるのである。

新渡戸稲造の人となりについては、基本的資料として「さっぽろ文庫」34の札幌市教育委員会編『新渡戸稲造』（一九八五）のほか、国際人新渡戸稲造を主題にした花井等著『新渡戸稲造――武士道とキリスト教』（一九九四）という非常に優れた研究書があり、日本語の主要な参考文献二十三点も列挙されている。したがって、伝記的な事柄はほとんどすべて感謝して両書に依拠することができる。これに対し北海道大学には、もともと文理学部創設の時代から、小栗浩教授をはじめゲーテ研究の伝統がある。ドイツの古いさまざまなファウスト注釈書を比較対照して集大成した高橋義孝著『ファウスト集注　ゲーテ「ファウスト」第一部・第二部注解』（郁文堂、一九七九年）の著者も、九州大学に移籍されるまえ北大教授であったようである。現在この伝統は、新妻篤教授という『ファウスト』文献学の専門家に受け継がれており、同教授の訳書『原形ファウスト』（同学社、二〇一一年）

につづく、『ゲーテ「悲劇ファウスト」を読みなおす――人間の存在理由を求めて』(鳥影社、二〇一五年)は最新の研究成果である。

札幌市教育委員会編の資料のうちとくに興味深いのは、北大附属図書館長であったドイツ語学者塩谷饒氏の寄稿である。木村謹治博士のもとで学んだ東大独文科の学生時代の思い出としてそこに次のように記されている。「当時、ゲーテのファウストを専門とする教授が独文科を主宰していたが、ゲーテの専門家でないといわれる新渡戸博士が、自由にして作品の中心に迫って講述されたところに大いに魅力を感じ、この大作の原文に親しみを増して行くことができた。それは、博士が決してにわか勉強をしたわけではなく、実は、ドイツ留学中に数回にわたって原文を集中して読んでおり、上演も何回となく見ていて十分に人に説いてきかせる素地を作っていたことによる」。

実際これに関連して、同じ資料集の第五章に、北海道大学附属図書館「新渡戸文庫」について北方資料室主任秋月俊幸氏の記事が掲載されている。同氏の紹介文によれば、東京女子大学の「新渡戸記念文庫」の中には、新渡戸博士が繰り返し数十回も読んだといわれるカーライルの『サーター・リザータス』が五種類も所蔵されているほか、「英訳を二十ばかり集めて較べて読んだ」という博士の愛読書『ファウスト』の独語原書六種、英訳十三種、仏訳二種が含まれている、ということである。このデータから判断する限り、蔵書中の『ファウスト』のテクストの数は『サーター・リザータス』よりも多いのであって、ゲーテの作品に対する新渡戸の傾倒ぶりが窺われる。同じくプロテスタントであった内村鑑三が、のちに神学的理由から『ファウスト』のゲーテではなく『神曲』のダンテへと旗幟鮮明にしたのと著しく対照的である。

ゲーテの『ファウスト』といえば、誰しもまず森鷗外（一八六二―一九二二）のことを考える。しかし『ファウスト』第一部の本邦初訳はアメリカ人ベイヤード・テイラー訳にもとづく一九〇四年の高橋五郎訳である。はじめ彼はドイツ語学習者用に刊行したテイラーその他の英訳ファウストを本文とし、ドイツ語の原書を参考にして翻訳しようとした。しかし韻文翻訳が技術的に不可能であることを見抜いて最初の計画を放棄した。自序には良心的に次のように記されている。「極めて忠実に、原文一行訳文一行、両々相対して形影明鏡裏に相対照するが如く、翻訳せんことを期せり。万一文義を明瞭ならしむる為め止むを得ずして原文に無き文字を補足したる時は、一々鈎括弧を藉て之を区別し、以て責任を明らかにす」。訳者の作品解釈は「大叩則大鳴、小叩則小鳴／道彌高則和彌寡」および「須曳弄罷寂無事、還似人生一夢中」という埋め草のような漢文で暗示されている。このように古めかしい漢語を多用しているため、当時の文語訳はドイツ語原文より難解と酷評され、彼自身も謙虚に「本訳文は即ち文学界の富獄に登る人の為めに一本の金剛杖を供給せんと試むる者のみ。夫の先達の人士に至りては、固より独力飛登す、何ぞ斯の如き助を要せんや」と述べている。しかし新渡戸稲造は仏典と漢籍に通暁しているため、訳者の了解のもと縦横に引用し、物語的あるいは抒情詩的部分だけ自分でパラフレーズするか、詩的才能のある弟子たちに流麗な訳文を依頼している。

森林太郎による読みやすい口語調の第二部を含む全訳が出たのは、ようやく一九一三年のことである。その際ほとんど同時に、ドイツでよく読まれていたアルベルト・ビルショウスキーのゲーテ伝とハイデルベルクの哲学者クーノー・フィッシャーが書いたファウスト研究書の抄訳が、原作品のよりよき理解のためにいわば三部作として出版された。一九二六年に岩波書店から出た茅野蕭々の『ファウスト物語』には第二部の内容解説が含まれているが、第一部だけを扱ったわが国最初の青木昌吉著『ゲーテ・ファウスト註解』が郁文堂書店から出たのは一九二八年のことである。ゆえに、新渡戸が利用できた邦語参考文献は高橋五郎訳のほかまだほとんどなかった。韓国ゲルマニストの第一世代はみな日本の大学でドイツ語を学んでいたが、のちに『ファウスト』を中国語に初めて翻訳した郭沫若も、序文の中で、鷗外訳を参考にしたと明記している。

札幌農学校の同期生

私はかねて内村鑑三（一八六一―一九三〇）と新渡戸稲造（一八六二―一九三三）を、いわば郷土の偉人として尊敬していた。そのさい注目していたのは、両者の共通性と差異であった。周知のように、一歳年上の内村も新渡戸も武士の家系で、ともに札幌農学校に学び、プロテスタントの洗礼を受け、イギリス人トーマス・カーライル（一七九五―一八八一）に私淑し、ほとんど同時期にアメリカに留学し、英文の著作により早くから国際的に名を知られ、帰国後は近代日本の形成に精神的・宗教的・文化的にめざましい貢献をしている。また二人はともに英語に堪能であっただけではなく、ドイツ語にも精通していた。内村鑑三の無教会信仰もむかし大通り西六丁目にあった札幌独立教会における新渡戸稲造独自の宗教活動と通底していたと思われる。しかし両者には微妙な違いもある。

とりわけ決定的な差異として、内村が主としてアメリカと親密な関係にあったのに対し、新渡戸はアメリカからさらにドイツへ留学している。この間に彼は日本のある政府高官に同行して、ハンガリー・スイス・イタリア・フランス・オランダなどへ旅行していた。この点で新渡戸はむしろヨーロッパ事情にも通じていた一世代まえの福沢諭吉（一八三四―一九〇一）と親近性があると言わなければならない。国際連盟事務局次長として滞欧中に書いた種々の文章を集めた『東西相触れて』（一九二八）序に次のように述懐されている。「明治の初、福澤先生は『西洋事情』を書かれた。今日之を繙けば小学生も尚悉く心得てゐるやうなことばかりを記載してゐるが、當時にありては、此書に越えて西洋事情を説いたものはなかった（中略）其筆、其見識、其結果に於ては、我輩は福澤先生の眞似することさえ及ばぬこと萬々なるを自覺するが、聊か先生が『西洋事情』を書かれた精神を酌んでこゝにこの書を公にする」。

ただし、福沢諭吉は欧米一辺倒で、漢学の素養が充分あったにもかかわらず、しまいに「脱亜入欧論」において頂点に達するように、阿片戦争（一八四〇―四二年）後の近代中国と朝鮮を蔑視するようになってしまった。これに対し新渡戸が、このエッセイ集の「民族優勢説の危険」の中でゲルマン民族優勢説をきびしく批判し次のように言い切っていたのは、まことに時代を先取りする良心的な卓見であった。「歐州の諸国を見渡しても、如何なる國でも人種的に統一された純粋な所は一もない。故に我々の系圖の中に朝鮮人や支那人の入つてゐるのを寧ろ誇とする時代が来るであろう。而して極東民族の間に親密を保つ情愛も今日より一層深くなるべき理由も新に發見さるるであろう」。

さらに、内村も新渡戸もゲーテの『ファウスト』を愛読しながら、一方はすでに指摘したようにゲーテそのものと明確に袂をわかち、他方は詩人あるいは思想家ゲーテについてあまり多くを語らずに、この作品だけを愛読しつづけた。矢内原忠雄は『余の尊敬する人物』の中で二人の恩師として内村と新渡戸をあげ、「内村より〝神〟を、新渡戸より〝人〟を学んだ」と述べていたそうであるが、キリスト者としての両者の違いを的確に表現していると思われる。これに対し、神学的に同じくかなりリベラルであったアルベルト・シュヴァイツァー（一八七五―一九六五）は、ゲーテの全体像を把握しようと努力していた。北海道人で新渡戸以上にゲーテを人間として非常によく理解していたのは、私の見るところ、函館出身でメソジスト派的ヒューマニスト亀井勝一郎であった。彼はロシア・ハリストス正教会のすぐ傍で、キリスト教になんの違和感もなく生まれ育ったそうである。上智大学のあるドイツ人神父は、彼を読めば日本人が分かるといっていた。

もともと盛岡出身の新渡戸稲造が初めて札幌へ来たのは、明治十年（一八七七）のことであった。それ以前、彼は第一高等学校の前身である「東京英語学校」に在学中、六歳年長で札幌農学校の一期生として公私ともに彼の世話をみる同郷の佐藤昌介に出会っている。また彼は東京ですでに、外国人教師のマリオン・M・スコットという人からキリスト教的な感化を受け、同時にシェイクスピアをはじめとする英文学に対する興味をも呼び覚まされていた。明治政府がキリスト教の布教を公認したのは明治六（一八七三）年のことである。当時、日本聖書協会の文語訳聖書はもちろんまだ刊行されておらず、高橋五郎その他の日本人の協力をえたジェイムズ・カーティス・ヘボンその他アメリカ人宣教師たちの努力により、新約聖書は明治十二年、旧約聖書は明治二十年にようやく完成したのである。

英文学については、後年、新渡戸は妻メリーの弟に次のように書き送っている。「青年たちの心に働きかける最もよい方法は、現在の日本では英文学を通して働きかけることです。わが国民は仏教や儒教に対する信仰を失ったので、道徳的空白があるのです。そこで英文学の名のもとに青年たちに信仰、希望、愛、家庭、永遠、贖罪等々――英語の読本に、歴史に、詩歌に、絶えず出てくる言葉について語ることができます」。時代が明治から大正・昭和へと進んでいくと、ドイツ文学とくにゲーテ時代が主流になり、いわゆる教養主義の時代になったが、英文学やフランス文学と同じくドイツ文学がいかに多彩で内容豊富であるかは言うまでもない。周知のように、ドイツ教養小説の伝統は日本の近代文学の形成にも大きな影響を及ぼした。しかし率直にいって、文学を教養手段とする人格主義の時代は我が国ではもう終わったとみなされる。そればかりでなく、国立大学から文科系の学科を撤廃しようという現在の文教政策では、武士道の理想はあっても宗教的伝統の希薄な精神風土のなかで、近い将来に青少年の心に道徳的空白どころか大きな精神的空白が生ずることが恐れられる。以前、日本では優れた科学者や財界人が豊かな人文学的教養をそなえているのは自明の美徳であり、たとえば北大でも低温科学研究所の中谷宇吉郎博士は寺田寅彦の弟子であった。

明治時代における我が国の初期ゲーテ受容はいわゆる「英国経由」の時代であり、ゲーテと文通していたスコットランド出身カーライルのゲーテ像が、アメリカ・コンコルドの賢者ラルフ・W・エマーソン（一八〇三―一八八二）のゲーテ観とともに日本に伝わってきた。前者は『英雄崇拝論』、後者は『代表的偉人論』にそれぞれ一章をさいて文豪ゲーテを論じている。晩年のゲーテも、彼のいわゆる「最後の手の全集」四十巻をハーバード大学（マサチューセッツ州ケンブリッジ、創立一六三六年）に寄贈している。アメリカ東海岸の有名私立大学はすべて、『ファウスト』第一部の冒頭で一見過小評価されているように見えるヨーロッパ中世の諸大学におけるリベラル・アーツ、すなわちヒューマニティーズを模範に創始されたからである（原典クリストファー・マーロー『フォースタス博士』〔一六〇四〕による）。

明治時代中期にゲーテをまず英語で読み始めた詩人たちは北村透谷、島崎藤村、高山樗牛などであるが、樗牛は『ヴェルテル』をすでに英語から翻訳している。ゲーテの『ファウスト』をアメリカ人ベイヤード・テーラーの英訳だけでなくドイツ語でも読んでいたのが、森鷗外よりも先に札幌農学校二期生の内村鑑三と新渡戸稲造であった。植物学者になった宮部金吾がこの作品を読んでいたかどうかは、寡聞にして知らない。新渡戸も『ファウスト』をおもにテーラー訳で読んでいたことは、『ファウスト物語』の序に述べられていることから知られる。「ゲーテ、シラー等の名を口にする輩も、多くは原文によらず、英譯を通じて此等獨逸文豪と相見ゆるのみである。恥かしながら僕も其一人たるを免れない」。

マサチューセッツ州教育局所属のウィリアム・S・クラーク博士は、アマースト大学で学び同大学の教授を務めていた人であって、学位はドイツに留学して取得している。このドイツ的学風のなかで、内村鑑三はアマースト大学の学生として三学期間H・B・リチャードソンという教授からドイツ語を習い、このいわゆる「ゲーテの弁護人」といっしょにハイネのいう「世俗の聖書」『ファウスト』を原語で読んだと記している。すでに述べたように、思想的に彼は新渡戸稲造と同じくトーマス・カーライルに共鳴していた。しかし帰国後間もなく彼は、『ファウスト』の理想主義的解釈に飽き足らず、「キリストと祖国のために」（"Pro Christo et Patria"）の標語のもと、当時の代表的牧師植村正久（一八五七―一九二五）と同様にゲーテを捨てダンテを取るようになったのである。彼の

"How I Became A Christian. Out of My Diary"（一八九五）ははじめ匿名で出版され、「余は如何にして基督信徒となりし乎」„Wie ich ein Christ wurde. Bekenntnisse eines Japaners"は一九〇四年にルイーゼ・エーラーという女性によりドイツ語に翻訳された。出版社はヘルマン・ヘッセ母方の家系であるシュトゥットガルトのD・グンデルト書店であった。読者のひとりに有名な哲学者ルドルフ・オイケン（一八四六—一九二六）がいたといわれる。

注目すべきことに、新渡戸は学生として直接出会うことがなかったためか、クラーク博士に対して深く敬愛していた印象をあまり与えない。「稲造・札幌を語る」によれば、たとえば「どうも、第一流の人物は少しく注文に応じ悪いというから、それでも是非にというと、それならば一年間貸しましょうという様な返事で、クラークが遂に選ばれて、数人の教師を引き連れて来たのであった」「クラークは熱心な耶蘇教信者だった為に、全生徒を挙げて耶蘇教信者にして仕舞った」といった調子である。また内村がアマースト大学で学ぶようになったのは、この大学の卒業生新島襄の勧めによるものであった。クラーク博士はすでに、マサチューセッツ農科大学の学長に転出していたのかもしれない。これに反し、昭和三年六月二日には、新渡戸と内村をはじめとする札幌農学校一期生と二期生のうち五人は、五十年まえの一八七八年に洗礼を授けてくれたM・C・ハリス師の墓を青山墓地に訪ねている。

カーライルのゲーテ傾倒

特筆大書すべき事実は、稲造が札幌農学校時代（一八七七—八一）に一時懐疑的になったキリスト教の信仰の面からではなく、むしろ思想的にカーライルの虚構の自叙伝『サーター・リザータス』（一八三三―三四）から決定的な影響を受けたことである。ラテン語のSartorは「仕立屋」、Resartusは「つくろい直した」という意味なので、「仕立て直された仕立て屋」または「仕立て屋の仕立て直し」ということになる。主人公はドイツ人ディオゲネス・トイフェルスドレックと呼ばれ、ディオゲネスは桶の中で暮らしていたといわれる古代ギリシア・キニク派（犬儒学派）哲学者の名前である。トイフェルスドレックは「ヴァイス・ニヒト・ヴォー」すなわち「どこか分からない所」にある無名大学の「事物一般学」という今日ならさしずめ文化学という新科学「衣服哲学」の教授で、ドイツ語の文字どおりの意味は「悪魔の糞」である。当時の健胃剤にこのような商標の丸薬があったようである。

影武者のような彼の親友が「ホイシュレッケ」（バッタ）と表記されているのは、『ファウスト』第一部「天上の序曲」の中でメフィストが人間を脚の長いキリギリスになぞらえ、「飛んだり跳ねたりしたかと思うと／すぐ草の中にもぐって今も昔もうるさく鳴き、／草むらの中でじっとしていればいいのに、／どんな掃き溜めにも鼻を突っ込むんです」（二八八―二九二行）と嘲っているのを指しているると思われる。ダンテが自分の古典的名著を「神曲」ではなく「喜劇」と呼んでいたのと同工異曲である。エラスムスも『痴愚神礼讃』という本を書いている。カーライルの訳者も『サーター・リザータス』を次のように特徴づけている。「この書物は彼の書物の中で一番文學的・藝術的なものである。第一に結構布置に就ては餘程考へたもので、一寸見にはごたごたしてゐるやうにも思はれるが、其處が讀者を態と煙に捲いてゐるといふ全體の効果を助けてゐて、實はなかなか動かせないやうな仕組である」（石田憲次）。

ここに暗示されているように、『センチメンタル・ジャーニー』で有名なローレンス・スターン作の諧謔小説『トリストラム・シャンディー』（一七六〇―六七）の仕立て直し的「生活と意見」というニュアンスも感じられる、カーライルのこの作品の表題は第一巻にもとづき、わが国でつとに「衣裳哲学」あるいは「衣服哲学」と訳されている。天地は「神の生きた装い」であるという主人公の洞察にもとづく衣裳または衣服という真面目な意味内容である。原著者自身、トイフェルスドレックの哲学書をたびたびそう呼んでいる。これは明らかに、『ファウスト』第一部冒頭「夜」の場面における地霊の自己啓示に由来しており、その結びの「私は時間というざわめく機織を織り、神性の生きた衣装を織りなすのだ」（五〇八行以下）という詩句は、事実、作中に二度引用されている。

もちろん、カーライルの専門家たちからは、形式面でむしろ、一度言及されている天衣無縫のジャン・パウル、内容面でシュトゥルム・ウント・ドラングの自由奔放にたいし道徳観念と義務を強調するカントとフィヒテの影響が著しいと指摘されている。しかし第二巻における虚無主義的「永遠の否定」から「永遠の肯定」というファウスト的信仰への方向転換は、復活祭の鐘の音を聴きながら毒杯を仰ぐのを思いとどまる老学者ファウストを髣髴とさせる。トイフェルスドレックはここで、宇宙が悪魔に属する死んだものではなく、神に似たもの、自分の父のものであることを悟るのである。蒸気機関に象徴される産業革命を断罪し、古い宗教的価値にもとづく封建的な英雄の理想、ほとんど反民主主義的な指導者原理に戻ろうとすることの当否はいま問わない。これさえ、衣服は個性の表われであると同時に個性を隠すという思想とともに、ゲーテの『ヴィルヘルム・マイスターの遍歴時代』からの着想であるに違いない。アメリカ人で唯一人『サーター・リザータス』について「ヴィクトリア女王時代のファウスト」（一九六二）という論文を書いている人がいる。

いずれにしても、もし私の解釈に誤りがなければ、十八歳の稲造はこのときカーライルをとおし内面的に、行為あるいは活動を生の原理とするゲーテの人間主義（ヒューマニズム）と出会っていたのである。『サーター・リザータス』原著の巻頭に掲げられたモットーは、ゲーテ『西東詩集』「格言の書」からの詩句「私の相続した遺産はなんと素晴らしく広大であろうか。時間は私の財産、私の田畑は時間」であり、第二巻第九章「永遠の肯定」には「汝のバイロンを閉じよ。汝のゲーテを開けよ」と明記されている。『ファウスト物語』の「序」の中で新渡戸自身この間接的師弟関係を確認している。「僕は青年の頃よりカーライルに私淑したが爲め、彼れが師と仰ぎその思想の源を汲んだゲーテは、僕にとつては謂はゞ師匠の師匠であるから、彼れの著作だけは一通り理解したいものと思ひ、無理乍らも独逸の原文についてゲーテ其人の大思想に親炙せんことを力めた」。

『ファウスト物語』の序文にさらに記されているように、新渡戸稲造が『ファウスト』を原文で読みはじめたのはドイツ滞在中のことであった。「曾て獨逸に留學中、ゲーテの思想の大綱は、彼れが随一の傑作、『ファウスト』だに讀まば、略ぼ理解し得るといふことを先輩から聞いて以来、僕は心を此書に集中して數回讀み返し、また之に關する註解其他の書物をも可なり數多く覗いたが、如何せん僕の力では到底其深みを測り悉す事は出來ない」。たしかに、人口に膾炙したこの作品といえどもゲーテの広範な全著作中の氷山の一角にすぎず、『ファウスト』だけにもとづくゲーテ理解は至難のわざである。彼が参考文献として利用したことを明示しているクーノー・フィッシャーも単なる文芸研究者ではなく、新カント派の文化学的哲学者であった。しかし新渡戸は、われわれが一般に天を仰いで漠然とほぼ星の遠近を察知するように、とにかく『ファウスト』を読んでゲーテの人生観を多少とも会得できたように思ったのである。「勿論此種の感想は理智によつて得たもので無いから、之を言語の上に表はし盡す事は出來ない事であり、從つてこれを他人に分ち傳ふるが如きは絶対的不可能に屬してゐる」。

他方で文学的に先進国であった英米文学に通暁していた新渡戸は、ドイツで普仏戦争後に高まってきたゲーテ崇拝熱を「序」の中で的確に批判している。「両手をゲーテに引張り上げられて、獨逸民族が向上したのか、それとも獨逸民族が、その雙肩の上に乘せて、ゲーテを高きに押し上げたのか、今此處で論ずる必要もないが、恐らくは此の兩者の關係は、持ち上げつ持ち上げられつで、相もちと謂ふものではあるまいかと思はれる」。彼によりゲーテ畢生の大作は「名に負ふ大思想であるから、深く味へば哲學者にも尚ほ且つ窺ひ得られぬ深みがあり、淺く解すれば三尺の少女にも分るものかと思ふ」とやや両義的に価値判断されたのである。それゆえ彼は、ゲーテの大作を日本の読書界に紹介するに当たり、「此の『ファウスト物語』を文學者が見たらその杜撰なのに驚くであろうし、哲學者が見たらその淺薄なのを嗤ふに相違無い。（中略）自分ながら、見當違ひな所などがあつて、不完全極まるものだらうといふ事はよく承知してゐるから、決して大きな顔して世に出す譯ではない」と言っている。

これらの思想的関連は、ワイマールでゲーテの家庭医として詩人から深い人格的影響をうけていたクリストフ・W・フーフェラント（一七六二―一八三六）の主著が江戸時代末期に緒方洪庵により翻訳され、その医学倫理が「医戒」として我が国の医学界に今日まで影響を及ぼしているのと、ある程度まで似ている。ゲーテの師友ヘルダーに始まるドイツ十八世紀フマニテート（理想的人間性）思想の精神的影響は、しかしキリスト教徒ではなく、むしろ蘭学をとおし大阪適塾の若い福沢諭吉のような啓蒙主義者たちのほうへ伝わっていく。『解体新書』は『若きヴェルテルの悩み』が出版されたのと同じ一七七四年に、ほんらい創造主を讃美する序文の付いたドイツ語原著アダム・クルムスのオランダ語訳から邦訳され刊行されたのである。ケンペルは出自がプロテスタント、シーボルトはカトリックであったが、当然のことながら、キリシタン禁制の江戸時代にキリスト教について語ることは決してなかった。

国際人新渡戸稲造

新渡戸稲造は一八七八年、十五歳のとき函館から来たメソジスト派巡回牧師メリマン・C・ハリスから札幌で洗礼を受けていた。そして札幌農学校卒業後、内村鑑三と同じくハリスの妻フローラを頼って一八八四年八月に私費で渡米し、わずか二週間しか在学しなかったアレゲニー大学ですでにドイツ語を学び始めている。その後二年七か月学んだアメリカのジョンズ・ホプキンズ大学の教授陣には、ドイツ留学から帰ったばかりの新進気鋭の学者が多かったといわれる。さいわい彼は、在学中の一八八七年に、帰国して教授になっていた先輩の佐藤昌介の配慮で札幌農学校助教授に任命され、官費でドイツへ留学できるようになった。そこで彼はアメリカでの学業を中断して学問の先進国ドイツへ渡り、ボン・ベルリン・ハレの諸大学で、アメリカではまだ学問として成立していなかった農業経済学を学ぶことになった。彼はベルリンのあとの選択肢としてテュービンゲン、ゲッティンゲン、イェーナも考えていたようであるが、結局、ハレ大学から哲学博士の学位を得たのは一八九〇年六月のことである。農学に対して哲学博士号というのはなんら不思議ではなく、一九三二年にノーベル物理学賞を受賞した、当時ライプツィヒ大学教授のヴェルナー・ハイゼンベルクさえ Dr. phil. であった。

世紀末のベルリンは「ベル・エポック」という、メフィストという悪魔をたえず道連れにしたファウストという形姿の悪影響がなくはない全ヨーロッパ的芸術運動の中で、パリやウィーンと同じく退廃的であった。しかしボンは、古いカトリックのケルン大学がナポレオンにより廃校にされたあとプロテスタントのプロイセンにより設置された清新な大学で、ハレは十七世紀末から十八世紀にかけて内面主義的ピエティスムス（敬虔主義）の中心地であった。そして十九世紀は一八一〇年創立のフンボルト大学をはじめ、ドイツの大学の全盛時代であった。一八九〇年の夏ドイツからカナダを経由してアメリカへ帰った新渡戸稲造が、三年間の文通ののち、神秘主義的・人道主義的・静寂主義的クエーカー派のアメリカ女性メリー・パターソン・エルキントンと結婚した経緯は人間的なラヴストーリーである。熊本バンドおよび横浜バンドなどとならぶ札幌バンドの一人であった彼は、ドイツ留学まえの一八八六年十二月、メリーランド州フィラデルフィアで、正式に日本人初のフレンド派クエーカー教徒になっていた。そもそもジョンズ・ホプキンズ大学がクエーカー教徒ジョンズ・ホプキンズの莫大な遺産によって設立されたものであった。しかも、ブリティッシュ・コロンビア大学研究員のジョージ・M・オーシロによれば、「新渡戸がクエーカー教を知ったのは、農学校生徒時代に宗派の創立者ジョージ・フォックスの事績をたたえたカーライルの書を通して」である。東京の普連土学園はこの女子教育に熱心な宗派の設立した学校であり、北村透谷はこの学校で英語教師を務めていた。なお注目すべきことに、「原始林のドクトル」シュヴァイツァーは、世界大戦中のヨーロッパの教会と比べ、「わずか一つの小宗派、クエーカー教徒たちだけが、イエスの宗教に含まれているような生への畏敬の絶対的妥当性を防衛しようと企てた」と指摘している。

新渡戸稲造は一八九一年二月、メリー夫人を伴ってアメリカから帰国したのち、十年まえに卒業した札幌農学校の教授に任命され、直ちに北海道へ赴任することになる。札幌での北鳴学校や遠友夜学校やスミス女学校などにおける個々の教育活動を度外視すると、ドイツとの関係で注目すべきは、彼が留学中に北海道開拓に必要な泥炭地開発方法だけでなく、小作法を学んでいたことである。ドイツでは伝統的に農地の分割を認めず、長男が代々これを相続して田舎に残り、他の息子たちはその代わりに高等教育を受けて知的職業につくという慣わしがある。そのほか彼は、農業組合指導者フリードリヒ・W・ライファイゼン（一八一八―八八）の提唱した農村における財政的協同組合運動のことを知り、これを日本でも導入しようとしたようである。宗教について語った唯一の本といわれる『人生雑感』（一九一五）の中の「開拓の困難」という文章に、彼はドイツのロマン派詩人フリードリヒ・リュッケルト（一七八八―一八六六）の次の詩句を引用している。「人類活動の最終の目的は、よしその開拓が人の心の開発であれ、また田畑を切り開くことであれ、世界の開拓にある」。実際リュッケルトは、ドイツで最初にインド・アラビア・ペルシアの文学作品を翻訳した優れたオリエント学者であり、今年ドイツで没後百五十年祭が祝われている。

新渡戸はドイツへ行く途中エジンバラに寄り、このスコットランド人カーライルの町をひそかにイングランドのロンドンに対抗させて「北のアテネ」と呼び、将来の札幌もこのような文化都市にしようと考えていたようである。これについては『東西相触れて』に「カーライルに負ふもの」およぴ「カーライルの生家」というエッセイが見出される。『ガリバー旅行記』の小人国もアイルランド人ジョナサン・スウィフト（一六六七―一七四五）の政治的に有力なイングランドに対する痛烈な諷刺だそうであり、ベルリンと東京はそれぞれ対比される当事者にとって案外ライヴァル関係にあったかもしれない。札幌の姉妹都市ミュンヘンは十九世紀末から「イザール河畔のアテネ」と呼ばれているが、札幌はさしずめ鉄筋コンクリート都市東京に対し「ライラックの咲き匂うアテネ」であろうか。また、かの洋行中の体験を綴ったエッセイ集『帰雁の蘆』（一九〇七）の「露国旅行談」に述べられているように、新渡戸はドイツ留学中ロシアへ旅行し、ロシアの国禁書であったトルストイの『我が宗教』の英訳本をドイツへ持ち帰っている。トルストイもロシア正教会から見れば無教会派なので、関心があったのだと思われる。

教育的に目新しいのは、彼がドイツの大学で学んだゼミナール（演習）という方式を農学校の授業に日本で初めて導入したことである。それは語源的に学問の種を蒔く（semen）というラテン語に由来し、現在でも学問的成長に応じてプロゼミ、ハウプトゼミ、オーバーゼミとしてドイツ中の大学で実践されている。日本で一般にゼミといわれているのは、初級のプロゼミと主要なハウプトゼミを合わせたものにほぼ相当している。上級のオーバーゼミはドクトランデンゼミナールともいわれ、博士論文を作成中の学生のみが参加できる。先年、アメリカのインディアナ大学でユーゴスラヴィア出身教授の東欧史のオーバーゼミを参観する機会があったとき、学生たちは授業中コーラを飲んだりクッキーを食べたりしながら議論していた。ただし、これは伝統的な文科系のやり方で、新しい自然科学系の学科まして医学となると、学習方法はずいぶん違うと思われる。日本における旧制帝国大学の講座制も文学部の哲・史・文という分け方も、戦前のベルリン大学の制度を踏襲したものである。新渡戸教授は札幌農学校で、専門の農政学と英語のほかにドイツ語を週六時間教えていたが、そのさい『ファウスト』もテキストに使われたようである。また体育を重んじる彼は、三挺のスケートをドイツから持ち帰り学生たちに奨励している。『ヴェルテル』の若い詩人も颯爽とスケートに乗っていたのであって、その情景を描いた絵が残っている。

ところで、ドイツ留学中に新渡戸は、ベルギーのリエージュへ行き、著名な経済学者エミール・ド・ラヴェレー(一八二二—九二)を訪問している。周知のようにラヴェレーは『武士道』執筆のきっかけとなる、日本では宗教なしにどうして道徳が可能かという質問をした人である。これに触発された著作『武士道——日本の魂、日本思想の解明』(一八九九)は、新渡戸稲造が過労のため健康を害して札幌農学校を辞職しアメリカ西海岸で静養中に英文で書かれたものであるが、その「まえがき」には、そのほか、日本人の思想について何も知らないので説明してほしいとアメリカ人の妻に請われてこの書物を書いたと記されている。あまり知られていないと思われるのは、彼が台湾総督府技師として赴任するまえの予備調査のため、たまたま一九〇〇年ベルリンに滞在中、日本へ行ったことのないエラ・カウフマンというハレ在住の若いドイツ女性から、彼女が早くもドイツ語に翻訳していた『武士道』の原稿を見せられた事実である。彼はそれを精読する時間がないまま帰国し、翌一九〇一年四月に原著者の序文を添えて東京の裳華房という書店から早々と刊行してしまった。

新渡戸自身は、一九〇五年、ジョンズ・ホプキンス大学時代の知人ウィリアム・グリフィスの緒言を付して自著の改訂版を出している。しかし、これを顧慮していないエラ・カウフマンのドイツ語訳が一九三七年クランクルという人によりドイツで出版されたあと、リナルド・マッシというスイス人がこれに比較的詳細な解説をつけて一九八五年にインターラーケンで刊行した。この町はベルン高地ユングフラウヨッホへの入口にある。そしてその後、英語版からではなく、この版にもとづくドイツ語訳が原典からと称していくつか出版された。そのためテクストに種々の異同が生じ、今日までさまざまな誤解のもとになっている。私はドイツでこの弊害を除去するために戦ってきた。ほんらい、矢内原忠雄訳の岩波文庫版テクストがドイツ語に完訳されていれば問題はなかったのである。

課外講話『ファウスト物語』

しかし、とにかく『武士道』により世界的に有名となった新渡戸稲造は、台湾その他におけるさまざまな国際的活動ののち、京都大学教授をへて一九〇六年に第一高等学校の校長に任命された。ここで彼は弊衣破帽蛮カラのエリート学生たちに対して週一時間の人格主義的・自由主義的な倫理講話をいろいろ行なっている。当時入学した学生の一人である天野貞祐は、『教育五十年』（南窓社、一九七四年）のなかで新しい校長の人格的影響について次のように記している。「先生は倫理講話のほかにゲーテやカーライルの講義をされたり、学校の近くに部屋を借りて生徒と面会されたり、校長としての活動は至れり尽せりであった。そうして一高生は独善的個人主義や独善的国家主義から解放されて個人・社会・国家・世界という具体的世界・人生観を学んだのである」（一三頁）。ここで言及されているカーライルの種々のゲーテ論文とゲーテとの往復書簡は明治時代に英語の教材としても使われていたので、新渡戸校長がカーライルの実践倫理を説けば、このドイツの詩人のことが必ず引き合いに出されたに違いない。

このような課外授業の一つで、間もなく著書として出版されたのが『ファウスト物語』（初版一九一〇年、小型普及版一九一五年）である。扉に英語で「私の講話から生まれた本書を第一高等學校の學生たちに捧ぐ、彼らの友情は慰めの源、彼らの活気は私の精神を元気づけ、彼らの眞摯さは我が國の未來に対する私の信念を強めてくれた」とあり、序には著作のきっかけが以下のように記されている。「昨秋、第一高等學校生徒の委嘱に應じ、世界文學の代表的作物としてゲーテの『ファウスト』を講じて其梗概を話した。其折の筆記に基き、足らざるを補ひ、正すべきを正し、殆ど全部に加毫して出來たのが即ち此の『ファウスト物語』一巻である」。それは数多くの初期ゲーテ文献のなかで、キリスト教徒である『武士道』の著者が、和・漢・洋の古典に精通した教養ある明治人らしく博引傍証しながら『ファウスト』第一部を、高橋五郎訳に依拠しながら解説している、類書のなかで異色の作品である。たとえば、冒頭の「夜」の場面でファウスト博士が眺めている神秘的な書物は、クーノー・フィッシャーの注釈にもとづき以下のように説明されている。

「『これこそはノストラダムス師が親（みづか）ら書き遺したる魔術の秘書。』と云ひながら、ぱら〳〵と急（せわ）しく数枚をはぬる中（うち）、眼（まなこ）はばつたり、宇宙の符號に止まつた。宇宙の符號とは何かと問へば、何ともわからず、答へやうもない。茲に僕が宇宙と譯したのは洋語の Macrocosm で、字義は大世界だ、妙法蓮華經を英訳したケルン氏は、此の文字を用ゐて『千世界』に当て、居る。其の意味は玄黄(げんくわう)の天地、洪荒(こうこう)の宇宙、即ち三才である。其の中(うち)の一才(さい)たる人は『人身法于天地』の言(ことば)もある如く Microcosm と稱して小世界、すなはち小天地だ。華嚴經にもあるそうだが、一塵六千の經巻を含むとやら、三千世界は五尺の形態のまゝに盡(ことごと)く映つて居る。藤樹先生の所謂『天は人の大なるもの、人は天の小なるもの』とやらで、森羅萬象と心霊と相照らすの意で、歐羅巴では始め『ストイック』派の哲学者が説(と)き出し、中古新プラトン學派、就中ブルノー（Bruno）やベーメ（Böhme）の唱導する所となつた説であるが、其符號とは如何なるものだか頓と分からぬ」。

もとより、ゲーテ解釈、とりわけ『ファウスト』解釈には汗牛充棟といわれるくらい多種多様な見方があるので、『ファウスト物語』の根底にほんらい新渡戸のどのようなゲーテ像があったのか問われなければならない。序論にあたる「『ファウスト』物語の由来」に次のように言われている。「ゲーテの一大野心は単(ただ)に自國の文學でなくして、國境を超越(のりこ)した世界的文學の創作にあつた。即ち一民族とか一國とか云ふ狭い範囲に限らず、凡ての民族が読んで、如何にも此は我が物であると思ふ事の出来る様な文學を遺(のこ)し度(た)い希望(のぞみ)を抱いて居た。而して其希望(さう)(のぞみ)の実現されたものが、即ち彼の傑作『ファウスト』である」。すなわち、詩人が目ざしたのは、ファウスト伝説という民族的・国民的な素材にもとづきながら、普遍的人間性を描き出すことであった。そのさい決定的に重要なことは、新渡戸が正しく指摘しているように、いかなる著述も著者自身の性格とその時代の思潮とを表示あるいは反映していることである。「ゲーテは此點は誰の爲、彼の點は某(それがし)の爲と區別しないで、唯だ感じたまゝ、目に見たまゝ、心に映じたまゝの人生を描いたから、哲學的であるにしても、必らずしも倫理的ではない。曾てゲーテも云ふたことがある、『人の著作は取りも直さず其人の自白であつて、自己の人格を現はさずして筆を執ることは不可能である』と」。

ゲーテ戯曲作品の受容の仕方についても、彼はドイツの実情を正しく伝えている。「ゲーテの『ファウスト』は二編より成るが、只だ『ファウスト』と云へば前編を指す程であつて後編は餘り六ヶ敷いので滅多に人も讀まず舞臺にも登らない。又た外國語に飜譯された分も前編は多いが、後編はとても比べものにならぬ。例へば英語の譯などは前編が二十種以上もあるに、後編は三四種しかない。伯林の劇場では前編を演ずることは、冬の期節盛には、甲座で無ければ乙座ですると云ふ様に殆んど毎週二三回も出し物とするに較べて、後編は一年間に何回と云ふ位に止まる。唯だ大学では文科或は哲学科に於て、毎學期『ファウスト』論が講ぜらるゝ時、後編も屢々問題となる」。この記述で重要なことは、新渡戸稲造が『ファウスト』の原文を数回も読んでいただけではなく、ベルリンでその上演をも何回も見ていたということである。そのためか、彼の語り口は俗語もまじえて生きいきしている。とくにドイツの学者がとかく易しいことを難しくいう傾向があるのに反し、新渡戸は難しいことを易しくいう名人である。彼の『ファウスト物語』はドイツ文学が専門ではない学生にも分かりやすく、トイフェルスドレックのような諧謔な口調で、とにかく読んでいて面白いのである。そのうえ、この著作には尾竹国観という人の描いた写実的な十数葉の挿絵が添えられている。有名なドラクロアの高度に芸術的な情景描写ではなく、どちらかといえば、モーリッツ・レッチュ（一七七九―一八五七）の素描に彩色したような、明治時代の日本人には感情移入しやすい水彩画風のものである。

最後に『ファウスト物語』の序論そのものについて一言すれば、「文学者にもあらざる吾輩が（中略）通俗的のお話をする考えなれば、暫く浅薄な筆のすさみを許されん事を」と断っているとはいえ、素材史と文学史の要点を的確に解説しており、「不平文学」としてのシュトゥルム・ウント・ドラング（疾風怒涛）の時代思潮から説き起こし、古典主義の芸術的静謐と市民的平穏の到来をも示唆している。そして作品（第一部）の核心を次のように総括している。「『ファウスト』の物語を通讀すると、明かに急迫時代の勢力が顕はれて居ると同時に、一歩此期節より進んで個人としては安心立命の域に達し、国民としては社会的生存の重きを悟つた趣が見える。即ち此の戯曲に於てゲーテはあらゆる方面より、其人生観を表さんと努めたことが察せらるゝ」。

要するに新渡戸稲造は模範的な読者として、『ファウスト』をドイツ文学の研究のためでも、哲学の参考のためでもなく、まして他人に講ずるためでもなく、もっぱら自己の精神的修養のために数回も読んだのである。彼によれば、ゲーテのこの傑作の使命が読者の期待の地平によって異なるのは、太陽が暖気・光線・引力・生命いずれの源であるか人の見方によって異なるのと同じである。そのために用いられている比喩はまことに正鵠を射ている。「僕の『ファウスト』に於ける態度は恰も炎天に渇にあへぐ旅人が、流れを発見した時の如く、其流水の傍には如何なる花が咲いて居るか、流れの方向は西か東か、などと深く究むる暇もなく、唯だ只だ喉を潤したのみなれば、決して流れを飲み干しもせず、水の分析もせぬ」。今日一般に必要とされているのも、ゲーテの文学作品のまさにこのような真に感激した読み方である。

第三章　南ドイツの文化遺産

旅をしようとする者は、
おとなしく沈黙し、
きまった歩幅であゆみ、
あまり荷物を持たず、
朝早く出発し、
心配は家に置いてくること。
（フィランダー・フォン・ジッテンヴァルトの一六五〇年の詩）

ロマンティック街道の成立

ドイツの地図に見出される数多くの街道のなかで、日本語の道路標識まで出ているロマンティック街道は、夜空に輝く星座のように、内外の観光客のため二十世紀後半に初めてある程度まで恣意的に結びつけられた都市連合である。それは地理的には、南独シュヴァーベン、フランケン、バイエルン地方にまたがっており、本来それぞれがこれら地方文化の主要な担い手である。事実、マイン河畔のヴュルツブルクからフランケン地方を南下してバイエルンのアルプスに至るいわゆる「ロマンティッシェ・シュトラーセ」のルートはほんらい比較的新しい。たとえば古典的な旅行案内書ベデカーの南ドイツ一九二九年版に、ヴュルツブルクから始まりローテンブルク、ディンケルスビュール、ネルトリンゲンをへてアウクスブルクに至る鉄道路線の記述はあっても、これらの町を形容するため「絵のように美しい」といわれても、ロマンティッシュという言葉はいっさい使われていない。マイン川とドイツ・アルプスのアルゴイ地方のあいだに介在する牧歌的な風景、点在する夢見るような町や村、高くそびえる城砦、美しい教会や修道院の建物をことさら過ぎ去った日々の「古き良き時代」として体験するようになったのは、悲惨な第二次世界大戦後のことのようである。それは多少とも蒸気機関車に対するノスタルジーに似ている。鉄道が電化されたとき、人々は汽車のスピードが速くなり、衣服がもうすすで汚れないことに歓声をあげて喜んだものであった。

もちろん文学史的に、初期ロマン派がドイツ中部の大学都市イェーナで始まったことに異論の余地はない。それにもかかわらず、ライン・ロマンティークが十八世紀ドイツ・ロマン主義の少なくとも揺籃であったことに変わりはない。とくにラインの支流ネッカル河畔のハイデルベルクは風光明媚であるだけではなく、ロマンティックに様式化された大学生活のイメージにより、ロマン主義の代名詞にさえなっている。しかし第二次世界大戦後のわが国において「アルト・ハイデルベルク」はすでに古色蒼然とし、ライン下りもローレライの巌も古城の廃墟も、観光船を使わないバス旅行だけでは、もう充分にロマンティックと感じられていないように見受けられる。この言葉でむしろ誰もが考えるのはむしろ「ロマンティック街道」という観光ルート、とりわけ「ノイシュヴァンシュタイン」というアルプスを背にしたメールヒェンティックな美しい白鳥城であるに違いない。しかし、これらはもはやライン河流域ではなく、はるかに離れたドナウ河上流のバイエルン高地に見出されるのである(地図一八三頁)。

ロマンティック街道の中心地ローテンブルクの文学的・美術的再発見はそれより少し早かった。ロマン派の画家ルートヴィヒ・リヒター(一八〇三—八三)は一八二五年にこの町を訪れ、ドイツ語の語順で「良い古い時代」、すなわち昔は良かったといわれる時代の絵画的モチーフを数多く見出した。彼はグリム童話だけではなく、それらを題材にムゼーウスの民衆童話の挿絵も描いた。ドイツでは、これらのほかルートヴィヒ・ベヒシュタイン(一八〇一—六〇)の童話が広く知られている。作家のなかでは、エドワルト・メーリケ(一八〇四—七四)が「ローテンブルクの銅細工師」という断片を書いている。ドイツで典型的に中世的な町はいくらでもある。しかし、外国の観光客だけではなく、ドイツ人の一般的なロマンティークのイメージも、ローテンブルクの美しい家並みによって刻印されているようである。昔、ドイツ市民の家庭ではこの町の銅版画一枚を飾る習わしがあったといわれる。たしかに、たとえば「永続的帝国議会広間」のあるレーゲンスブルクの絵を、この町以外のところで見かけることはまずない。

ローテンブルク市内でもっとも好んで描かれた場所の一つは、疑いもなくプレーンラインである。それは小さな平らな場所というドイツ語の変形したもので、タウバー渓谷からコーボルツェラー門をとおって上ってきた小路と市内からの目抜き通りの交差するところにある。かつて旧市街は、拡張される以前ここまでしか来ていなかったのである。それゆえ、逆にここから小路を下っていくと、市門の外に中世都市の堅固な囲壁と二重橋を眼下にタウバー渓谷へのすばらしい眺望を得ることができる。地の利をいかして要塞を築こうとした、中世の王侯の気持がおのずから伝わってくる。市壁全体は一三五〇年から一三八〇年にかけてつくられ、北側市壁内側に取り付けられた防御用通路はかなりの区間を歩行することができる。中心部にある聖ゲオルク教会の不ぞろいな二本の塔については、南側の塔を建てた建築師と北側のを受け持った彼の職人頭にまつわる伝説が残っており、職人頭のほうの出来がはるかに良いのを見て建築師は螺旋階段から身を投げてしまったといわれる。職人の腕比べや教会の完成期日をめぐる同様の伝説は、悪魔との契約物語をまじえて至るところにある。神の家を建てると、悪魔はすぐその傍に小さな家をつくるといわれ、たとえばレーゲンスブルク大聖堂中央入口にある二つの石柱の付け根には、出てくる悪魔を封じ込める穴が見出される。

現代のロマンティック街道は地理的にドナウ河によって中断されている。しかも、この地域で歴史的な役割を演じていたのは本流ではなく、むしろドナウ河北岸の支流ヴェルニッツ川と南岸の支流レヒ川である。そして、その北限ではマイン川の支流タウバー川が自然景観としてより重要なのである。タウバー川は著名なローテンブルクの南十四キロのところに水源があり、北に百二十キロ離れたヴェアトハイムでマイン川に注いでいる。すなわちロマンティック街道を代表するかつてのホーエンシュタウフェン王家の主都は、支流ヴェルニッツ川によりドナウ河と結ばれている他の多くの諸都市と異なり、ほんらい別の河川系に属しているのである。そのうえ、レヒ河畔のアウクスブルクも、ロマンティック街道沿いの都市としてよりは、アルプス以北における古代ローマ軍の拠点ラエティア州の首都としてより大きな意義がある。これに反し、北半分の中心には太古の隕石落下によって生じた広大なリース盆地が横たわり、ここに中世における神聖ローマ帝国の帝国自由都市がいくつか成立し、ライン河下流左岸地方のカール大帝の居城地アーヘン、神聖ローマ皇帝の戴冠式が行なわれたマイン河畔のフランクフルト、ドナウ河畔の永続的帝国議会の町レーゲンスブルク、そしてハプスブルク家のウィーンを結ぶ中世ドイツ史の枢軸にも似た広義の「皇帝と王たちの通った道」が形成されたのである。ドナウ河のウィーン——ドナウヴェルト間の定期船便が開設されたのは一七五〇年のことであるが、たとえば一七六四年四月、皇帝ヨーゼフ二世は、フランクフルトにおける戴冠式のあと、ドナウヴェルトから船でウィーンへ帰還している。

いま文化的出発点とされているヴュルツブルクから南下するのではなく、古代ローマの軍道に沿いアルプスを越えて北上すると、二千年以上まえローマ皇帝アウグストゥスにより設立された主都アウクスブルクが現われる。ローマ人がゲルマニアを去ったあとの最大の事件は、マジャール系ハンガリー軍がドナウ右岸の支流レヒ川の東まで押し寄せ、九五五年、ドイツ王オットー一世（オットー大帝）により撃退されたことである。このように、アウクスブルクはドイツで最も古い都市の一つであり、この帝国自由都市は十五、十六世紀に遠隔地交易とフッガー家とウェルザー家の銀行業により経済的に最も繁栄した。市庁舎まえのルネサンス様式「アウグストゥス噴水」のあるマクシミリアン通り、「シェツラー・パレー」などルネサンスおよびバロック宮殿および都市貴族の家々、給水塔のある「赤門」、豪商の貧民救済用家屋「フッゲライ」などとならび、一五五五年に皇帝カール五世の後継者フェルディナント一世のもとでアウクスブルクの宗教和議が結ばれたことは、近代ドイツ史にとり決定的に重要な史実である。

アウクスブルクにほど近い、バイエルン・ヴィッテルスバッハー公爵家の古い町フリートベルクも、ケルト人とローマ人の住居跡のあるかつての帝国都市である。それは城砦、古い城壁の一部、噴水のあるマリア広場、ルネサンス市庁舎のある典型的なバイエルンの地方都市で、一二六四年、公爵ルートヴィヒ二世により創設された。規模がより大きいのは、ヴィッテルスバッハー家以前のハインリヒ「獅子公」によって創設されたレヒ河畔のランツベルクである。レヒ川は駅付近のカロリーネン橋のところでとくに川幅がひろく、十四世紀につくられた堰堤により長く美しい水しぶきをあげている。中央広場にバイエルンの代表的な建築家ドミニクス・ツィンマーマン（一六八五―一七六六）の漆喰壁面に飾られた歴史的市庁舎と一七八三年に由来する聖母像のある噴水および、かつての東門シュマルツ塔をそなえたこの町にも七百年の歴史がある。市壁の一角に保存されている北門「ザンダウアー・トール」と一四二五年の「バイアートール」をはじめ、いくつもの美しい教会のあるバイエルンの典型的な地方都市である。その南にあるショーンガウはシュワーベンとバイエルンの境界に立つ町で、シュワーベンに対するレヒ川沿いの長大な砦を有し、十三世紀はじめに都市権を付与された軍事的にきわめて重要なヴィッテルスバッハー家の地方管轄地であった。

その後この近辺には「プファッフェンヴィンケル」（僧侶たちの区画）と称されるくらい数多くのバロック教会と修道院が建てられた。バイエルン高地のベネディクト会修道院ヴェッソーブルンの名匠たちによる宗教美術作品、とりわけ化粧漆喰細工が多数つくられたからである。シュタインガーデンの草原にたつ華麗なロココ教会「ヴィースキルヒェ」も、こうして一七四五年から五四年にかけてツィンマーマンにより完成された。ロマンティック街道とドイツ・アルプス街道の交差するところにあるこのヴィース教会は「牧場で鞭打たれる救世主」に捧げられたものである。同様な様式の巡礼地教会は、たとえばシュヴァンガウの「聖コロマン」のように、バイエルン高地の草地でしばしば見出され、それらを背景にして、九六五メートルの山峡に聳えているのが「ノイシュヴァンシュタイン」である。

バイエルンの有名なルートヴィヒ二世（一八四五―八六）は父王マクシミリアン一世の建てた向かい側の「ホーエンシュヴァンガウ」の城内で少年時代を過ごしていたとき、食堂の壁に描かれていた白鳥の騎士ローエングリーンの情景を実現することを絶えず夢見ていたといわれる。ローエングリーンはドイツ騎士団の成立と関わりのある北ドイツの伝説なので、こうしてライン下流との結びつきが生じてくる。そのうえ、ノイシュヴァンシュタイン城の歌人の広間は、テューリンゲンの森のなかにあるワルトブルク城の中世の歌合戦が行なわれたという祝祭の間に酷似している。なお今日、ロマンティック街道の終点とされるフュッセンの町は、海抜八〇〇―一二〇〇メートルのところにあり、アルプスのアルゴイ連山にかこまれ、高く聳える城「ホーエスシュロス」やベネディクト会聖マンク修道院などをそなえた、アウクスブルク領主司教の保養地であった。しかも張りだし窓のある家々の立ちならぶ街路や彩色瓦のついた屋根は、歴史的な関連から、はるかかなたにある神聖ローマ皇帝マクシミリアン一世のイン河畔居城地インスブルックの雰囲気を漂わせている。

ドナウ河畔の帝国都市ドナウヴェルト

ロマンティック街道がこのようにライン河だけでなく、ある程度までドナウ文化圏にも属していることが判明したあと、接点になる河畔のドナウヴェルトの下流でさらに浮かび上がってくるのは、美術史上のいわゆる「ドナウ派」である。それは本来の意味で画派というものではなく、十六世紀前半のバイエルン＝オーストリアのドナウ沿岸地域における芸術様式のひとつの展開であった。その代表者たちは、中世末期の新しい自然感情にもとづき風景描写に特別な注意をはらい、そのうえ農民戦争やトルコ戦争時代の人物像を祭壇画にもリアルに取り入れていった。その始まりにあったのは、ルカス・クラナハ（一四七二—一五五三）によりウィーンでつくられた諸作品である。彼のほか代表的な画家はレーゲンスブルクのアルブレヒト・アルトドルファー（一四八〇—一五三八）、パッサウのヴォルフ・フーバー（一四九〇頃—一五五三）、ウィーンの無名の歴史画家（ニクラス・ブロイ）およびランツフートの彫刻家ハンス・ラインベルガー、プラハの建築家ベネディクト・リート（一四五四頃—一五三四）などである。

ドナウ派という概念は、十九世紀の終わりにテオドール・フリンメルとヘルマン・フォスにより美術史へ導入された。それは概念規定が漠然としているため、ある画派を表示するためにいまだに使われていないようである。しかしヴィルヘルム・ピンダーによれば「様式というものは自然現象で、ひとりでに生じてくる」ので、後期ゴシックの分派としてドナウ河流域の宗教画と彫刻、さらに建築にも関連して各地に成立した短期間の芸術様式という一般的なイメージは定着し、一九六五年には聖フロリアン修道院とリンツ城内博物館で内容豊富な展示会が開催されている。とくに、ルネサンスと人文主義に対応する自然の描写を宗教的モチーフに付け加えていった新しい手法は、風景画の先駆として注目されている。またヴェネツィア画派との親近性や民衆の生活との親和性も指摘されている。専門的な議論はさておき、その主要な代表者がドナウ河畔レーゲンスブルクの画家および建築師アルトドルファーとされているので、注目にあたいする。彼はニュルンベルクのデューラー、ヴュルツブルクのリーメンシュナイダーほど高く評価されてはいないが、一五二九年に制作した歴史画「アレクサンダーの戦い」その他により、とにかくミュンヘンの古美術絵画館「アルテ・ピナコテーク」において名誉ある位置を与えられているのである。

しかしながら、祭壇や壁面を飾る宗教画もマリア像や聖人像のような彫像もさまざまな彫刻作品も、南ドイツ＝オーストリアのドナウ文化圏においては多かれ少なかれバロック様式の教会建築の中に収納されている。この見地からドナウ河そのものをよく眺めると、この川は何よりもキリスト教の修道院街道であることが分かる。なぜなら、ライン河が聖職者街道であると同時にいわば古城街道であるのに対し、ドナウ河沿岸には、河口付近からウィーンまで数多くの著名な修道院が見出されるからである。ウィーンからブダペストまで、ましてギリシア正教のベオグラードから下流を別にして、これらのベネディクト会修道院を豊富な写真で紹介しているマルチン・ポッセルトの写真集に従い、その特徴ともども列挙すると、以下のとおりである。

ボイロン（「源泉の近くで」）、ウンターマルヒタール（女子修道院「愛は発明の母」）、ディリンゲン（女子修道院「町なかへ移転する修道院」）、インゴールシュタット（「兄弟姉妹的居住共同体」）、ヴェルテンブルク（「試練の時代」）、レーゲンスブルク（女子修道院「カルメル会の精神」）、ヴィントベルク（「刷新への勇気」）、メッテン（「老人と若者」）、ニーダーアルタイヒ（「一致和合の息吹」）、シュヴァイクルベルク（「全世界はわが家」）、パッサウ（「時のさまざまな嵐をくぐり抜けて」）、テュルナウ（「観想の場」）、エンゲルスツェル（「低い声の修道士たち」）、ヴィルヘリング（「開かれた天空」）、リンツ（女子修道院「癒しの泉」）、クレムスミュンスター（「タッシロ公爵の遺産」）、聖フロリアン（「尊敬の力」）、バウムガルテンベルク（「健全な活動の生活環境」）、メルク（「われらの毎日のバロック」）、ゲットヴァイク（「山のうえの町」）、ヘルツォーゲンブルク（「出会いの共同体」）、クロースターノイブルク（「田園地方の冠」）、ウィーン（イエズス会「修道院としての都市」およびカプチン派「メメント・モリ（死を想え）」）。

的確なそれぞれの表示を総括すると、美しい建物のバロック的に一様な外見からよりも、むしろ個々の美術品から、着実かつ清新なドナウ修道院文化の精神的雰囲気がある程度まで伝わってくる。南ドイツの古い修道院文化は現代の新しい精神で満たされることにより、いまや都会の市民たちの憩いあるいは癒しの場となっているのである。それらは一般に、北ドイツにおけるのと異なりロマンティックな自然を背景にした行楽地の中心として、今後も、地方都市におけるキリスト教文化の担い手として発展していくに違いない。なお、ドナウ河畔のウルムがシュワーベン地方とバイエルン地方の境目にあたり、水の妖精を主題にしたフケーのメールヒェン小説『ウンディーネ』はこの周辺で繰り広げられる。

ドナウ河畔の帝国都市ドナウヴェルトは、こうして、南独ロマンティック街道の事実上の歴史的出発点とみなされる。それはもともと「シュヴェービッシュヴェルト」と呼ばれていたが、ヴェルトとは島の意味であり、五世紀にドナウ河に流れこむヴェルニッツ川の中州「リート」にあった漁村が町の起源である。九七〇年頃、ドナウ橋が建造されたことにより、町の発展が始まった。それがいつの頃か現在の名称に変わり、ロマンティック街道における「バイエルン・シュワーベンのドナウの真珠」と名づけられるまでになった。フランケン・ジュラ紀石灰岩層とシュワーベン山地がそれぞれ終わる地点に位置しているからである。もともと水上交通の要衝であるこの町はさらに、アルトミュール渓谷、地質公園リース、ケッセル渓谷、自然公園「アウクスブルクの西の森」あるいはドナウ・レヒ地域へ行楽に出かけるさいの出発点とされている。

市門「リーダー門」から入るとすぐ右手に一三一七年に由来する後期ゴシック様式の市庁舎があり、そこから都市貴族の華麗な家々のならぶ、ドナウ河とマイン川を結ぶ最も重要な交易路の一つである「帝国街道」がまっすぐに延びている。南ドイツで最も美しい通りの一つと認められ、以前は帝国と同音の形容詞をもちいて「富める道」と呼ばれていたともいわれる。町の主要な建物、すなわち、少し奥まったドイツ騎士団の家、ゴシック様式の聖母被昇天教会、いま劇場と考古学博物館になっている十五世紀の舞踏館、バロック時代の建物であるベネディクト会聖十字架修道院とその教会、あるいは帝国都市噴水などみなこの通りにある。その突き当たりに「フッガーハウス」があることから分かるように、昔からアウクスブルクとの関係が緊密であった。それはいま地方議会の建物になっている。経済的に繁栄していたドナウヴェルトは、当時、最も多くの税金を払っている都市の一つであった。そのドナウの河港は、実際、シュワーベン最大のものであった。

この都市はすでに一〇〇〇年頃、ザクセン王朝のオットー三世から、市場開設権・硬貨鋳造権・関税権を得ていた。一〇三〇年には、ザリエル王朝初代の皇帝コンラート二世が、それまで取得していた種々の特権を確認している。そして一一九三年頃、したがって皇帝ハインリヒ六世（在位一一九〇—一九七）から、ドナウヴェルトはシュタウフェン王家単頭の黒鷲と赤い鉤爪の紋章とともに都市権を授与された。この紋章は十六世紀の初めまで用いられていた。一二一四年には、市民たちが建てたある礼拝堂を皇帝フリードリヒ二世がドイツ騎士団に委託したため、それ以来、騎士団の団員たちがこの町に住むようになった。ところが彼の死後一二六六年に、シュタウフェン家のコンラディンが、この町と城砦をバイエルンのルートヴィヒ公爵に借金の抵当として質入れしてしまった。それがルドルフ一世の王位継承者ハプスブルク家のアルブレヒト一世のもとでようやく返還された一三〇一年をもって、ドナウヴェルトは帝国自由都市になったとされるのである。裁判権は一三六三年にルクセンブルク家のプラハの皇帝カール四世によってようやく認められた。このような王朝の交代が、どのような政治的困難をもたらしたかは、想像にかたくない。とくにバイエルンと帝国のはざまにあることは深い禍根をのこした。

神聖ローマ帝国に安定をもたらしたハプスブルク家の皇帝フリードリヒ三世は、一四六七年、ドナウヴェルトに新しい特許状で大幅な自由を確認した。一五〇〇年には皇帝マクシミリアン一世（一四五九―一五一九）がこの地の舞踏館で、のちのカール五世となる孫の誕生を祝っている。そしてその皇帝カール五世が一五三〇年に、黒い双頭の鷲の新しい市の紋章を授与した。フッガー家は彼の保護のもとで、一五三九年にルネサンス様式のフッガーハウスを建てることができたのである。ところが一六〇六年、宗教改革いらいプロテスタントに帰依した市民たちが一五五五年のアウクスブルク宗教和議に違反してカトリックの宗教行事である祝祭行列を妨害したため、ドナウヴェルトは、皇帝ルドルフ二世（一五五二―一六一二）からドイツ帝国外追放令を受けることになった。町はふたたびカトリック化され、プロテスタントになっていた半数近い市民たちは町を去っていった。いったんプロテスタントになった帝国自由都市ドナウヴェルトは、一六〇七年、バイエルン公爵マクシミリアン一世によりバイエルンに合併される危険にさらされ、何よりもまず、カトリックをふたたび導入することを強要されたのである。

その後の展開をバイエルンに限定すれば、三十年戦争のさまざまな出来事のうちロマンティック街道に主として関係してくるのは、ドイツのプロテスタントを援助すると称して介入してきたグスターヴ・アドルフないしスウェーデン軍と、地元ティリー将軍の指揮するカトリックのバイエルン軍である。プロテスタントになっていたレーゲンスブルクも、一六三三年にスウェーデン軍により占領された。スウェーデン軍が一六三四年にドナウヴェルトを引き上げたのは同年八月のネルトリンゲンの会戦で、スウェーデンとプロテスタント諸侯の連合軍が皇帝軍に大敗したためである。ナポレオン戦争のときはレーゲンスブルクのドナウ北岸シュタットアムホーフが主戦場で、一八〇九年、オーストリア皇帝軍はここからボヘミア方面へ敗走してしまったので、戦火はこの地方まで及ばなかったのであろう。

ドナウ沿岸をも襲った三十年戦争の中心人物であったスウェーデン王は、C・F・マイヤーの短編小説『グスターフ・アドルフの小姓』によって、わが国でも古い世代のドイツ文学愛好者の間でよく知られている。またシラーの戯曲『ヴァレンシュタイン』で有名な本名ヴァルトシュタイン将軍は、今日ゴーロ・マンその他の伝記により、再評価とまでいかなくても、この時代のさまざまな人物のなかで最も注目されているように見える。当時の中小諸都市は、それらが破壊されたか、容赦されたか、あるいは復元されて中世末期のままの状態で残っているか、それとも近代あるいは現代への適応をいかに果たしていったかで、ロマンティックと呼ばれる度合いが異なってくる。すなわち旧市街と現代都市化のバランスである。この調和を認められたドナウの古都レーゲンスブルクは二〇〇六年に世界遺産に登録された。しかし旧市街が観光的にはるかに有名なハイデルベルクは、フランス軍とバイエルン軍による破壊もあり、二度申請してなんらかの重大な理由により却下されているのである。

要塞都市ハールブルク

ドナウヴェルトからヴェルニッツ川を遡ると、シュワーベンとフランケンの石灰岩山脈を貫通するヴェルニッツ渓谷に出る。ここでシュワーベン山地とフランケン山地が分かたれ、絶壁の上にエッティンゲン＝ヴァラーシュタイン侯爵家のハールブルク城が聳えている。地形も規模もドナウ河のはるか上流ジグマリンゲンにあるホーエンツォレルン城によく似ている。北西にある同家のバルデルン城は、地形は似ていても建物が宮殿風である。十二世紀に由来する堂々たるハールブルク城は、南ドイツ最大かつ最もよく保存された城砦の一つといわれる。昔ドナウヴェルトとリース盆地の中心ネルトリンゲンの間を帝国街道が走っていたとき、それを守っていたのがこのハールブルクの要塞である。現在、両都市のあいだに鉄道が走っており、遠くの山上に見える。駅前のセメント工場の向こうにある小高い丘に、所要時間三十分として山道の標識がある。しかし、不慣れな山のなかを探し歩くよりも、高速道路の下をくぐり抜けて、ファッハヴェルクの美しい木組み家屋の立ち並ぶ旧市街をめざしたほうが無難である。ヴェルニッツ川にかかる古い石橋から城砦を見上げる眺めは、ドイツ人にもロマンティックであると讃えられ、絵画によく描かれている。

城に関する最初の文書記録に一一五〇年とあり、内側の囲壁と望楼はシュタウフェン王朝時代の砦に遡る。シュタウフェン王家初代の皇帝コンラート三世の十三歳になったばかりの息子が、少し北のネルトリンゲンとシュトラースブルク間の街道を守っていたエーガー川上流フロッホベルクの砦を包囲するバイエルン公爵家のヴェルフ四世に対しここから出陣し、打ち破ったといわれる。また、一二三九年にはドイツ王コンラート四世がここに居住したという記録がある。一二九五年になると同じくドイツ王アドルフ・フォン・ナッサウがこの城砦をエッティンゲン伯爵家に借金の抵当に出し、一四一八年に皇帝ジギスムントがそれを同家の所有として確認している。それは一七三一年までつづき、同家直系の子孫が途絶えたあと、いくつもの分家のうちエッティンゲン＝ヴァラーシュタイン侯爵家が一七七四年から今日までハールブルク城を所有しているのである。

高い壁の防禦用通路を通り、逆さ鉤のついた木製落とし格子が釣り下がる入口をすぎると、広い中庭と井戸のある周囲の建物は、ノイシュヴァンシュタイン城と対照的な飾り気のないまったく中世風の要塞である。そこで見ることができるのは、銃眼のある城壁上の通路、望楼、監獄塔、パン焼き館、城内教会、騎士の広間、城主の館などである。レストランと小さなホテルもある。たとえば二〇〇八年七月十八日から二十日までの週末に城砦祭りが開かれた。そこで三百人もの扮装した人々によって三十時間にわたり繰り広げられたのは、傭兵・騎士・射手・大道芸人・手品師・吟遊詩人・語り手・魔女・魔法使いなどの再現であった。城主家族の伝統的な入城行列も城を攻め落とす模擬攻撃も行なわれた。まことに中世さながらの光景である。もう一つの行事「ボック祭り」は、ナポレオン戦争中の一八〇〇年六月二十四日、オーストリア軍の百六十人の歩兵隊がこの城に立てこもり、通過するフランス軍を攻撃したとき、三十発の大砲の弾を打ち込まれ、城砦を焼き払われないうちに早々と降伏してしまったことを記念して行なわれている。このような行事はドイツ中で盛んになる一方である。カーニヴァルの仮装行列が都会のなかを練り歩くのに対し、山のなかの城砦祭りや騎士の模擬馬上試合はしばし時代の隔たりを忘れさせる。ロマンティッシュという意味の中世は、ドイツでは至るところで生きているのである。

ハールブルクがその真っ只中にあるリース盆地を支配していた中世末期の政治勢力は十六あったといわれる。たとえば、バイエルン、プファルツ＝ノイブルク、ブランデンブルク＝アンスバッハ、エッティンゲン＝ヴァラーシュタイン侯爵家、ドイツ騎士団、いくつかの修道院、帝国自由都市ネルトリンゲンなどである。ハールブルク城を所有していたエッティンゲンの伯爵たちは一度、隣町ネルトリンゲンへの支配権を歴史的に基礎づけようと試みたことがあった。彼らは先祖の家系を一〇〇七年まで遡り、自分たちがかつてリース盆地の領主伯爵であったと主張した。これに対しネルトリンゲンは、十三世紀になって初めて不当にもシュタウフェン王朝の帝国直属になったというのである。たしかに権利は交錯していた。たとえばエッティンゲン＝ヴァラーシュタイン侯爵家はネルトリンゲンの市有草地に封土権をもっていた。またこの帝国都市は、皇帝が同家に抵当に入れていた税金を代わっておさめていた。そのうえ、同家はこの町に対し旅行への随伴義務を主張したり、ネルトリンゲンが地主であるという二つの村の所有権を否定したりした。一四四〇年、ハンス・フォン・エッティンゲン伯爵はついに鬱憤をはらして同市を夜襲しようとし、二人の召使をとおし夜警の塔守を密計に引き入れていた。しかし、それは事前に発覚し、夜警関係者は市参事会により処刑された。エッティンゲン伯爵は自分の召使たちの助命を嘆願したが、聞き入れられなかった。
エッティンゲンの伯爵たちがそのほかネルトリンゲンの市民たちに禁じたものに、雲雀とうずらを捕らえる権利があった。彼らが市民たちの網をやぶり持ち去ったことをめぐる裁判は、神聖ローマ帝国の最高裁判所で市民の勝訴となり、エッティンゲン伯爵も渋々ながら網を返さなければならなかった。一六一四年のいわゆる第四次ひばり戦争においては、マックス・ヴィルヘルム伯爵が自信たっぷりに笑ったのが市民の憤激をかい、射殺されてしまった。このような争いと訴訟は、敵対する隣人同士、ネルトリンゲンの市民たちとエッティンゲンの侯爵領がバイエルンに併呑されてしまったとき、ようやく終わった。神聖ローマ帝国が存続している限り、古いシュワーベン都市はバイエルンに対していつも皇帝の保護を期待できたのである。シュワーベンとバイエルンの地方的な対立というものは、今でもどこか感じられる。難しいのは両者のあいだ、リース盆地の上部に北から介在しているフランケン地方である。事実、シュトゥットガルト、ヴュルツブルク、ニュルンベルクを結ぶ三角点の中央に位置するアンスバッハを中心に「ロマンティッシェス・フランケン」という独自のプログラムがあり、それにはローテンブルク、フォイヒトヴァンゲンとディンケルスビュールが含まれている。副題にはいつも、直接あるいは間接に中世的という形容詞がついている。

三十年戦争の激戦地ネルトリンゲン

地図の上でシュトゥットガルト、ニュルンベルク、アウクスブルクを結ぶ三角点の中央にあるリース盆地は二〇〇六年五月以来、バイエルンの「国立地質公園リース」と呼ばれ、地域全体が「ドナウ・リース」という休暇用田園地帯に指定されている。その中心からやや離れて位置するのがネルトリンゲンの町で、石灰岩から成るジュラ紀シュワーベン山地とフランケン山地の一部がそれに属し、ドナウヴェルトは東の端にある。北西にあるディンケルスビュールはもはやそれに属していない。リースは一億五千万年まえ直径約一キロの隕石が時速七万キロのスピードで落下したことにより生じた、直径約二十五キロのほぼ円形の盆地である。隕石は地下千メートルに達し、そのエネルギーは広島の原爆二十五万発に相当したと推定されている。「ヨーロッパの巨大な隕石火口」といわれる比類のない自然の情景である。二〇一三年二月にロシアで起こった火球落下を機会に思い出されてしかるべきこの太古の大事件は、地質学的な自然遺産であるばかりではなく、考古学的・エコロジー的・歴史的文化遺産でもある。

リースの重要な自然遺産としてゲオトーペといわれるものがある。それらは角礫岩や湖底石灰岩などの自然な露頭箇所である。それらは辺鄙なところに散在しているので、ガイド付きのバス旅行に参加しなければ見に行くことができない。ネルトリンゲンから比較的近いのは、ヴァラーシュタインにある、隕石火口を覆っていた「リース湖」の風化した名残である。それはボーデン湖をやや下回る大きさであった。地質学が極めておもしろいものであることを体験させてくれるのは、とりわけネルトリンゲンの「リース・クレーター博物館」である。この地質学専門博物館では、隕石落下の状況を興味深く図解したビデオ上映を含め、ロマンティック街道周辺の太古の自然史を生命の発生まで隕石・岩石・化石にもとづき詳しく学ぶことができる。それはドイツ中世の歴史と文化を都市の外観から見聞するのとはまた違った見地である。とくに隕石落下の衝撃から生じた灼熱の熔解が凝固してできたスエヴィトと呼ばれる新しい岩石、通称「シュワーベンの石」は、月の岩石によく似た構造をしているため、「リース・クレーター博物館」の中心的テーマの一つである。アメリカの航空宇宙局NASAも重大な関心を示し、アポロ十六号の宇宙飛行士が月から持ち帰った岩石資料を貸与標本として提供している。このように自然地理学上きわめて重要な場所が、ドイツ史だけではなくヨーロッパ史に決定的な意義を有していた三十年戦争における激戦地の一つになったのは、ある程度まで象徴的である。

宗教戦争である三十年戦争の直接の発火点として、一般にボヘミア＝ファルツ戦争（一六一八―二三）が知られている。一六一七年にボヘミア王、一六一八年にハンガリー王、一六一九年には神聖ローマ皇帝となったハプスブルク家のフェルディナント二世が居城地グラーツからプロテスタント弾圧を始めたとき、これに抗議するボヘミア王国議会のプロテスタント議員が一六一八年五月二十三日、プラハ王宮の窓から国王の側近三人を窓の外に突き落とした事件である。しかし、その発端は皇帝ルドルフ二世によるドナウヴェルト・プロテスタントの国外追放であった。このときバイエルン公爵マクシミリアン一世はこの帝国都市を無理やりバイエルンに復帰させようとしたからである。これに似たようなことは皇帝フリードリヒ三世のときレーゲンスブルクにもあった。皇帝ルドルフ二世は精神病が昂じてきたため一六〇四年いらい弟のマティアスに徐々に権力を奪われ、一六一一年に退位を余儀なくされていた。そしてマティアスは一六一二年みずから皇帝の座についた。しかし彼の治世は短命に終わり、フェルディナント二世がすぐ皇帝になった。とはいえ、ハプスブルク家にとって非常に不安定で不幸な時代であった。三十年戦争の戦火はその後、ドナウヴェルトからネルトリンゲン、ディンケルスビュール、ローテンブルクへと波及していくのである。

周知のように、三十年戦争は神聖ローマ帝国内のカトリックの皇帝側とプロテスタントになった諸侯との権力闘争にデンマーク、スウェーデン、フランスというプロテスタントおよびカトリックの外国勢力が介入してきた権謀術数の戦いであった。当時のハプスブルク家がオランダ、スペイン、イタリアそしてオーストリアを権力基盤にしていただけに、この戦争は真にヨーロッパ的であった。その際、最も微妙な役割を演じたのはバイエルンである。それはヴィッテルスバッハー家としてカトリックであり、対外的に明らかに皇帝側でありながら、対内的にはオーストリアのハプスブルク家と利害得失が一致していなかった。十六世紀末には傍系のラインラント・ファルツ選帝侯がカルヴァン派のプロテスタントになり、一六〇八年にはドイツ・プロテスタントの指導者にさえなった。

この政治的状況を如実に反映しているのは、バイエルンの真っ只中にある、プロテスタントになった帝国自由都市レーゲンスブルクの帝国議会で、一六三〇年、皇帝軍のヴァレンシュタイン将軍が解任され、代わってバイエルン軍の指揮官ティリー将軍が任命された事実である。そのうえ、ティリー将軍が一六三一年ザクセンのブライテンフェルトでスウェーデン王グスターヴ・アドルフに敗れ、翌年ドナウヴェルトの東南にあるラインの町で戦死すると、ウィーン攻撃を恐れた皇帝によりヴァレンシュタインはふたたび皇帝軍総司令官に起用された。彼は一六三二年、ライプツィヒ近郊リュッツェンでスウェーデン軍に敗れはしたが、グスターヴ・アドルフを戦死させた。しかし密かに和平交渉をしていると皇帝に嫌疑をかけられたため、彼は一六三四年二月二十五日、皇帝の命令によりボヘミアのエーガー（現在のシェブ）で暗殺されてしまった。

ネルトリンゲンの輝かしい時代は、シュタウフェン王朝の皇帝フリードリヒ二世のときに始まった。当時この町は、いまのベルガー門の外、墓地のある西方の山手にあった。ところが一二三八年に大火が起こり、風の比較的よわい平地に移して再建することになった。リース盆地を吹く風はここではかなり強かったように見える。町には特別な役人がいて、強風のとき落ちてくる瓦から身を守る帽子をかぶり、火災の発生を町中に騎馬で触れ回ったほどである。(一五一七年には木々を薙ぎ倒したばかりでなく、かつての町に墓地用の教会として残されていた山上のエメラム教会が吹き飛ばされてしまった)。町の平地への移転後、約百年してから皇帝ルートヴィヒ四世「バイエルン王」(一二八三頃—一三四七)が町の拡張を命じ、現在の市壁は十六世紀初めまでかかって建設された。以前の市壁の跡はいまも中央部の環状道路に残っている。ハプスブルク家がネルトリンゲンで確固とした地歩を築いたのは、皇帝フリードリヒ三世が一四七四年に息子マクシミリアンを伴って来駕して以来のことである。バルディンガー門まえの草地がいまも「カイザーヴィーゼ」と呼ばれているのは、中世においてここで春祭りが行なわれ、十五世紀末に市参事会が民衆に愛好されていたある競技を廃止しようとしたとき、皇帝マクシミリアン一世がその存続を命じたからである。都心のいわゆる舞踏館に、シュテファン・ヴァイラーが描いた彼の肖像画がある。

ゲーテは、一六三四年におけるネルトリンゲンの会戦とザクセン=ワイマールの公爵ベルンハルト(一六〇四—三九)について調べる必要があったとき、「ネルトリンゲンといわれても、私はどうしたらいいか分からない」と言っている。ゲーテがフランクフルトからワイマールへ移住する百年以上まえの一六三四年八月、ハンガリー王フェルディナント(後の皇帝フェルディナント二世)がスウェーデン軍に占領されていたこの帝国自由都市を包囲したときのことである。スウェーデン側についていたベルンハルトは、一六三四年九月六日、ここで決定的な敗北を喫した。一六三二年九月、マインツから南下してきたスウェーデン王グスターヴ・アドルフは、このような場合の習慣で、まず城壁の強度を調べるため白馬にまたがって町のまわりを一巡したあと、ヴュルツブルクに通ずる北のバルディンガー門からこの町に入ってきた。彼は十月にもう一度やってきたあと、同年十一月十六日に上記のようにリュッツェンで戦死する運命にあった。この三十年戦争のとき損傷し、古い銅版画には描かれているバルディンガー門の高い塔は一七〇三年に倒壊してしまった。再建されなかったため、それはいま他の三つの立派な塔より目立たない。駅から近いのはダイニンガー門である。しかし、このように由緒ある重要な門なので、市内見学はバルディンガー門から始めるのが歴史的に正しい。大小十六本の塔と二つの砦をもった、ごく僅かの欠落箇所を除きほぼ完全に保存された城壁は主としてヴォルフ・ヴァルトベルガーの仕事である。城壁の長い防禦通路を渡り、一部を壁の内側の街路に沿って歩くと、町を完全に一周することができる。

バルディンガー通りを直進すると、隕石火口リースにふさわしい見事な円環状市壁をもった町の中心、市庁舎と聖ゲオルク教会のある典型的な広場に出る。市庁舎は一三八二年以来ずっと使われているので、ドイツにおける最も古い市庁舎の一つである。裏手横のルネサンス風階段は一六一八年に初めて取り付けられた。後期ゴシック様式の教会堂は一四二七年から一五〇五年に建てられ、九十メートルの高さのある塔「ダニエル」は一四五四年に着手され、一五三九年に完成された。ディンケルスビュールの聖ゲオルク教会を建てた同じ建築師ニコラウス・エーゼラーの作品である。聖ゲオルクは騎士のパトロンであり、鐘楼の愛称は、旧約聖書ダニエル書第二章四八節「王はダニエルを高め、全国を統治する者とした」に由来するといわれる。三百五十段の階段を登ると、昔からそこに塔守が住んでいる。一年中登れるのと、上で初めて料金を徴収されるのはそのためである。ダニエルの塔守はいまも夜十時と十二時のあいだ三十分ごとに「皆の衆、もう潮時だぞ」(So G'sell, so) と叫ぶ。大火のあとの移転いらいの、古い夜警の伝統なのであろう。教会堂裏の一角にある「戦士の泉」は、一八七一年の普仏戦争の記念に作られたものである。

キリスト教の教会は入口が西で、中央祭壇は、朝日が射し込むよう常に東を向いている。聖ゲオルク教会の反対側の道をさらに南下すると、市内五本の塔のうち最も古いライムリンガー門に出る。そこに、冠をかぶった黒鷲の市の紋章とヴァルトベルガーの事績を記した碑が取り付けられている。彼の石彫りの肖像は、中央部テンデル広場にある穀物市場の元のフランシスコ会修道院が宗教改革のとき改造された建物正面に見出される。アウクスブルク方面へ向かうこの門を出ると、右手に「マリアの丘」という小公園がある。名前と裏腹にそれはかつての処刑場跡で、「魔女の岩」というものもある。中世においてはどこでも、絞首台とさらし首を吊す車輪が市参事会の司法権の象徴であった。最後の処刑は一七七七年に行なわれた。ライムリンガー門から外壁を北西に沿っていくと、「ファイルトゥルム」と呼ばれる塔のところに出る。これがかつて自白を強要する場所、牢獄であった。哀れな罪人はここで、ウィンチに吊して地下牢に放りこまれた。「尋問室」や地下牢の実例は、レーゲンスブルクの「永続的帝国議会広間」のある旧市庁舎の地下で見ることができる。なおネルトリンゲン最後の首切り役人は一八〇九年に年金をもらって退職し、彼の使っていた斬首刀は当地の市庁舎に保存されている。ニュルンベルクではこのような首切り役人の住居が博物館になっている。それはむしろ近代になって、宗教改革にともなう人心の動揺のなかから生じてきたものである。それは、たとえば「ロマンティックな」ネルトリンゲンにおいても同じであって、市民社会の影の部分として見逃すことはできない。神学者や教会ではなく、個人的に魔女信仰に凝り固まった市長が市参事会をうながして、魔女を根絶すべきことを決議させたのである。それは異端者に対する宗教裁判のようなものではなかった。やがて疑わしい者に拷問の手段を用いてもかまわないということが認められると、不幸な女性たちの運命はそれで終わりであった。なぜなら拷問は、彼らが苦しみのあまり嘘の自白をし、自白が撤回されなくなるまで続けられたからである。魔女信仰は、自分と自分の身近な者に関係しない限り存続した。女性たちは最初、自分の無実と、罪なき者にあたえられる神の加護を信じていたようである。しかし拷問と裁判官の非人間性を知るや否や、彼らは絶望してしまった。そして裁判官にとって重要なことは、魔女が焼き殺されることだけであった。さもなければ、彼らは自分たちが誤っていたことを認めなければならなかったからである。それゆえ、裁判記録もいっさい公表されなかった。拷問によってある女性に強要し、他の女性を悪魔と魔女の踊りのさいに見たと密告させることもあった。このような証言が三つあれば、それで密告された女性を拷問にかけるのに充分であった。

やがて教区教会の主任牧師が説教壇から公に魔女裁判の不当性を糾弾するようになった。すると彼に、市参事会は聖職者が事柄に介入するのを好まないということが示唆された。彼がさらに注意深く、哀れな貧しい女性ばかり魔女として迫害されると批判すると、今度は身分の高い女性が犠牲になった。牧師が阻止できなかったことをやり遂げたのは、忍耐強いある女性であった。彼女は五十回の拷問にかけられながらも遂に自白しなかった。裁判官たちはさすがに驚き、裁判を中止したが、犠牲者を釈放することは考えなかった。しかし彼女がドナウ河畔の帝国自由都市ウルムの出身であったため、ウルムの市参事会が動き出し、ネルトリンゲンの市内でもようやく拷問反対の声が高まってきた。彼女が夫のもとへ返された一五九五年に、四年間つづいたネルトリンゲンにおける魔女裁判は終息した。ドイツ国内の他の諸都市と比べると、それはまだ比較的早いほうであった。拷問中に死亡した女性たちが首吊り台の下に埋められ、火あぶりにされた不幸な魔女たちの灰が風とともに吹き飛ばされてしまったのに対し、裁判官たちは名誉ある墓碑銘「エピターフ」をもって教会の墓地に埋葬された。

「ファイルトゥルム」の壁に沿ってベルガー門をすぎ、しばらく行くとエーガーという細い川が上部仕切り塔の下から流れ込んでいる。これは円環状市壁の弧を切るように町の北部を貫流して、下部仕切り塔から流れ出ていく。エーガーはヴェルニッツ川の支流である。川の両岸には染色職人、粗毛布・絨毯・フランネルの製造業者、皮なめし業者などの家があり、壁際にはパン焼き窯の塔が並んでいる。製粉用の下掛け水車もまだ一つ回っている。弧の中は市民の日常生活をささえるさまざまな職人の住む専業区域だったのである。いまリース・クレーター博物館になっている建物も、もとは材木置場であった。バルディンガー通りがエーガーを横切るところには、昔の病人用の大きな建物が立っている。エーガー川下部仕切り塔の先にはレプシンガー門がある。

ネルトリンゲンの富をささえた種々の産物を貯蔵したり売り捌いたりする建物は市庁舎の周辺に見出される。聖霊降臨祭における市のさい布製品の販売所であった舞踏館や穀物市場のほか、塩とぶどう酒用の倉庫と大きな旧穀物倉庫である。原料はフランケン地方、ボヘミア、トリエストを経由してマケドニアから来た。そして、とくに粗毛布はスイス、イタリア、スペインへ送られていった。赤と黒の高度の染色技術をもっていたのは、当時ネルトリンゲンのほかにはハンブルクしかなかった。そのほかガチョウの飼育と鵝鳥の羽毛販売も盛んであった。染色によって裕福になったある家族からは、幾人もの市長が輩出した。市参事会は二人の市長、二人の枢密顧問、八人の参事から構成され、ほとんど絶対的な権力を振るっていた。人口は一万人ほどで、本来の意味の貴族はいなかった。町の画家として有名であったのは、ニュルンベルク出身のハンス・ショイフェリンとローテンブルク出身のフリードリヒ・ヘルリンであった。主要な聖ゲオルク教会がプロテスタントになったのに対し、一四二二年に建てられたカルメル会修道院付属のサルヴァートール教会はカトリックの教区教会で、オリジナルのゴシック祭壇と最後の審判を描いた観音開きの絵を見ることができる。

交通の要衝ディンケルスビュール

千年の歴史があるヴェルニッツ河畔のディンケルスビュールも、ローテンブルクおよびネルトリンゲンとともに、ドイツでもっとも有名な中世都市のひとつである。十二世紀にすでにそれはシュタウフェン王家の所有であった。フリードリヒ・バルバロッサ（赤髭王）はこの町を、ローテンブルク公爵であった息子コンラートに、婚礼翌朝の贈り物にしているのである。こうして一一八八年最初の文書記録があるディンケルスビュールの旧市街は、十五世紀いらい市壁によって完全に取り囲まれている。最初の囲壁は十三世紀末に遡る。

川岸の丘にあるその地理的位置に従いヴェルニッツ門から町に入ると、北にはローテンブルク門が、南にはネルトリンゲン門があり、長い街路が町を縦断している。十九世紀に塔の多い城壁を撤去しようとしたとき、バイエルン国王ルートヴィヒ一世がそれを禁止した。中部フランケンのこの町は過去数世紀のあらゆる戦火を免れただけではなく、今は鉄道の駅も廃止されて、全ドイツの鉄道網から遮断されてしまった。それゆえディンケルスビュールは、第二次世界大戦で爆撃によりかなりの被害をうけた、より有名なローテンブルクよりもはるかによく十四、五世紀における中世の都市像を保存している。市民たちはこの石でできた巣の中で、敵から身を守り、食糧をたくわえ、暗い夜をすごし、長い冷たい冬に耐えていたのである。地形との関係もあり、城壁は完全に円形のネルトリンゲンと比べやや不規則に多様に形づくられている。家並みと街路は皇帝カール五世の通った聖ゲオルク大聖堂まえワインマルクト広場周辺の中央部を除き、市民の町という印象をあたえる。市の紋章も三本から成る黄金の麦の穂をかたどり、ドナウヴェルトのそれのような鷲の紋章をもった帝国自由都市の印象をあたえない。

中世のディンケルスビュールは、（ポーランドの）クラカウとプラハにまで通ずる交易路、ライン河畔のヴォルムスとニュルンベルクおよびドナウ河畔のレーゲンスブルクを結ぶいわゆるニーベルンゲン街道、さらにイタリアからアウクスブルクを経由しヴュルツブルクとフランクフルトへ至る街道の交易交差点にあった。アウクスブルクからは「ヴィア・クラウディア・アウグスタ」がドナウヴェルトまで延び、そこからさらにマイン川につながっていたのである。『ニーベルンゲンの歌』の作者は、バイエルン・オーストリア地方の地名はしばしば挙げていても、伝説上のブルグント人たちがヴォルムスを出発してどの道を通っていったのかには何も言及していない。しかし、彼らは少なくともヴュルツブルクまで騎馬で来たに違いなく、ディンケルスビュールを経由してニュルンベルクに出、そこからインゴールシュタットとレーゲンスブルク方面に到達したと推定されている。市街を東西に横断する目抜き通りゼーグリング街にはもとの宿駅である宿屋「三本のニンジン」があり、一七九七年十一月四日、第三次スイス紀行からの帰途ゲーテはここで昼食をとっている。

ディンケルスビュールはとにかくこのような通過町の地の利をいかして、早くから交易と商業で栄えていた。それは疑いもなく一一八〇年頃に、皇帝フリードリヒ一世から都市権を付与されていた。本来の貴族はいなかったが、都市貴族たちは近隣の村々、町そのものが横たわっている広大な草地、さらに魚の豊富な湖沼を支配していた。生業は生地と錦布の生産、粗毛布製造、鎌鍛冶などであった。この豊かな町は神聖ローマ帝国の消滅とともに一八〇六年バイエルンに帰属するまで、一二七三年から一八〇三年まで帝国自由都市であった。一三〇五年、ルドルフ・フォン・ハプスブルクの息子のドイツ王アルブレヒト一世がさらに、ウルムの都市権に相当する権利を付与した。一三八七年には手工業者組合が都市貴族と同数十二人で市参事会に加わり、三十年戦争が終わった一六四八年には、プロテスタントとカトリック両派の同権が承認された。いずれも、この町における社会構造と権力関係をしめす出来事である。死刑判決を含む裁判権は、一三九八年にドイツ王ヴェンツェルによって認められていた。

シュタウフェン王家が滅亡したとき、ディンケルスビュールは神聖ローマ帝国のものになった。しかし、帝国の自由を享受するようになったのは十四世紀になってからであった。なぜなら、リース地方の権力者であったエッティンゲン伯爵家が、ここでも触手を伸ばしていたからである。皇帝コンラート四世は一二五一年、ディンケルスビュールの町をルートヴィヒ・フォン・エッティンゲン伯爵に借金の抵当として委ねていたのである。しかし市民たちは自分自身の財力で町を買い戻してしまった。ディンケルスビュールが皇帝の特権とみずからの勤勉により繁栄すると、今度は皇帝ルートヴィヒ四世「バイエルン王」がこの町をまたエッティンゲン伯爵家への抵当にしてしまった。ネルトリンゲンから北上する途中、街路の中央にバロック風ペスト塔が立っているヴァラーシュタインの大きな宮殿を築いたのはエッティンゲン家の人々である。しかし裕福な町は皇帝カール四世の時代にまたもや自分自身を買い戻し、エッティンゲンの伯爵たちはもはや抵抗できなくなった。市参事会が手工業者組合の同数参加を認め、結束して事に当たったためである。この町にもあるドイツ騎士団の一七六〇—六四年に建てられた館は、むしろ帝国直属であった。

一五一七年の宗教改革までディンケルスビュールはもちろんカトリックの町であった。六十五メートルの塔をもつ聖ゲオルク教会は一四四八年から九九年にかけてニコラウス・エーゼラーとその息子によって建てられ、ドイツで最も美しい後期ゴシックの会堂形式教会の一つとして知られていた。中世の身分制社会では、日曜・祭日のミサともなると、教会内陣両側の聖職者席に市長と参事会員が黒、法律顧問が深紅、市の医師たちが緑色のガウンをまとって席を占めた。説教が始まると、彼らは説教壇下の座席に移った。教会正面の入口が、ヴェンデルシュタインと呼ばれるロマネスク様式の塔の中にあるのは、一一七〇年に建造された最初の教会が一二二〇年から三〇年にかけて前方に延長され、一三七〇年にさらに現在の身廊の一部に解消されてしまったからである。西側正面ファッサーデの外見的な不釣り合いはここから来ている。

教会の外には通りをへだてて都市貴族たちの華麗な家々、とくに後に伯爵に列せられたドレクセル家の五階建て木組建造物ファッハヴェルクの家が立っている。これはいまホテル「ドイツの家」になっている。教会横の小さな中庭にかつて礼拝堂が立っていた。その中にあった十二使徒の銀製の像は、三十年戦争の際どこかに埋めて隠されてしまった。その後、近所の家にときおり白衣の女性が現われて手招きをする。きっと隠された場所を教えようとしているに違いない。彼女について行こうとすると、灰色の小人が現われて彼女の姿は消えてしまう。この言い伝えは、三十年戦争のとき、少女ローレに率いられた子供たちの嘆願によりスウェーデン軍のシュペロイト大公が町を焼き払わなかったという単純な「キンダー・ツェヒェ」祭りの伝説よりよほど信憑性がある。

注目すべきことに、聖ゲオルク教会は一五三四―四九年にかけてのほか、一六三二―三四年にルター派のために使われていた。すなわち、この町がネルトリンゲンと同様、スウェーデン軍により占領されていた時期である。ディンケルスビュールがドナウヴェルトのような苛酷な運命を免れたのは、優勢なプロテスタントがネルトリンゲンやウルムの場合のようにこの教会を完全に自分たちの所有にしてしまわず、三十年戦争の終結とともにカトリックの同権を認めたことによると考えられる。ディンケルスビュールにおける裕福な手工業者の子弟の多くは、宗教改革のさなかにあったヴィッテンベルクやエルフルトの大学で学んでいた。彼らがキリスト教の新しい観念を故郷に持ち帰ったのは当然であった。他方で、ウルムのフランシスコ会修道士コンラート・アベリウスは聖ゲオルク教会で新しい信仰をさかんに喧伝し、ルターより先に妻帯した。農民戦争のさい、これを支持する市民と保守的な参事会とがある程度まで対立した。しかし数年後には和解し、レーゲンスブルクの帝国議会でアウクスブルクの宗教和議に加入した。それゆえ、プロテスタントとカトリックは以後ここで、対立し合いながら協調してやっていったのである。

司教座聖堂首席司祭に多額の補償金をはらって聖ゲオルク教会の使用権を手に入れた市参事会は、雄弁なプロテスタント神学者ベルンハルト・ヴルツェルマンを招聘した。彼の教えにより多くのディンケルスビュール市民が新しい信仰に帰依し、カトリックは全人口の三分の一にすぎなくなった。しかし彼らは妨げられることなくミサを続けることが許された。これがカトリックの宗教行事を妨害し、神聖ローマ帝国外追放になったドナウヴェルトのプロテスタントとの違いであった。ところが、テューリンゲンにおけるいわゆるシュマルカルデン戦争（一五四七年）によりプロテスタント諸侯の連合軍がカール五世の皇帝軍に敗北すると、ヴルツェルマンに従い連合軍を支持した市参事会は皇帝に無条件で降伏せざるをえなかった。皇帝は裕福なプロテスタント参事会員たちの権力をそぐような新しい規定をつくり、市長はカトリックでなければならなかった。聖ゲオルク教会はふたたびカトリックになり、カルメル会教会は修道院に返還された。ヴルツェルマンがこの町を去っていかなければならなかったのは自明であった。

当時この町で重要な役割を演じたのが、上記のドレクセル家であった。同家がかのファッハヴェルクの華麗な家を建てたのはこの戦争の少し前であったが、その裏手には、ディンケルスビュール最初のプロテスタントたちがひそかに集会を開いていた建物があった。同家の息子たちのうち、長男のみカトリックにとどまり、プロテスタントになった他の四人、とくにヴァルターがその法律の学識と諸侯との関係により、当地のプロテスタンティズム維持に最も貢献したといわれる。アウクスブルクの宗教和議により、帝国自由都市においてそれまで両派が併存していたところでは、この制度はそのまま存続することになっていた。

皇帝カール五世の弟でオーストリアの世襲領土をまかされていた後継者の皇帝フェルディナント一世が在位中、プロテスタントはなかなかこの同権を得られなかった。レーゲンスブルク出身のヴォルフガング・セヴェールスに教育された皇帝マクシミリアン二世になって初めて、それは改善された。しかし、マクシミリアン二世の死後、事態はふたたび悪化し、ディンケルスビュールではたとえばドレクセル家の人々のうち幾人かは、勝ち目のない宗教的争いに見切りをつけてカトリックに復帰し、ドイツ全体では三十年戦争が吹き荒れた。そしてネルトリンゲンにおける皇帝軍の圧倒的な勝利ののち、プロテスタントに全賠償責任が負わされたため、プロテスタントの裕福な都市貴族たちはしだいに貧しくなっていった。時代とともに服装も変わってきたため、生地や粗毛布の生産は減り、鎌鍛冶にはほかに競争相手が現われてきた。しかし、それがかえって幸いし、古い市壁のなかに住む市民たちの生活様式はあまり現代風にならなかった。

聖ゲオルク教会は、一九八八年の献堂五百周年祭の機会に、司教座ではない大聖堂「ミュンスター」に昇格した。それが同規模のネルトリンゲンの聖ゲオルク教会より閑散として見えるのは、バイエルンのルートヴィヒ一世の記念物保護法によるものである。彼は一八四五年にディンケルスビュールを訪れたとき、市壁の撤去を禁じただけではなく、教会堂内のドイツ的ではない不純な装飾的要素をレーゲンスブルクの大聖堂におけると同様、いっさい取り除かせたのである。とりわけ、すべてのバロック祭壇、木製の聖堂二階席、壁面の多数の墓碑銘「エピターフ」である。それらは新聞広告により売りに出された。外壁のいわゆる扶柱の間に増築されていたさまざまな小屋も撤去された。そこには売店やパン屋まであったのである。逆に一八九八年までに、バロック祭壇に代わる新ゴシック様式の高い主祭壇が作製され、説教壇と内陣階段左の聖体安置塔が補修され、天蓋祭壇が主祭壇の裏側に移された。その他、ステンドグラスやいろいろな彫像・聖具が修復されたことは言うまでもない。

ロマネスク様式の表門から、薄暗い入口ホールを通り抜けて教会堂に足を踏み入れると、きわめて珍しい聖画で飾られたパイプオルガンの設置された二階席のまえに広がるのは、二十二本の柱列で三つに仕切られた明るい広々とした空間である。入口の壁面にピエタ像が取り付けられている。高い丸天井はゴシック建築の編目模様である。会堂形式のため、いずれも二十一メートルの高さである。元々の主祭壇の外観は伝承されていない。それはすでに一六四二―四五年に重厚なバロック祭壇に置き換えられていた。内陣の中央に釣り下げられているのは、一六五〇年頃に作られた「栄光の聖母」像である。一四三〇年頃に由来する、移転された天蓋祭壇の「苦しみの聖母」と著しい対照をなしている。現代風祭壇まえの階段右にある聖母像は一五〇〇年頃ニュルンベルクで作られたもので、とくに芸術性が高いとされている。内陣に向かって同じく右、入口近くの壁にある比較的新しい十四枚の木製浮き彫りは、カトリック教会ならどこにでもある「十字架の道行」と呼ばれる一連の画像である。

ドイツ騎士団の拠点フォイヒトヴァンゲン

湿原という意味のフォイヒトヴァンゲンは、ヴェルニッツの支流ズルツァハ河畔にある町で、ロマンティック街道で最も有名なローテンブルクとデュンケルスビュールの中間にあるため、あまり目立たない。しかし、それはすでに八一八／一九年に由来するベネディクト会修道院と近隣の村がもとになってでき、この辺りに狩猟に来ていたカール大帝がこの修道院を寄進したといわれる。観光的によく知られていないとはいえ、フォイヒトヴァンゲンでとりわけ有名なのは、美術史家ゲオルク・デヒオ（一八五〇—一九三二）により「フランケンの祝典広間」と名づけられた広いマルクト広場である。その一角には一七二五年に作製された「レーレンブルンネン」というあまり類例のない彩色紋章で飾られた八角形の泉がある。やや斜面になっている広い空間の周囲には、マンサルド屋根の旧市庁舎、十三—十四世紀に由来する「シュティフトキルヒェ」と呼ばれる教会、ファッハヴェルクの華麗な家々がつらなり、美しい中世の町と呼ばれるのに申し分ない。

そこにはかつて東フランク王国の宮廷があり、シュタウフェン王朝時代に早くも帝国自由都市になったといわれる。町は一一五〇年から一一七八年にかけてすでにシュタウフェン王家の所有になっていたのである。いずれにしても一二四一年以降、フォイヒトヴァンゲンは、帝国都市と修道院から成る事実上一つの町として存在していた。共通の市壁ができたのは一四〇〇年頃であった。帝国都市の特権は何よりも市場を開設できることにあり、市民は囲壁をめぐらし、王ないし皇帝にさまざまな仕方で奉仕する義務があった。その代わりそれは地方領主の支配を免れ、この意味で自由だったのである。王はふつう代官を置いていたが、一三五四年頃、この都市は市長と参事会で運営していけるほど強力になっていた。それは一三六〇年には独自の裁判権も獲得した。しかし、それは他の多くの帝国都市と異なり、すでに一三七六年、プラハの皇帝カール四世のもとで帝国の自由を失った。そこには、一見ロマンティックそのもののようなこの町の特異な歴史が秘められているようにみえる。

フォイヒトヴァンゲンはニュルンベルク、ローテンブルク、ウルム、ディンケルスビュールとならんで、南西ドイツの帝国自由都市の権利を守るシュワーベン都市連盟（一三七六—八八年）にも参加した。シュワーベン都市連盟には、最初十四の都市、のちにアルザスからバイエルン地方まで八十九の都市が所属した。しかし皇帝カール四世が連盟を帝国外追放処分にしたため、フォイヒトヴァンゲンも苦難の時期を迎えることになったのである。それ以前、一三〇九年と一三八八年の二回、ディンケルスビュール市民に襲われ、町を焼かれたこともある。一三九一年いらい再建され、一三九五年の囲壁の一部が残っている。修道院とこの町は一三七六年にそれぞれニュルンベルク城代のホーエンツォレルン伯爵に抵当に出され、帝国による庇護の自由はこれにより失われた。市民たちが自分たちの町を買い戻すことができなかったため、それは以後、姻戚関係で辺境伯ブランデンブルク＝アンスバッハ家の支配下にあった。その保護にもかかわらず、プロテスタントの町フォイヒトヴァンゲンは三十年戦争のとき、一六三一年、ティリー将軍の軍隊により、一六三二年と一六三四年にはそれぞれスウェーデン軍と皇帝軍により掠奪された。その被害から回復するまでには時間がかかった。それればかりでなく、一七九一年にはプロイセンに譲渡され、一八〇六年以降はバイエルンに属している。

もともとベネディクト会修道院の付属教会であった「聖サルバートル」は、十二世紀中頃、司教座聖堂参事会教会（コールヘレンシュティフト）というものに変わった。参事会員たちはもはや修道士ではなく、シュティフトキルヒェ周辺の民家に住み、特定の祈りの時間や宗教行事を共にしていたのである。一五三三年、農民戦争のさなかに宗教改革が導入され、このシュティフトキルヒェは一五六三年に廃止された。それは一六二三年からルター派のふつうのプロテスタント教会になっているのである。その中にデューラーの師、ミヒャエル・ヴォルゲムート作といわれる一四八四年の祭壇、栄光の聖母像、一五一〇年頃の聖職者用木彫り座席がある。南側には十二世紀に由来するロマネスク後期の修道院回廊が二翼残っていて、夏期にはバイエルン有数の祝祭音楽会場になっている。

きわめてユニークなことに、この町にはドイツ唯一の歌唱博物館というものがある。それは一九二五年にニュルンベルクで創設され、一九四五年に空襲で壊滅したあと、一九七九年にフランケン地方の合唱連盟の協力によりフルトヴァンゲンで再建されたのである。また民衆の手工業文化を中心とするフランケン博物館も有名である。その担い手は、一九〇二年にフルトヴァンゲンで設立されて以来フランケン地方の民衆文化にかかわる多種多様な事物を収集してきた民俗学協会である。その充実したコレクションは一九二六年にすでに歴史的な民家に常設的に展示されることができたが、のちに庭園・亜麻すき家屋・鍛冶場・馬竪車地・納屋・農業用具を加えて拡張し、現在に至っている。その向かいにあるのが中世の騎士詩人、ヴァルター・フォン・デア・フォーゲルヴァイデに捧げられた噴水であって、設置の理由は次のとおりである。

ヴァルター・フォン・デア・フォーゲルヴァイデは、ドイツ騎士文学における最大の抒情詩人として異論の余地なく認められている。彼は一一七〇年頃に生まれ、一二三〇年頃たぶんヴュルツブルクで没したと見なされている。しかし彼の生涯については、若いときウィーンのバーベンベルガー公爵家の宮廷にいて、騎士として各地を遍歴し、一二二〇年頃に皇帝フリードリヒ二世からやっと封土を得たらしいということしか分かっていない。「マネッセのハイデルベルク歌謡写本」というものに描かれている、岩の上で足を組んで何かを考えている詩人のよく知られた姿(カバー絵)は、死後七十年ないし百年たってからのものである。そこで文献学的にとくに問題になるのは、彼の出生地である。これまで歴史的な根拠にもとづき名乗り出ていたのは、スイス、オーストリア、南チロル、ドイツである。とくに現在イタリアのブリクセンとボーツェンはその権利をつよく主張しているようにみえる。それが最近になり、郷土史家の研究によりフォイヒトヴァンゲンが有力視されるようになってきたのである。なぜなら、一三二六年の地元古文書の中にまずフォーゲルヴァイデという地所の名前が見出されたからである。しかも、その地所はある騎士のものだと記されている。フォーゲルヴァイデはふつう森の中にある鳥の捕獲場所を意味し、中庭のある館をさすことはあまりない。無論、これが詩人の先祖に属していたかどうかの間接証明はいっさいない。ただ、ヴァルターという名前が世襲であったことから、一一八三年に死んだシュタウフェン王家の内膳頭ヴァルター・フォン・ローテンブルクが父親かもしれないと推定される。またウィーンのバーベンベルク公爵家の宮廷にいた証拠として、同時代のパッサウ司教のウィーン旅行支出明細書中に、ヴァルター・フォン・デア・フォーゲルヴァイデの外套のため金貨五枚（五シリング）あたえたとある。これらの事柄から、フォイヒトヴァンゲンは、ヴァルター・フォン・デア・フォーゲルヴァイデをきわめて可能性の高い郷土の詩人とみなしているのである。

フォイヒトヴァンゲンの歴史の特異な点はしかし、それがニュルンベルク城代伯のホーエンツォレルン家からアンスバッハの辺境伯とブランデンブルク家をへてプロイセンと結びついていったことである。初期のドイツ騎士団が十一、二世紀にオリエントへの巡礼と病人保護の目的から成立したのに対し、いまやそれはますますキリスト教のスラヴ地方布教と東方開拓に傾いていったのである。具体的には、コンラートおよびジークフリート・フォン・フォイヒトヴァンゲンがドイツ騎士団に入り、最高指導者の地位にのぼった。コンラートは一二九一年から九六年までヴェネツィアの本部で活動した。しかし、一三〇三年から一一年まで最高指導者であったジークフリートは、一三〇九年に起こったこの町の破壊をきっかけに、ヴァイクセルの支流ノガート河畔のマリーエンブルクに本拠を移した。これがドイツ騎士団の西プロイセンにおける発展の基盤となるのである。彼は一三一二年にそこで死去した。当時、ドイツ騎士団には三十八人の騎士団長がいたが、そのうち十五人はフランケン出身、六人はシュワーベン出身であった。また三十七人の最高指導者のうち、十七人が南ドイツ人、そのうち二人がホーエンローエ家、二人がフォイヒトヴァンゲン出身者であった。バルト三国の一つリトアニアの「バイエルンブルク」の創設者はハインリヒ公爵であった。ドイツ騎士団の歴史はしかしフォイヒトヴァンゲンではなく、現在の本部バート・メルゲントハイムの博物館で精確に記録されている。

コンラートとジークフリート・フォン・フォイヒトヴァンゲンの中間に、一二九七年から一三〇三年まで、ゴットフリート・フォン・ホーエンローエという最高指導者がいた。それ以前には、ホーエンローエ家出身のハインリヒが一二三二年から四二年まで、同じくハインリヒという人物が一二四四年から四九年まで最高指導者であった。ドイツ騎士団が修道会として認可されたのが一一九八年、皇帝フリードリヒ二世の宰相ヘルマン・フォン・ザルツァが一二〇九年から一二三九年までその職にあったことを考慮すると、約五十年後のかなり初期の頃であった。このように古いホーエンローエ家は、もともと「ヴァイケルスハイムの君主」と呼ばれていた家系で、マイン河畔のフランクフルトとアウクスブルクのあいだの重要な街道を支配していた。まさに中世のロマンティッシェ・シュトラーセである。遺産分割を繰り返し、メルゲントハイムを一二一九年にドイツ騎士団に譲渡してしまったとはいえ、フランケン地方西部一帯の地方領主であった。

ホーエンローエ＝シリングスフュルストはホーエンローエ家の一分家であるが、フォイヒトヴァンゲンとローテンブルクの間にあるシリングスフュルストの宮殿を建てたのが、フィリップ・エルンスト・フォン・ホーエンローエ・シリングスフュルストである。一七一四年から一七一八年にかけてマドリッドのスペイン王宮廷に滞在していたフィリップ・エルンストは、当地のアルベローニ伯爵の宮殿がすっかり気に入り、それと同じ物を自分の城内にも建てようと思い立った。しかしヴェルニッツ渓谷の丘に聳える古い城砦のうしろは急な斜面で、もうそのスペースはなかった。そこで彼は設計を依頼したフランスのある建築家にまず三階から成る地下室を作ってもらい、その上に四階建てのバロック宮殿を建造することにした。本人のいうこの空中楼閣を築くのに彼は二十八年を要した。そのため彼は非常に貧しくなり、晩年には美しい美術調度品をそなえた宮殿の窓の一つから外を眺めることしか楽しみがなくなり、しまいに貴族たちの間で、「一文（シリング）侯爵（フュルスト）」というあだ名で呼ばれるようになったといわれる。

タウバー河畔のローテンブルク

本章のはじめに述べたように、かつて中世盛期シュタウフェン王家の主都であったローテンブルクの市街は、地形的に大きく湾曲したタウバー渓谷のけわしく長い右岸の上にあり、いかにもロマンティックな天然の要害という感じをあたえる。タウバー川を見下ろす、今はなにも残っていないかつての城郭跡のブルク庭園は囲壁で閉ざされており、ローテンブルクで最古かつ最高の城門「ブルクトーア」から大通り「ヘルンガッセ」が市庁舎とマルクト広場に通じている。ブルクトーア前門の中央上にある帝国鷲のワッペンは、ローテンブルク公爵家の家紋である。この幅広い通りのはずれにある鐘楼と白い見張塔を有する市庁舎西棟部周辺のいくつかの区画は、第二次世界大戦のさい爆撃によりかなりの被害をこうむった。それにもかかわらず、広場の南の片隅「ヤークストハイマー・ハウス」前にある美しい聖ゲオルク噴水をはじめ市内のすべての導管式井戸は破壊されなかったといわれる。少し横にある主要な教会「聖ヤコブ」のまえの通りを直進すると、旧市壁跡の「白い塔」先に「絞首台通り」という暗示的な名称の街路がヴュルツブルク門へ通じている。この配置はネルトリンゲンのそれと非常によく似ている。駅を出て左手にある、旧市街に比較的近いのは東門のレーダー門である。ここから直進すると、旧市壁の最も古い名残のマルクス門がある。その先がマルクト広場である。

北門「クリンゲン門」のある城壁の一部をなす聖ヴォルフガング教会は、昔から「羊飼い教会」と呼ばれている。一五一六年の古文書によれば、ローテンブルクの羊飼いたちは自分たちの兄弟団を結成し、その創立記念日を旅館「黄金の羊亭」で祝ったあと、聖ヴォルフガング教会でミサにあずかった。そして、その帰りに羊飼い踊り「シェーファータンツ」を踊ったといわれる。ミュンヘン市庁舎のグロッケンシュピールで見られるこの風習は、一七七六年に中断されたのち一九一一年に復活し、現在に至っている。ここで考えられるのは、聖ヴォルフガングが狼に対する家畜保護とペスト除けの聖人であることから、このフランケン地方の教会とオーストリア・アルプス山麓ヴォルフガング湖との関連である。当時、この湖への巡礼の旅が盛んになっていたからである。ローテンブルクを訪れる人なら誰でも知っているのが、反対方向の南にあるジーベル門塔まえのかの小広場「プレーンライン」である。かならず一緒に写真に撮られるといってよい尖った屋根のファッハヴェルクの家を右下に降りていくと、南門にあたるコボルツェラー門がある。

歴史を遡ると、中世初期にすでに現在のブルク庭園の場所に砦があった。オットー王朝につづくザリエル王朝最後の皇帝ハインリヒ五世はそれを一一一六年に甥のコンラート・フォン・ホーエンシュタウフェンに封土として与え、後にドイツ王となるこのコンラート三世が本格的な帝国城砦(Castrum Imperiale)グラーフェンブルクを築かせたのである。かつてローテンブルク公爵と呼ばれる人物が存在していたことは、隣町ディンケルスビュールの地名が初めて記録されているかの一一八八年の古文書により証明されている。彼はシュタウフェン王朝のフィリップ・フォン・シュワーベン（在位一一九八―一二〇八）の兄であるが、彼もフィリップものちに暗殺されてしまったため、ローテンブルク公爵の称号は歴史上もはや存在しなくなってしまったのである。皇帝フリードリヒ・バルバロッサがローテンブルクを帝国自由都市に高めたのは、一一七二年のことであったといわれる。しかしながら、シュタウフェン王家の人々はこの町にもはや愛着をもたなかったように見える。なぜなら、皇帝フリードリヒ一世あるいは二世がこの町を訪れた記録は見出されないからである。これに対し、フィリップ・フォン・シュワーベンの対立王、ヴェルフェン家のオットー四世は、一二〇一年と一二〇九年の二回ローテンブルクに滞在していた。

ところが、この帝国城砦ローテンブルクは、皇帝フリードリヒ二世の死後すぐ、一二五一年に、ドイツ王コンラート四世によりホーエンローエ伯爵家に抵当に出されてしまった。これら地方領主の利害関係が帝国の利害とも都市そのものの利害とも一致するわけがなかった。しかし、彼らがローテンブルクの都市発展に尽くした功績は少なくはなかった。決定的であったのは、大空位時代を平定したルドルフ・フォン・ハプスブルクが失われた帝国の財産を再取得する活動の一貫としてこの町をホーエンローエ伯爵家から買い戻し、それに一二七四年に改めて帝国自由都市の特許状を与えたことである。ハプスブルク王朝創始者の保護のもと、とくに市場開設のさまざまな特権を付与されて、ローテンブルクは以後、自治権を有する帝国自由都市として真に発展していくことができたのである。

ハプスブルク家はルドルフの死後、嫡子アルブレヒト一世が王になったものの十年後に暗殺されてしまったため、王朝形成は長く中断された。ようやく王位についた同家のフリードリヒ「美王」

も、一三二二年、対立王であるルートヴィヒ四世「バイエルン王」により低地バイエルンのミュールドルフの戦いで捕らえられ、三年間もトラウスニッツ城に幽閉されてしまった。このときローテンブルクは賢明にもルートヴィヒ四世の側についていた。しかし、それが一三七六年に帝国自由都市の権利を団結して守るため加入したシュワーベン都市連盟は、すでに述べたようにプラハの神聖ローマ皇帝カール四世により帝国外追放の処分を受けることになってしまった（一七〇頁）。そのうえ、一三五六年にこの帝国都市は大地震に見舞われ、グラーフェンブルクの崩壊など多大の損害を蒙っていた。ちょうどこの時期に、一三七三年以降ローテンブルクの市長であったのが、この町を帝国最大の都市のひとつへと導いたハインリヒ・トップラーである。彼はウルム、ネルトリンゲンおよびディンケルスビュールの傭兵隊長をも兼ね、今日なおローテンブルクの恩人と称えられている。

トップラーは古い都市貴族の家柄でも、手工業者の小市民階級出身でもなく、もっと新しい外来の管理職層の家族に属していた。そのため彼はライヴァル関係なしに、市長として内政と外交において手腕を発揮することができた。外交政策において彼は、徐々に没落しつつあった地方領主たちの攻撃にそなえ、おもにドイツ王ヴェンツェルの側についていた。この王が一四〇二年に失脚し、市参事会がファルツ出身の王ループレヒトを支持したときも、彼はルクセンブルク家が支配するプラハとの関係を保った。しかし、それが彼の政治的失敗であった。彼は一四〇八年に、ニュルンベルクの城代伯フリードリヒとヴュルツブルクの司教との争いに巻き込まれたのである。これら地方領主との葛藤のなかで彼は陰謀のかどで逮捕され、一四〇八年六月十三日、市庁舎の地下牢の中で獄死する憂き目にあった。彼の死によりシュワーベン都市連盟の民主主義的精神も消滅し、貴族主義的制度がまた復活した。

しかしローテンブルクの町は、有能な市長ハインリヒ・トップラーのもとで、十四世紀末にとにかく繁栄の最盛期を迎えた。それを象徴しているように見えるのが、この町の聖ヤコブ教会の建築史である。それは一三一一年から一四七一年にかけて建てられたが、その建造時期は三つにわけられる。中央祭壇のある内陣は、もともとドイツ騎士団の建てた教会であった。次に市民たちが広い身廊の部分を建てた。その後さらに、この教会にもたらされた「奇跡の聖血」のため町に殺到する夥しい数の巡礼たちのために、最後部、今日パイプオルガンと背後のティルマン・リーメンシュナイダー作の「聖血祭壇」（一五〇〇年頃）のある部分が、教会のうしろの道路「クリンゲンガッセ」に橋桁をかけて追加された。祭壇中央の金鍍金をほどこされた銀の十字架のなかに、「キリストの血の一滴」が入っているというガラス容器が収められている。教会のこの珍しい三重構造はもはや外から見分けることはできない。しかし西の高廊部の下を路地が貫通している独特の内部配置は、この特異な成立のいきさつから初めて明らかになる。

ハプスブルク家隆盛期の皇帝マクシミリアン一世（一四五九―一五一九）は一五一三年になおローテンブルクに滞在していた。しかし宗教改革にともないこの町はプロテスタントに同調し、やがて農民戦争が始まった。そして農民戦争への参加は悲劇的な結末になった。トイシュラインという説教師がルターの新しい信仰を取り入れたとき、初期宗教改革の試みは社会革命的運動になった。その他の地方聖職者も、その説教により農民たちを革命的行動に駆り立てたからである。ローテンブルクの貴族シュテファン・フォン・メンツィンゲンが指導者となり、一五二五年三月二十四日、革命委員会が選出された。これに反対する市参事会は票決に敗れ、宗教改革が導入されることになった。勢いを得た革命委員会は近隣の農民と共謀し、ヴュルツブルクの司教座聖堂参事会とドイツ騎士団を攻撃することまで企てた。しかし、包囲が長引くあいだに皇帝側の優勢な援軍が到着し、農民軍を打ち破った。一五二五年六月三十日と七月一日には、トイシュラインとシュテファン・フォン・メンツィンゲンを含む二十四人の首謀者が処刑された。光が強ければ影も濃い。ロマンティッシュの代名詞のような場所プレーンラインから程遠くない、かつてのヨハニター騎士修道会管区本部の建物に、処刑ないし拷問用具をドイツ的徹底さで収集し展示している「中世刑事博物館」が設置されているのも、このような歴史的背景から理解される。

用心深くなった市参事会は、事態が比較的安定した一五四四年に改めて宗教改革を導入した。これによりローテンブルクはニュルンベルクと近い関係になり、カルヴァン派とルター派の間のバランスをとりながら経済的に繁栄した。三十年戦争中の一六三一年には、スウェーデン王グスターヴ・アドルフの側についたため、ローテンブルクは、カトリック側ティリー将軍の指揮する皇帝軍によ り激しい攻撃にさらされた。それは一八〇二年にバイエルンの所有に帰し、その後ディンケルスビュールと同様、善かれ悪しかれ歴史的発展からとり残されてしまった。かつての帝国自由都市として、時間がとまってしまったかのようである。博物館のある町は多数あるが、ローテンブルクは町そのものがいわば博物館になってしまった。第二次世界大戦のとき受けた爆撃の甚大な被害は、戦後直ちにまったく痕跡をとどめないまでに修復された。

しかしながら文化的記念碑としてのローテンブルクの再発見は、ヴァッケンローダーやティークなどロマン派によるニュルンベルクのドイツ中世発見よりも遅かった。その先鞭をつけたのは、文化史家ヴィルヘルム・ハインリヒ・リール（一八二三—一八九七）の一八六五年の論文であった。彼はいわゆる民俗学の創始者の一人であり、一九三〇年代のナチによるドイツ民族性鼓舞とは本来なんの関係もなかった。次に一九〇〇年頃、都会の退廃的世紀末芸術に対抗して台頭してきた郷土芸術運動に付随して登場してくるのが、偉大な美術史家ゲオルク・デヒオであった。ローテンブルク出身の郷土史家アダム・ヘルバーは、今日まで演じられている祝祭劇「マイスター・トゥルンク」の伝説をつくりあげたが、一六三一年十月におけるティリー将軍の攻撃は、市長のメッシュがワインの大杯を一息で飲み干したということで容赦されるような生易しいものではなかった。

ドイツ中世には神信仰と悪魔伝説が併存しているように、一見きわめて美しいロマンティックな町に、ネルトリンゲンでもそうであったように、素朴な民衆生活とならんで魔女迫害その他残酷な刑罰も行なわれていた。上記の刑事博物館はこの意味で、さらに詳しく考察される価値がある。ヨハニター騎士修道会がローテンブルクの地へやってきたのは、シュタウフェン王朝時代の一二〇〇年頃であった。管区本部の建物は、隣接の聖ヨハニス教会とともに、一三九三年から一四一〇年にかけて市民たちにより建てられた。騎士修道会の任務は、設立当初から今日まで病人の看護である。それは一八〇三年に教会財産の世俗化によりバイエルン国家の所有となったが、その後のいろいろな行政的改組により一九七三年に不用となった。そこで一九七七年以来、博物館として使用されることになったのである。公式の解説書の扉には、七四〇年頃のバイエルン法から次の言葉が引用されているのは、それらに対する畏怖の念から、人間の悪行が抑れている。「これらの法律が発布されているのは、それらに対する畏怖の念から、人間の悪行が抑制され、無辜が正直な者たちのあいだで確保され、これに反し、悪を行なう者たちのあいだで刑罰にたいする恐れから危害をはたらく機会が阻止されるためである」。そして、それに続いて掲げられている木版画の裁判の図には、「汝ら偽証するなかれ、永遠の命は汝らに貴重だからだ」と記されている。それは今も昔も変わらない刑法の原則であると思われる。

ローテンブルクの中世刑事博物館は特殊な博物館であるだけではなく、ドイツで唯一の法律専門博物館であるといわれる。展示物の収集範囲は、ドイツ法学者ヤーコプ・グリムがその研究の先鞭をつけた、全ドイツ語圏からの法制史資料である。そのさい国法、刑事訴訟手続き、刑の執行に関する法令のほか、名誉剝奪刑や警察法に特別な関心がはらわれている。今日われわれはこれらから、ドイツ人の祖先における何世紀もまえからの物の考え方、法習慣、法文化について啓発されるところ極めて多いというのである。もちろん、七世紀にわたる収集品で展示されているのは、さらに法制史上の夥しい事物、すなわち拷問と刑執行の道具、さまざまな書物と図版、王侯貴族と都市その他により発布された原典史料の古文書、紋章やいろいろな法令、裁判についての戯画など、法律に関するありとあらゆる資料である。この博物館を見学していると、法律学というものがたんに六法全書に通暁するだけではなく、人間性の善悪にかかわる歴史学、とりわけ赤裸々な社会史および文化史であることが会得される。グリム童話の初版にはきわめて残酷な話が多いといわれるが、児童文学ではなく歴史法学の立場から見れば、それらは子供のためのメールヒェンというよりは、むしろ法制史的研究の学問的成果、少なくともその副産物にほかならなかったのである。

Wolf Strache: Die Romantische Straße. „Die schönen Bücher“
Reihe A „Deutsche Heimat“ Band 9, 8. Aufl. Stuttgart 1965 付録

第四章　中世の文学街道「ニーベルンゲンの歌」

誰にせよその生涯を終えたとき、
現世の罪によって魂を汚して神を失うことなく、
しかも現世の恵みをも立派に守りえた場合、
その苦労はかならず報われるのである。
（ヴォルフラム・フォン・エッシェンバッハ『パルチヴァール』結びの言葉）

中世ゆかりのロマンティック・ライン

今日、ライン河のイメージはもっぱら明るいライン下りの観光旅行によって刻印されているように見える。わが国ではとくに近藤朔風の名訳「なじかは知らねど／心わびて／昔の伝えは／そぞろ身にしむ」と「うるわし乙女の／巌頭(いわお)に立ちて」というローレライ伝説の岩（一三二メートル）と水の妖精の姿がロマンティック・ラインを象徴する心象風景になっている。しかし「ロマンティック・ライン」というのはドイツでも十九世紀に初めてつくられた、マインツからコブレンツまでのライン中流地域の美化された呼称にすぎない。そこでは精々、古城の廃墟が背景に感じられるだけで、現在のライン・ロマンティークの観光気分を何よりも反映しているワインの町リューデスハイムの陽気な「つぐみ横丁」はまだ出てこない。小高いニーダーヴァルトの森のなかに立っているゲルマニアの女神像は、戦後に修復されたとはいえ、悪夢のような国家主義的過去を思い出させるものとしてもはやあまり注目されないであろう。

ドイツ文学においてラインワインを好んで飲んでいたのはむしろ、ライプツィヒ旧市庁舎裏手にあるアウエルバッハの地下酒場で、ファウストとメフィストを「彼らはライン地方から来たらしいぞ」（『ファウスト』第一部二二五六行）と勘ぐるアルトマイヤーや、「よし、選べというのなら、ラインワインにしよう。／祖国が恵みあたえてくれる最上の賜物だ」（『ファウスト』第一部二二六四行以下）とはしゃぐ新米のフロッシュのような学生たちである。もっとも、ラインワイン讃美で知られている古い詩のひとつは十五世紀なかばに由来し、オットー・フォン・ロケッテ（一八二四―九六）もすでにリューデスハイムのワインを詩にうたっている。

ニーダーヴァルト付近へきたとき、
リューデスハイムが見えた。
陽気で素晴らしかったので、
わが家にいるような気分だった。
リューデスハイムにはワインが育つ、

それは最上等にちがいない、
リューデスハイムのワイン。

ローレライの岩塊は、ラインガウ中流のザンクト・ゴアール（左岸）とザンクト・ゴアールスハウゼン（右岸）のあいだにある。ゴアールとは七世紀にここに隠者として住んでいた南フランス出身の修道士の名前で、彼の遺骸は当地の教会のクリプタ（地下聖堂）に埋葬されている。かつて一九八六年前後に、ライン右岸ローレライの巌の下に「ローレライ」という日本語が表示されたことがあった。それは車窓から誰の目にもとまったと思われるが、いつの間にか取り去られてしまった。片仮名が間違っていたとか、ドイツ語の表記が分からないとでも思うのかというような苦情があったようである。それが韓国と中国でも愛好されていることは、これらの国々の知識人が戦前、専門のいかんにかかわらず日本の大学でドイツ語を学んだことと関係がある。

ローレライの巌をアジアでこれほど有名にした詩の作者は、いうまでもなくハインリヒ・ハイネ（一七九七—一八五六）である。しかし彼がそれを『歌の本』（一八二七）のなかで発表するはるか以前、若いゲーテは一七七四年七月にチューリヒの牧師ラファーターとライン下流を旅したとき、「昔ツーレに王ありき」と同時期に、「亡霊のあいさつ」という表題をつけられた次のような即興詩を書いていた。それは四半世紀あとのロマン派に先立つ、文学的ライン・ロマンティークの先駆とみなされている。実際、この詩は月明かりの静かな夜、中世末期の騎士、鉄手のゲッツ・フォン・ベルリヒンゲンが馬に乗って野山を徘徊する雰囲気に満ちている。「荒城の月」はラインの古城を青白く照らす満月でもある。

古い塔のうえ高く
ますらおの気高い亡霊が立っている。
船が通り過ぎるたびに、
彼はよき船旅を願って語る。

「見よ、この靭帯は頑丈で、
この心臓は勇猛そのもの、
骨は騎士の髄にみたされ、
酒盃はなみなみと溢れる。

わが半生は戦いに過ごし、
夜半は寝てくらした。
そこを通る人間の小舟、
先へ先へと進んでいくがよい」。

ゲーテが念頭においていたライン川の支流ラーン川の河口にある城砦ラーンエックは、一八五二年、悲劇の舞台ともなった。恐らくこの詩を読み、ロマンティックな感情に駆られたイギリス女性イディリア・ダッブスは、ドイツ旅行中にこの城の荒れ果てた望楼に攀じ登った。ところが上に辿り着いたとき、階段が崩れ落ちてしまった。ミス・ダッブスはむなしく救いを求めて叫び、ついに餓死してしまった。一八五四年、イギリス出身のある鉄道経営者が廃墟となった城砦を買い取った。また雑誌『ライン諸州』を発行していたドイツの詩人ヴィルヘルム・シェーファー（一八六八―一九五二）は、その『ライン伝説集』のなかで「イギリスの令嬢」という小説を書いて、彼女のためにささやかな文学的記念碑を立てた。

ラインの風光にもっとも心を惹かれたのは、たしかにイギリス人であった。十九世紀初頭から彼らにより多くの旅行記が書かれ、夥しい風景画が描かれた。ライン河の文学的名声を高め旅行熱をあおったのは、とりわけバイロンの一八一六年に刊行された長編物語詩『チャイルド・ハロルドの遍歴』であった。その後、永久にイギリスを去った彼はライン河からジュネーヴにおもむき、スイスで詩人シェリー夫妻と交友した。シェリーの妻メアリー・W・シェリー（一七九七―一八五一）の人造人間を扱った怪奇小説『フランケンシュタインあるいは近代のプロメテウス』全三巻（一八一八）にさえライン・ロマンティーク的な道具立ては、ハイネの一八二四年の「太古のメールヒェン」における同様欠けていなかった。

また一八三五年に英語で出版された無名の女流詩人アーデルハイト・フォン・シュトルターフォートの『ラインの歌と伝説』のテクストの多くは、今日まであらゆる旅行案内書に掲載されているといわれる。たとえば、一八七七年カール・イェーガーによって制作された銅版画「ロルヒの騎士」は、塔の上にいる若い姫の愛を求めて岩場を駆け登る馬上の騎士の姿を描き、酒・女・歌のモチーフを含む彼女の通俗的な詩句が添えられている。なおロルヒはライン右岸支流のヴィスパー川の河口にあり、周辺に二つの古城と望楼だけの廃墟「ノリング」が立っている。

登れ、どんなに険しく恐ろしくても、
登れ、わが逞しい駿馬よ。
あの高みの緑の草地に
愛する女性の城が立っている。
おまえをワインの中で湯あみさせ、
黄金の櫛で梳かし、
いつまでも年金をあげ
羊のように食べさせてあげよう。

少し上流の「ねずみ塔」は十世紀にマインツの大司教ハットー二世によって支流ナーエ川河口の小島の上に建てられた関所に遡る。伝説によれば、ハットーは残酷な人殺しのあとライン河畔の塔に逃げ込まなければならなかった。しかし彼はネズミたちによって噛み殺されてしまったといわれる。この伝説はあまねく知られ、十九世紀の英語の旅行案内書においてなお「司教ハットーのタワー」と記されていた。事実、画家アウグスト・コピッシュ（一七九九―一八五三）にこの素材を扱った詩があり、詳細な『ライン紀行』を書いたヴィクトル・ユゴーも幼年時代にこの話を聞いたことを追想している。ただ、ねずみの「マウス」は中世ドイツ語の „mûsen“ を誤解したものといわれる。この動詞の意味は「待ち伏せする」ということであった。このモイゼトゥルムはほんらい十四世紀前半に、ラインの流れを両方向から見られる岩の上に監視塔として建てられ、船が接近すると対岸の城砦エーレンフェルスに信号を送る役目をもっていたのである。また、エーレンフェルス城は十三世紀初頭にマインツ大司教の委託により、マインツ領のぶどう畑地方ラインガウを北からの攻撃にたいして守るために造られ、どの船も「ビンゲンの穴」と呼ばれた入江に停泊し、通行税を払わなければならなかった。ねずみ塔はウィーン会議ののちプロイセンに帰属したラインラントの南の境界を示す目印になったため、一八五五年に修復され、現在のような美しい外観になった。

ライン下流のジークフリート伝説

ライン河がロマンティックなライン渓谷をすぎ、ローマ人の砦があったノイス＝デュッセルドルフとデュースブルクからヴェストファーレン地方に近づくと、やがて下流にクサンテン（ザンテン）の町がある。ローマの駐屯地があったこの町の聖ヴィクトール大聖堂は、ローマ人遺跡の上ではなく、多数の殉教者たちが埋葬されていた野原のうえに建てられた由緒ある教会である。正面壁面がロマネスク様式の大聖堂は、ライン下流において、ケルンの大聖堂に次いで芸術的に価値があるといわれる。伝説によれば、ヴィクトールという指導者に率いられた数百人のキリスト教徒がここで殉教の死をとげたのである。それと比べると、郊外の城で生まれたといわれるゲルマンの英雄ジークフリートは、この町の歴史にとってそれほど重要ではない。しかし、いまだに歴史的想像をかきたてずにおかないのは、両者に共通の悲劇的な死である。

「クサンテンはライン河畔に近い小さな町である。裕福そうには見えないが、まわりのほかの町村よりは清潔である。いくつかの狭い街路は広い魅力的なマルクト広場に通じている。その中央に見事な楡の大木が円い樹牆にささえられて枝を伸ばし、二、三のベンチのうえに園亭をかたちづくっている。この広場の北側に大聖堂が立っており、この町のかつての重要性をあかしている。美しい建物で、真夏の夜の月光を浴びてしっとりとした眺めである。夜のしじまの中で時おり聞こえてくるのは、修道士たちが祈りへうながす隣接した修道院の鐘の音と、古い樹木のさやきだけである」（アン・ラートクリッフェ）。

ジークフリートはもともと北欧伝説の形姿であるが、英雄叙事詩『ニーベルンゲンの歌』前半において彼はさらに下流のニーデルラント（低地）の王子とされ、青年時代から竜の退治やニーベルンゲンの宝の獲得など、数々の冒険により勇名をはせていた。彼ははるか上流にあるライン河畔ブルグント国の王グンテルの、北欧神話によればワルキューレ（オーディンの巫女）の一人であるブリュンヒルトへの求婚旅行に隠れ蓑をつかって助力し、その報いにグンテルの妹クリムヒルトを妻に得る。ところが、ヴォルムスのドームにおけるクリムヒルトとの確執のあと、彼女を武技試合と初夜に打ち負かしたのがグンテルではなく隠れた代役ジークフリートであったことを知らされたブリュンヒルトは、ジークフリートを勇猛な武将ハーゲンにより殺させる。彼女はもともと旧知のジークフリートが求愛にきたと思っていたので、嫉妬したというよりは深く辱められたのである。後日クリムヒルトは夫の復讐をするため、ハーゲンだけではなく自分の一族全員を滅亡させることになる。

作者不詳のドイツ中世英雄叙事詩『ニーベルンゲンの歌』は一二〇〇年頃に成立した。ジークフリート＝ブリュンヒルト＝クリムヒルトという神話的素材と、ブルグント人がヴォルムスではなく、ドナウ河畔ブダペストにあったフン族の王エッツェルの宮廷で滅亡したという歴史的伝説が融合したもので、ゲルマンの異教的要素と中世キリスト教の宮廷的要素が併存している。背景は第一部がライン河、第二部がドナウ河である。しかし、その写本がスイスで初めて発見されたのは一七五五年のことであり、ゲーテはボードマーの一七五七年の部分的な版『クリムヒルトの復讐』を早くから知っていた。文芸学者アウグスト・W・シュレーゲル（一七六七―一八四五）や画家ペーター・コルネリウス（一七八三―一八六七）のようなロマン派がキリスト教的要素を摂取しようとしたのに対し、彼はむしろ異教的要素を強調した。『年代記』一八〇七年の項によれば、彼は北欧伝説の妖精にほかならない「ラインの娘たち」という物語詩の構想さえ練っていた。

ニーベルンゲンの宝がジークフリートのものになった経緯は、『ニーベルンゲンの歌』の第三歌章において、ニーデルラントから上流のブルグントの国へ乗り込んできた未知の若い英雄を、風聞によりグンテル王に紹介するハーゲンの語りから明らかになる。ジークフリートは途中ニーベルンゲンの国のとある山の麓で、小人たちが洞窟から宝を運び出し分配しようとしているのに出会った。そして、この若い名門の君主たちシルブンクとニベルンクから宝の分配を頼まれた。

見れば百台の輜重車をもってしても運びきれぬばかりの
おびただしい宝石に、ニーベルンゲンの輝く黄金が
それよりも多くあったと、伝えきいておるのです。
猛きジーフリトはこれらをすべて、彼らに分配する役目を負いました。（相良守峯訳、九二詩節）

しかし彼らが分配に不平で腹をたてたため、ジークフリートは贈られたバルムンクという名剣をふるって、彼らを二人の王もろとも討ち平らげてしまった。強い小人アルプリーヒも隠れ蓑を奪いとられ、恐るべき勇士は宝の持ち主となった。英雄叙事詩の末尾で、この宝はジークフリートの暗殺後ハーゲンによりライン河に沈められたことが判明し、ブルグント族の全滅によりもはや誰のものでもなくなる。それがニーベルンゲンの「災厄」であった。

敢て抵抗したものたちはのこらず誅戮されました。
そして夥しい宝物は、ニベルンクの家臣たちが前に取りだしてきた場所へ、
すぐにまた運びかえさせ、あの力の強いアルプリーヒが、
宝物の見張役を命ぜられました。（九八詩節）

しかし、とりあえず役に立ったのは、第六歌章におけるアイスランドのブリュンヒルトに対するグンテル王の求婚旅行のさいであった。このときジークフリートが隠れ蓑をもちいて姿を隠すだけでなく怪力をも発揮して、武技試合を王の勝利へと導くのである。

強いジークフリートが隠れ蓑を身につけると、
並々ならぬ力が身内に生じてくるのであった。
すなわち彼自身の力の外に十二人分の力が加わるのである。
かくて彼は巧みな策略で、かの素晴しい婦人を打負かしたのである。（三三七詩節）

そのときジークフリートがブリュンヒルトから北欧神話において処女性の象徴である帯とともに盗みとり、のちに第十四歌章でクリムヒルトに与えた金の指環は、明らかに性愛のしるしである。ゲーテが『ニーベルンゲンの歌』を「徹底的に異教的」といっている理由の一つである。

王妃クリムヒルトが答えた、「お留めにならぬ方がよろしいのに。
証拠はこの私の手にある金の指環です。
これは夫が初めてあなたの側に寝んだ時、私に持ってきてくれたのです。
ブリュンヒルトにとってこんな口悔しいことはなかった。(八四七詩節)

ラインの黄金神話

ラインの黄金そのものは、ゲルマン的英雄叙事詩前半最後の第十九歌章において、クリムヒルトが夫の死後にノルウェーにあるというザンテンから持ってこさせる。そしてそれを隠しておこうと思ったハーゲンにより、結局、ライン河に沈められてしまった。それは原題名の「歌」が異本において禍あるいは災厄となっているような宿命を免れるためである。こうしてニーベルングの宝はのちに、なんぴとも手に入れることができなくなった。ペーター・コルネリウスのハーゲンがニーベルンゲンの宝を沈める絵(一八五九)において、ラインの黄金とローレライの巌はいっしょに描かれ、ローレライはドイツの富・幸運・栄光のアレゴリーになっている。実際、一八〇四年から一八三四年のあいだに、ライン河から百四十五キログラムの砂金が採取されたといわれる。

勢威ある国王がまだ帰還しないうちに、ハゲネは、
あのおびただしい宝をとりあげて、それをすべてローヒェにおいて、
ライン河に沈めてしまった。彼は宝を利用するつもりでいたのであるが、
結局それはできないことになったのだ。（一一三七詩節）

『ニーベルンゲンの歌』の文学的素材は後期ロマン派のデ・ラ・モッテ・フケー（一七七七—一八四三）が三部劇『北方の英雄』（一八一〇）においてすでに扱っている。しかし後世の作家たちのうちで最も注目にあたいするのは、フリードリヒ・ヘッベル（一八一三—六三）である。彼の原作の筋にそったドイツ悲劇『ニーベルンゲン』は「不死身のジークフリート」「ジークフリートの死」「クリムヒルトの復讐」の三部から成り、一八五五、一八六〇、一八六一年にワイマールで初演された。それらに対応しているのは、ブリュンヒルトとジークフリートの神話的関係、ジークフリートのグンテル王とのゲルマン的主従関係、異教的クリムヒルトに対する客人ベルルン（ヴェロナ）のディートリヒ王に見られるキリスト教的態度という三つの層である。しかしヘッベルが把握した詩的核心は、ジークフリートのものとなったニーベルングの黄金の宝ではなく、北欧神話にねざしていたエロスの問題であった。なぜなら、ジークフリートはブリュンヒルトとの間にあった根源的な性愛関係を無視して、クリムヒルトの愛情を得ようとしたからである。古い神々の愛を人間的な愛によって克服しようとする彼の試みは、結局、裏切った彼を殺させてしまうブリュンヒルトの復讐および、暗殺された夫の復讐をとげるクリムヒルトの残虐な復讐と同様に非人間的となる。ここに、自然的なエロ

スの人間社会における深い悲劇性が認められるのである。

これに反し、リヒャルト・ワーグナー（一八一三―八三）の序夜および三夜にわたる舞台祝祭劇『ニーベルングの指環』（一八四八―七四）は「ラインの黄金」「ワルキューレ」「ジークフリート」「神々の黄昏」の四部から構成されている。これらのうち注目しなければならないのは、とくに一八六九年ミュンヘン宮廷歌劇場で非公式に初演された、楽劇全体の序曲「ラインの黄金」である。それは一幕四場からなり、第一場におけるラインの川底の場面では、黄金を守る三人の妖精たちから、この黄金で指環を作った者が世界を支配する権力を得るということを聞いてアルベリヒが野心に目覚め、それを奪って消え去る。次の山地の場面では、ヴォータンが別の動機から魔力の黄金を取りにおもむく。第三場においてニーベルハイムの洞窟でヴォータンが彼を生け捕りにし、黄金の指環を奪いとる。アルベリヒが呪いをかけたように、それをもらった巨人兄弟に財宝分配の争いがおこる。しかし最後にヴァルハラの巨城に虹の橋がかかり、ヴォータンは入城することができる。このような場面設定はもちろん、純金と金銭という二義性にひそむ権力欲と物欲を含意し、『ニーベルングの指環』の重心がジークフリートからゲルマン神話の主神オーディンのほかならないヴォータンに移っていくことを示唆している。そこにはヘッベルの解釈にたいし新しい見方を出そうとする意図が作用していたかもしれない。

いずれにしても、十九世紀におけるドイツ・ナショナリズム台頭のなかでファウスト伝説に代わるものとして模索されていたジークフリート伝説はやがて消えていく。時あたかも普仏戦争（一八七〇―七一年）でビスマルク主導のプロイセンが勝利し、その直後から一八七三年まではフランスから獲得した巨額の賠償金にもとづく、いわゆる泡沫会社乱立時代というバブル経済の時代であった。逆に第一次世界大戦後はドイツがフランスに大量の賠償責務を負わされ、それによる経済的混乱が偽予言者ヒトラーの出現を招く結果になった。この意味でライン河は、東欧を含むヨーロッパ全体とはいわないまでも、少なくとも西欧の運命の川である。

ドナウ沿岸の歴史的舞台

他方でジークフリート伝説とライン黄金神話は、すでに言及したように、『ニーベルンゲンの歌』により東欧の川ドナウと密接に結ばれることになった。ドナウ河そのものはたしかに、自然の永遠の流れとして疑いもなくライン河と同様にさまざまな時代を反映した歴史街道であるが、ドナウ下りの記述は一二〇〇年頃に成立し、ライン河畔ヴォルムスに始まる作者不詳のこの英雄叙事詩以来さまざまの形で見出される。事実、ヴォルムスからの陸路がおわったレーゲンスブルク付近からパッサウをへてウィーンまでの水路は漠然と「ニーベルンゲン・シュトラーセ（街道）」と呼ばれている。ドナウの船旅をするどの乗客にも多かれ少なかれ水難の危険をもたらした「グラインの渦」はリンツの下流、岩礁の多いドルナーハとペルゼンボイクの間、いわゆるシュトルーデンガウにあり、ここで『ニーベルンゲンの歌』の一部が繰り広げられた。その先にくるのがヴァッハウ渓谷で、当地のメルクからクレムスまでの区間は、ウィーンから九十キロしか離れていない。シュティフターの歴史小説『ヴィティコー』における主人公の船旅三日目にそれは次のように描写されている。

「夜が明けそめると、船は再び出発した。旧い街ベッヒェラーレンを過ぎ、メルクの城砦と聖堂の傍を通り過ぎて、船はこれまで通過してきたどの山あいよりも雄大で深々とした峡谷を下った。鬱蒼たる森に覆われた山頂には、クーンリンク一族やその他の一族の城館が幾つか聳えていた。流れの縁にそって教会や村落、草原や田畠、そして緑の葡萄畠が見えた。シュタインのあたりで峡谷はおわった。船は広々とした平地へと出た。シュタイン、クレームス、そして旧い街トゥルンの傍を過ぎて進んだ。太陽が傾く頃、再び船は山へと近づいた。それはオーストリア辺境伯の居城があるカーレンベルクであった。それから、なお果樹園や林、家々の傍を過ぎ、夜も暗くなって船はウィーンの街に接岸した」（谷口泰訳）。

まことに今も昔も変わらぬ風景である。二〇〇〇年にユネスコの世界遺産に指定されているヴァッハウ渓谷はわずか三十キロの区間で、その起点メルクは中世において塩・ワイン・鉄の交易で栄えた町である。ドナウ河に面した六十メートルの高さをもった岩塊の上にベネディクト修道会の壮麗なメルク教会が屹立している。しかし、そこにはアジアから浸入したフン族のアッティラ王（三九五頃―四五三）がすでに砦を築き、いまやトルコ軍に対する要塞として考えられていたので、それは皇帝の階段や皇帝の間をそなえた、ドナウにおける国家防衛のかなめであった。すこし下流の右岸にはシェーンブユーヘル城があり、そのさらに少し下流の左岸に旧石器時代の小裸女像の出土で知られるヴィレンドルフの村がある。この付近がほんらいのヴァッハウ渓谷である。

近くのデュルンシュタインの町は、「キューンリンガーブルク」の廃墟のほか、白壁を明るい青で縁どった塔のある河畔の美しい修道院教会で知られている。歴史的に重要なのは、イギリスのリチャード「獅子心王」が二年間捕らえられていた古城のほうである。彼は神聖ローマ皇帝フリードリヒ一世バルバロッサとともに一一八九年五月十一日にレーゲンスブルクから第三次十字軍に参加したが、皇帝が一一九〇年六月十日に事故で溺死したあと、まだ若い息子ハインリヒ六世が皇帝になることに同意しなかった。そのため、帰途の途中ドナウ河で、ウィーンのバーベンベルク家の公爵レオポルト五世によって捕らえられ、新皇帝を認めるまで砦に幽閉されていたのである。彼は巨額の身代金をはらい、ハインリヒ六世に臣従の誓いをたてて解放された。伝説によれば、忠実な侍従ブロンデルが探し回り、あるイギリスの調べの第一節を砦の下で歌ったところ、高い部屋の窓から第二節をうたって応答があったといわれる。この砦は三十年戦争のとき一六四五年スウェーデン軍によって破壊されてしまった。この町にある大きなワインケラーはシュロス（城）の縮小名詞で「ケラーシュレッスル」と呼ばれているので、恐らくクーンリンク一族に属していたと思われる。また低地オーストリアで最も美しい町といわれるクレムスは、シュタイン地区とウント地区を合わせて一都市を形成し、この地方のぶどう酒生産の中心となっている。

メルクの地名は『ニーベルンゲンの歌』にすでに出てくる。一五四八年の大火のあと、町も修道院もルネサンス様式に再建された。ベネディクト会修道院教会の正面壁面は十八世紀につくられたが、その背後の修道士たちの独居用建物が堅固なのはトルコ軍に対する要塞として考えられていたためである。メルクのすこし下流にある、観光的には恐らくなんの価値もないヴィレンドルフ村に世界的な考古学的価値があるのは、ここで一九〇八年八月七日に、かの有名な「ヴィレンドルフのヴィーナス」が発掘されたからである。そのうえ、メルクのすぐ上流にあるペヒラルンは明白に『ニーベルンゲンの歌』の歴史的舞台である。ほんらいライン河畔で繰り広げられるその第一部において、この地方に勢力をもっていたブルグント人は二度惨敗を喫しなければならなかった。まずローマの将軍アエティウスにより、次に四三五—四三六年、まだローマ軍に仕えていたフン族の王アッティラの騎馬軍団によってである。そのさい彼らの王グンテルが殺害された。これが作品中のニーベルンゲン族の蒙った災厄ないし苦難で、ジークフリートの暗殺に反映している。それは巻末における凄惨な戦闘、とりわけアッティラと再婚し、復讐の鬼と化したその寡婦クリムヒルトの惨殺の場面で頂点に達する。四世紀の末にアジアの大草原からヨーロッパに侵入し諸民族の大移動を引き起こしたフン族の戦士たちは、その勇猛さのために魅惑的であると同時に、その野蛮さのためいたく恐れられていたのである。アッティラの異名は「神の鞭」であった。

しかし、ニーベルンゲン族の蒙った禍を身近な「ラインの黄金」ではなくハンガリーのドナウ右岸オーフェン（ブダ）に居城をかまえるフン族のエッツェル王の宮廷と結びつけた作者が「パッサウの人」と呼ばれていることからも分かるように、第二部はギリシア神話におけるアルゴー号の乗組員たちのように東方へ遠征するブルグント人が悲劇的に没落する英雄叙事詩になった。しかもクリムヒルトは、パッサウ司教ピルグリムの姪とされている。『ヴィティコー』からの引用にあるベッヒェラーレン（ペヒラルン）の辺境伯リューディガーがエッツェル王の使者として行なうヴォルムスへの求婚旅行とクリムヒルトのフン族の国への婚礼旅行も、後に彼女の奸計によりかの地へ招待されていくグンテル王一行の旅もドナウ河を通って行なわれ、最初から至るところでこれらの旅の禍が不気味に予言される。これら二つのゲルマン的素材をめぐる物語は、したがって中世初期、五世紀半ばに起こり、最後の場面で重要な役割を演ずるディートリヒ・フォン・ベルンはヴェロナの東ゴート王テオデリヒ（四五六頃―五二六）をさしている。しかしながら、文学的に描写されているのは一二〇〇年頃のドナウの船旅である。第一部でブリュンヒルトとクリムヒルトが、歴史的にまだ存在しないゴシック教会のまえで出入りの優先権を争う場面や、宮廷の優雅な生活もほんらい時代錯誤である。また第二部における、豪華な婚礼旅行や一万人もの軍勢がドナウを渡河する場面は、作者があるいは皇帝フリードリヒ一世の十字軍一行をパッサウで見たことに由来するのかもしれない。

豊かな町ミゼンブルク（ヴィーゼルブルク）で、一行は船にのった。
河の流れの見えるかぎり、それはさながら
陸地であるかのように、馬と人とに埋めつくされた。
旅路に疲れた婦人たちも、ゆっくりと打寛ぐことができたのだ。

堅牢なあまたの船が、浪にも流れにも損じないように
互につなぎ合わされ、その上に多くの見事な天幕が
張られたので、人々はさながら今なお
陸地の野辺にいるような気持がしたのである。（一三七七―七八詩節）

『ニーベルンゲンの歌』の作者は、バイエルン・オーストリア地方の地名を上記のほかしばしば挙げていている。第二十一歌章の冒頭で早くも、二人の王弟が姉のクリムヒルトをドナウ河畔のフェ

ルゲン（プフェリング）まで見送り、一行はバイエルンの国を通って下って行ったといわれている。パッサウを過ぎたところでは治安の悪さを窺わせる次のような所見が述べられている。「王妃はやがてエフェルディンゲン（エーファーディング）の町に着いた。／バイエルンには街道で追剝をはたらくのを／慣いとするような徒輩が少なくなかったので、そういう徒輩は／客人に害を加えるということも至極あり得ることであった」（一三〇二詩節）。ベッヒェラーレンでの歓迎のあと、メルクでは「メデリッケの町からは、数々の黄金の壺にいれて葡萄酒が途上の客人にとどけられた」（一三二八詩節）と記述されている。そして「オーストリアのドーナウ河畔にトゥルネ（トゥルン）という都市があった。／この地で王妃はこれまでみたことのない／変った習俗をいろいろと知った」（一三四一詩節）と指摘されている。エッツェル王とクリムヒルトの結婚式はウィーンで行なわれた。しかし、ブルグントの軍勢がのちにニーベルンゲンの勇士たちとともにヴォルムスを出発してドナウ河までどの道を通っていったのか、第二十五歌章で「東フランケンを通り、マイン河へと道をとった」（一五二四詩節）、続いて「東フランケンからスワネフェルトの地へ向った」「十二日目のあさ、国王はドーナウ河畔に達した」というほか何も言及されていない。彼らは少なくともヴュルツブルクまで騎馬で来たに違いなく、ディンケルスビュールを経由してニュルンベルクに出、そこからインゴールシュタットとレーゲンスブルク方面に到達したと推定されている。事実レーゲンスブルクには、石橋のしもてに近代的な「ニーベルンゲン橋」がかかっている。またロマンティック街道沿いの町ディンケルスビュールは、もともとヴォルムスとニュルンベルクおよびレーゲンスブルクを結ぶいわゆる「ニーベルンゲン街道」と、イタリアからアウクスブルクを経由しヴュルツブルクとフランクフルトへ至る街道の交差する地点にあった。アウクスブルクからは、アルプス越えのローマの軍道「ヴィア・クラウディア・アウグスタ」がドナウ河畔のドナウヴェルトまで延び、そこから陸路でマイン川につながっていたのである。

このように、作者はパッサウとハンガリーの最初の首都エステルゴム（グラーン）のあいだの船旅を知悉していた。しかし史実の教えるところによれば、ブルグンド人たちはドナウ河へ赴いたことはなく、クリムヒルトの婚礼旅行も行なわれたことはなかった。彼は詩的自由にまかせて、ニーベルンゲンの素材をドナウの自然景観と中世盛期へ移し変えたのである。当時は皇帝ハインリヒ六世の死後、シュタウフェン家とヴェルフェン家が皇帝冠をめぐって争っていた。そしてリチャード「獅子心王」によって支払われた莫大な身代金によってオーストリアのバーベンベルガー家の国庫は潤い、ウィーンおよび国境の町ハインブルクの囲壁修理ないし拡張はその一部で賄われたといわれる。その頃パッサウを統治していたのは領主司教ヴォルフガー・フォン・エルラで、芸術を愛した彼こそ『ニーベルンゲンの歌』制作の委託者ではなかったかと考えられている。作中の司教が「巡礼者」と呼ばれているのは、彼が十字軍に参加して戦ったためと思われる。歴史的人物としての司教ピルグリムは、九五五年におけるレヒフェルトの戦いのあとハンガリー布教に尽力していた。そればかりではなく、一八七四年に初めて発見されたヴォルフガーの旅費支出古文書に、前述のように（一七三頁）「翌日ツァイゼルマウアーで、歌人ヴァルター・フォン・デア・フォーゲルヴァイデの毛皮マントのために金貨五枚（五シリング）」と記されていた。これはドイツ文学史上、この有名な騎士詩人の名前が記されている最初の記録である。彼がシュタウフェン王家最後の王位継承者フィリップ・フォン・シュワーベンの暗殺を非難したことは、彼のあるミンネザングによりよく知られている。

キリスト教的中世における寛容思想のめざめ

これらの歴史的関連からきわめて注目にあたいするのは、夫ジークフリートの死に対する復讐の念と奪われたニーベルンゲンの宝のほかにクリムヒルトの心を占めている、異教徒と結婚しなければならないという深い憂慮である。もちろんそれは、機会あるごとにミサに出ているキリスト教徒の彼女にとって、中世キリスト教社会において作者自身が直面している深刻な宗教的問題である。第二部第二十歌章の冒頭で国王エッツェルは、王妃亡きあと家臣たちから、新しい妃にブルグントの国の王妃クリムヒルトを迎えるよう勧められる。すると彼は率直に応える。「どうしてそんなことができよう。／わしは異教徒であって、洗礼をうけたことはない。／むこうはキリスト教徒だから、とても承諾するはずがないのだ。／もしそんなことができたら、奇蹟というしかあるまい」（一一四五詩節）。この場合、異教とはまだイスラム教ではなく、マジャール人のシャーマニズム的な自然宗教のことである。辺境伯リューディガーが使者として彼の求婚の意を伝え、王妃が「もしあの方が異教徒などときいていなければ、どこへなりと御意のままに赴いて、夫としてかしずくでしょうけれど」（一二六一詩節）というと、彼はこたえた、「あの方はキリスト教徒である武士を数多く擁しておられるので、／その宮廷で憂き目におあいになる心配はございません。／王に洗礼をうけるようお仕向けになってはいかがです」と。ゴート人たちがアッティラにあたえた名前はほんらい「おとうちゃん」を意味していた。宗教的に不寛容な時代に、異教徒エッツェル王の宗派をこえた寛容な態度は、第二十一歌章の末尾でことさら称揚されている。

エッツェル王の権勢は遠近にきこえており、
キリスト教徒並びに異教徒の間にその名を知られた
驍勇の士がいつも彼の宮廷にあらわれた。
この勇士たちが王と一緒にやってきたのであった。

この王国には、めったにない話であろうが、
キリスト教と異教とが、いつも並び行われていた。
そして各人がどんな暮し方をしていようとも、
国王はその慈悲心のために、万人に豊かな施しをしたのである。（一三三四―一三三五詩節）

中世盛期に言い表わされたこの宗教性は、ヨーロッパで二十世紀後半になってようやくある程度まで認められ実践されるようになってきた諸宗教の対話の精神である。それに付随して容認されるのは、さまざまな言語と異民族である。そこで第二十二歌章では、「いろいろと言葉のちがうあまたの猛き勇士ら、／キリスト教徒や異教徒のおびただしい大きな群れが、／エッツェルの前に馬を走らせているさまが路上にみられた」（一三三八詩節）ばかりではなく、ロシア人、ギリシア人、ポーランド人、フラーヒェン人（ロマンス系の人々）、キエウェン（キーエフ）の国の人々、ペシェネーレ

人（フィンランド人）、デンマーク人、テューリンゲンの武士などが登場してくる。そして第二十三歌章においてクリムヒルトに王子が生まれると、「彼女はどうしてもこのエッツェルの子を／キリスト教の方式に従って、／洗礼をうけさせずにはおけなかった。かくて王子はオルトリエプと命名された。／これはエッツェルの国を挙げての至大のよろこびであった」（一三八八詩節）。しかしながら、「ブルゴントの国で和解の接吻をしたグンテルと、兄妹の情誼を絶つようにと彼女をそそのかしたのはおそらく悪魔ででもあったであろう」（一三九四詩節）といわれているように、復仇の念はキリスト教徒クリムヒルトの心からやはり去ることはなかった。「自分がこれぞというわけもないのに、どうして異教徒である夫を愛さなければならぬ仕儀に立ちいたったのかと、彼女は明け暮れそれが気にかかっていた」のである。

これら二つの対照的な宗教的態度に対し第三の立場を体現しているのは、ジークフリートを暗殺したトロネゲのハゲネの運命に対するゲルマン的信仰である。メーリンゲンという場所においてバイエルンの大名ゲルプフラートの国で漲りあふれるドナウ河を渡るとき、流れの上に浮かんでいた仙女のひとりがいった。「王室の司祭さん一人を除いて、ほかにあなた方誰も生きて帰れないことは、ちゃんときまってることなんです」（一五四二詩節）。倣岸な彼はここで船頭を打ち殺し、司祭を船から投げ落とし、背水の陣で船を打ちくだいてしまった。しかし司祭が無事にまた元の岸へかえり着くのを見て、ハゲネは「これらの勇士は滅びなければならない」（一五八〇詩節）という避けがたい運命を悟った。

この噂が同勢中の一群から他の群へと飛んで、
そのため猛き勇士らも心痛のあまり顔色をうしなった。
宮廷を訪れるこの旅路で惨めな死を遂げることを、
みんなは憂えたのであるが、それは至極道理あることであった。（一五九〇詩節）

一行はやがてパッサウで歓迎され、司教ピルゲリーンは「彼の甥たちがあまたの武士を引連れてこの国にきたことを心からよろこんだ」（一六二八詩節）。ベヒェラーレンに到着すると、「自分の所有する城」（一六八一詩節）というものをもたない辺境伯は、忠誠のあかしに、当時の慣わしに従って娘を若いギーゼルヘルに妻として与える。これが最後の第三十九歌章において、リューディガーがクリムヒルトへの武士としての忠誠と姻戚関係となったブルグントの人々との人間的絆の葛藤におちいり、感動的な討ち死をとげることとの伏線となる。洋の東西をこえた、武士道にも似た騎士道的ヒューマニズムの最高潮といえる。第二十八歌章においてブルグント勢が入国したことをエッツェル王に告げるのは、ベルンのディートリヒの師父として一緒に滞在していた老将ヒルデブラントであるが、彼こそ「メルセブルクの呪文」とならんでドイツ文学最古の記録「ヒルデブラントの歌」の主人公である。彼は亡命先から故郷へ帰る途中、若い騎士に公衆の面前で名誉を傷つけられ、幼時に残してきた息子と知りつつ打ち殺さなければならない。これはゲルマン戦士としての運命に対する忍従であると同時に、名誉を守らなければならない騎士としての悲劇的なヒューマニズムの表われである。ゲーテは『ニーベルンゲンの歌』の根底にある質実剛健な人間性をふかく洞察し、ハイネはそれを讃美してやまない。「それは石でできた言葉である。詩節はいわば枠入りの切石である。そこここで割れ目から赤い花が血の滴るように湧きいで、あるいは緑色の涙のように長いキズタが垂れ下がっている」。

キリスト教的立場からの中世における寛容思想のめざめとして意義深いのは、ヴォルフラム・フォン・エッシェンバッハ（一一七〇頃―一二二〇頃）の未完成の作品『ヴィレハルム』である。アーサー王物語を素材とする『パルチヴァール』においてすでに、ヴォルフラムは、主人公の遍歴中の父親ガハムレトをサラセンの女王ツァツァマンクに求愛させ、彼女との間に生まれたパルチヴァールの異母兄ファイレフィスをオリエントのメールヒェン風に縞馬のように描いている。互いにそれと知らずに戦った騎士の馬上試合において両者は互角であった。それは、たとえヨーロッパからの視点であれ、身体的な東西融合の象徴的な描写であった。これに対し『ヴィレハルム』の文学的題材はキリスト教と異教としてのイスラム教（サラセン）の対決で、作者はこの騎士叙事詩を、注目すべきことに「嘆きの歌」と呼んでいる。辺境伯ヴィレハルム・フォン・オランシェとサラセンの美しく勇敢な女王ギーブルクの結婚に端を発し、彼女を奪い返そうとするサラセンの王ティバルトとのオルレアンとラオーの激戦において夥しい血が流されたことは、たとえキリスト教側が勝利し、最終的に両者の和解に終わっても、それはなんらハッピーエンドではなかったのである。

中世フランス語の素材にもとづく僧コンラッドの『ローラントの歌』（一一三〇／七〇頃）によれば、カール大帝の後衛軍がサラセンに打ち負かされたとき、援軍をむなしく待っていたローラントの死は、キリスト教を守るための殉教とみなされることができた。しかしヴィレハルムの場合、異教徒である他国の王の妃アラベラを事実上誘拐することになる。ティバルトにとって、それは妻の不貞であり、大きな恥辱である。彼らの結婚は、彼女がキリスト教の洗礼を受け、ギーブルクとなることによって正当化される。当事者が王侯であるため一人の女性の所有をめぐって大義名分のない私闘になり、背景として初めてキリスト教と異教の対立が現われてくるだけである。ところがアラベラ＝ギーブルクは異教世界全体の支配者テラメール大王の娘である。またヴィレハルムは皇帝ルードヴィヒ「敬虔王」の義兄弟であり、辺境伯として南フランスにおけるフランク帝国の副王である。こうしてキリスト教界とイスラム世界が大々的な戦いに巻き込まれていく。そしてヴィレハルムの軍勢がアリシャンツでテラメールとティバルトの連合軍に敗北した瞬間に、神聖ローマ帝国そのものが存亡の危機にさらされるのである。彼がただ一人の生き残りとして戦場から逃れ、皇帝の援助を求めてこれがやっと叶えられると、今度は新たに起こる戦いに直面しテラメールがイスラム世界全体に対する脅威を感じるようになる。人間的に見ても、父親が自分の子供と、娘と婿が義父と戦わねばならない恐ろしい状況である。それは『ニーベルンゲンの歌』の場合と比べ物にならない、ヨーロッパを二分する壮大な歴史の枠組みである。

問題は、作者ヴォルフラムが『ヴィレハルム』を「嘆きの歌」と呼んだ理由である。たしかに、二つの戦場では夥しい人間が無残に、ほとんど無意味に死んでいかなければならない。互いに自己防衛のためひたすら攻撃し合わなければならず、そのため社会全体が破滅に瀕するのである。これを阻止し、帝国を勝利に導くのはレネヴァルトである。しかし彼はそのさい、自分の血を分けた兄弟を打ち殺すだけではなく、同時にまた自分の父親と一族の敗北を決定的にしなければならない。

彼は実はテラメールの息子であり、誰にも知られずに皇帝の宮廷で料理番の下働きとして仕え、ヴィレハルムによって初めてこの卑しい身分から解放され、戦闘に参加することになったのである。彼が帝国の側に立って戦ったのは、自分が一族から裏切られ他国に売られてしまったと思い込み、その復讐を遂げるためであった。しかし、これは誤解であって、彼の復讐には根拠も正当性もなかったことが判明する。ヴィレハルム自身も、皇帝の援助をやっと受けるまでに、キリスト教徒と称する人々のさまざまな抵抗を体験しなければならなかった。こうして最後に残るのは、親族との第二の戦いにおけるかつての異教徒である妻ギーブルクの切なる願いである。「あなたたちが見出す異教徒たちはしっかり武装しているでしょう。それにもかかわらず彼らが仆れたら、彼らに対し真のキリスト教徒として振舞ってください。私は女にすぎませんけれど、私の言うことを聞いてくださ い。彼らを騎士的に扱ってください」。なぜなら、サラセン人もキリスト教徒と同じく神の被造物だからである。ヨーロッパ中世において騎士道のヒューマニズムこそ、異教とキリスト教、東欧と西欧をつなぐ共通のきずなだったのである。

第五章　ランゲッサーにおける現代の神秘主義

神秘主義は自然と理性のさまざまな秘密を指し示し、
これらの謎を言葉と比喩によって解こうと努める。
（ゲーテ『箴言と省察』から）

二十世紀における神秘主義の再発見

二〇一四年に勃発百周年をむかえた第一次世界大戦の深刻な体験により、ヨーロッパの精神界は根底から揺るがされたといわれる。それまで神秘主義など中世の、せいぜいバロック時代の非合理的意識の産物にすぎないと思われていた。しかし、それはカントの批判哲学いらいの科学方法論をこえて、人間を否応なしにふたたび生と死という究極の宗教的問題に立ち返らせたのである。十九世紀後半からの自然科学の躍進と技術の進歩により無視されてきた形而上学に対する関心はふたたび強まり、カトリックの側からもプロテスタントの側からも現実と真理、個別科学と世界観、合理主義と非合理主義、レアリスムスとイデアリスムスをめぐる議論が甦ってきた。その中間の必ずしもキリスト教的ではないさまざまな哲学的立場の人々も、ロマン主義的自然讃美も、善悪と生死の問題を改めて考え直すことを回避することはできなかった。そのためには、ヨーロッパ的な考え方では、少なくとも形而上学の歴史を振り返ってみる必要があった。シュヴァイツァーの師である新カント派のヴィルヘルム・ヴィンデルバント（一八四八―一九一五）は哲学史の大家であった。

しかしながら、形而上学の歴史を概観することは西洋哲学史の概観に他ならないので、当時の時代思潮に限定すれば、ヘーゲルに反対して現実が思考よりはるかに内容豊富であると主張した哲学者H・ロッツェ（一八一七―八一）と厭世哲学者ショーペンハウアーが主流だったようである。要するに、十八世紀における精神の優位にもとづく主観主義から、経験的現実の真理に重きをおく客観主義への転換が行われたのである。フィヒテ・シェリング・ヘーゲルの観念論にかわり自然科学と心理学により明らかにされる自然哲学的知見である。最後に、自然科学のように経験的基盤にもとづく「精密科学としての形而上学」（R・シュナイダー）というものまで提唱されるようになった。W・ディルタイ（一八三三―一九一一）が因果律にもとづく自然科学的「説明」に対し、精神科学的「理解」を方法論的に基礎づけようと努力したのは、このような経緯から明らかになる。その際、自然科学と精神科学は、二十世紀初頭に刷新された世界観の意味の形而上学の枠内で次のように位置づけられていた。その場合、一般的形而上学とは存在論、自然と精神の特殊的形而上学とは宇宙論と心理学のことであった。

「科学的・実践的に基礎づけられた世界観としての形而上学は一般的と特殊的部分に分かれる。前者が世界のある見方の最高あるいは究極の思想を発展させるのに対し、後者はこのような精査の前提条件を、その形而上学にかかわる種々の科学のさまざまな成果をそのいろいろな必要に適合させることにより創り出さねばならない。自然科学と精神科学に分割するならわしに鑑み、特殊的形而上学はすでに慣用となった表現方法に従い自然の形而上学および精神の形而上学という二つの主要形式に分類される。種々の自然科学が世界観に寄与するものを、自然の形而上学は整然とした叙述で提示しなければならない。その際、これが依拠しなければならないのは、とりわけ一方で天文学・物理学・化学・地質学、他方でさまざまな生物学的教科である。それから精神の形而上学は、精神科学のもたらす形而上学的利益を集大成しなければならない。このとき精神の形而上学に供給されるもっとも重要な補助手段は心理学・倫理学・宗教哲学・歴史哲学である。なんらかの形而上学はもし超越性がなければ経験可能なものを超える決着がなく、自明のことながら、それは一般的形而上学において特殊的形而上学におけるより比較にならぬほど自由かつ大胆に実行されるに違いない。それゆえ、哲学のこの部分における最も目的にかなったやり方は帰納法であると思われる。この意味で特殊的形而上学は一般的形而上学の必須不可欠の前提である」（オスワルト・キュルペ）。

以上の引用はもちろん、アカデミズムの世界における概念規定であって、いわば時代思潮の表層をなす目に見える精神的主流である。しかしその底流として、中世にスコラ学とならんでドイツ神秘主義、バロック時代に講壇哲学とならんで汎知学、ゲーテ時代に啓蒙主義的ヒューマニズムとならんでバラ十字の自然神秘主義があったように、二十世紀の現代においても神秘主義という精神の営みが脈々と生きつづけていた。それはゲーテも傾倒していた新プラトン主義的流出説の伝統である。プラトンのイデア論に遡るとはいえ、その直接の創始者は古代ギリシアの哲学者プロティノス（紀元二〇五頃―七〇）とされ、以後、ヘレニズム・キリスト教・オリエントの影響を受けつつ、三世紀から六世紀にかけてヨーロッパにおける主導的な哲学思想であった。それはとくにアウグスティヌス、スコラ学、マイスター・エックハルト以来のキリスト教神秘主義、ルネサンス期の歴史的人文主義にまで深甚な影響をあたえていた。

プロティノスによれば現実は認識できない最高の存在、すなわち「根源的な一者」である世界精神（ヌース）から流出したもの（種々のエマナチオ）の段階的な下降から造られており、その極限は「邪悪な」物質である。人間の精神は感覚的・物質的な肉体による汚れからの浄化（カタルシス）後、まったく精神的なものに向かい、こうして根源的な一者との一致により存在の統一性を回復すべきである。ゲーテは『詩と真実』第二部第八章の巻末に基本的にこれと同じ構想の宇宙発生論を描いており、その図式は純粋な霊からの流出とその極限における物質の成立、またこの段階から起源への回帰（万物復帰説）である。人間は精神と物質が合わさったものとして、霊肉から成り立つ統一体（合一した二重の自然）である。キリスト教的神秘主義においてこの図式はさまざまに変形されるが、いわゆる「ウニオ・ミュスティカ」という神との神秘的合一を希求する願望は多かれ少なかれ共通である。

ところで神秘主義について語るのは、哲学者や神学者だけではなく、ヘルマン・クーニッシュのようなゲルマニストもいる。彼にはロロロ古典叢書に『エックハルト、タウラー、ゾイゼ――中世神秘主義詩文選』（一九五八）という著書がある。先駆者には、『中世と近代にまたがるドイツ神秘主義』（一九四四）を著したフリードリヒ・ヴィルヘルム・ヴェッツラフ＝エッゲベルトがいる。専門的な研究者としてヨゼフ・ベルンハルト、アロイス・デンプフ、エティエンヌ・ジルソン、オットー・

カラー、テオドール・シュタインビューヘルなどが知られている。本章で問題にするのは、歴史的記述ではなく、現代における神秘主義的経験の本質を一つの文学的実例にもとづいて管見することである。ドイツ神秘主義の研究はほんらい、聖書の該博な知識、アウグスティヌスに関する知見、スコラ学に精通することなしに不可能である。ちなみに、一般にドイツ語の神秘主義者としてのみ知られているマイスター・エックハルト（マイスター＝マギスター）は、パリのソルボンヌ大学におけるトマス・アクィナスの後継者、ケルン神学大学におけるアルベルトゥス・マグヌスの後継者としてラテン語の神学論文を多数遺している碩学であった。

キリスト教的神秘主義について語るさい何よりも重要なのは、「それを他のあらゆる似非神秘主義的ないし異常心理的経験と方策、秘術、秘教的儀式と区別する」（ヘルマン・クーニッシュ）ことである。なぜなら「神秘主義」および「神秘的」という言葉ほど、秘儀的なもの、非合理的なもの、晦渋なもの、不可解なものを偽装するために濫用されるものはないからである。真の神秘主義は、人間の外に感知されるものを支配し、自分の意に従わせ、それを利用して恍惚感に浸ることではない。神秘的経験において行為するのは人間ではなく、その人間に呼びかける神なのである。旧約の預言者たちも神に召し出されたとき、重責や苦難に耐えられないことを察知して、まず拒否したり罷免されるよう哀願したのである。それはまた天才的な思想家や詩人が経験する霊感のようなものでもない。プラトンやヘルダーリンなどは「神的な狂気」（『ファイドロス』）について語ったり、「この世ならぬ勢力」に襲われて「新しい日」や「神々と人間の婚礼の祝祭」（「ライン河」）について歌うことを好んだ。しかし、そのばあい彼らはたとえ真実を語ったにしても神の言葉を預かる者ではなく、せいぜい神格化された聖なる自然についての予言者にすぎない。被造物としての自然の中の聖なるものを「ヌミノースなもの」として概念化し一般宗教学への道を拓いたのは、プロテスタントの神学者ルドルフ・オットー（一八六九―一九三七）である。リルケにおいても、詩人の内面をハリケーンのように襲い霊感の表白へと駆り立てるのは中性名詞の漠然とした存在であって、キリスト教の人格神ではない。ニーチェも『この人を見よ』――この人は鞭打たれたあとのイエス・キリストのことをピラトが指している――において、世界の秘義の知覚として詩的インスピレーションと異なる、啓示のような芸術的霊感のあることを語っているが、いっさいの形而上学を否定する哲学者がこのようなことを書くのは偽善的なパラドックスである。

まことにクーニッシュが言うように、「これはしかし、神イエス・キリストの語りかけにより――才能の有無にかかわらず――人間が内面的に捉えられるという意味の神秘主義ではない。魂の奥深く〈魂の根底〉へ神がこのように語りかける中で〈ウニオ・ミュスティカ〉が行なわれる」からである。ゆえに現代ドイツ文学における異色の女流作家エリザベート・ランゲッサー（一八九九―一九五〇）における神秘主義も彼の定義に即して理解される。それによれば「神秘的経験の核心は、神の本質性の直観である。人間は自分の魂の中、〈魂の根底〉で直接に、すなわち無媒介に記述できない仕方で、感性的知覚あるいは理性的思考によらずに獲得された神の現存を経験するのである」。

『消えない印』の小説構造

「まえがきに代えて」ですでに引用したように、ゲーテ『ファウスト』の「劇場での前芝居」は、支配人の次の言葉で終わっている。「それでは、狭い芝居小屋のなかで、被造世界の隅から隅まで歩き回り、慎重な速度で天国から世界をへて地獄まで遍歴するがよい」。ここでは一見まだ中世風に来世・現世・冥府が含意されているように思われるのであるが、それは第一部の「天上の序曲」と第二部末尾の「神秘の合唱」という作品の枠構造があたえる印象にすぎず、ゲーテの主人公の歩き回る文学空間は、民衆本ファウストの世界と異なり徹頭徹尾この世である。市民社会と貴族の宮廷社会のような小世界と大世界の区別はあっても、ファウスト伝説にもとづくゲーテの作品はもう明白にルネサンス以後の世界内在性を体現している。これに対し、ヨーロッパのあらゆる神秘主義は時代がいかに変わっても、聖アウグスティヌスやクレルヴォーの聖ベルナルドゥス以来の中世的世界像と精神的態度を見えつ隠れつ反映している。

エリザベート・ランゲッサーの長編小説『消えない印』(一九四六)は、ユダヤ系ドイツ人の彼女に九年間の執筆禁止をもたらした不幸な第三帝国時代の直後に発表され、ラテン語の献辞“Commystis commito”によれば「同じ神秘家たちに打ち明けられた」作品である。ゆえに、それが内容・形式の面で謎めいていて、筋が錯綜し理解できないところが多々あるのは、作品全体の精神の意図的に秘められた特徴であるのかもしれない。一見それには一貫した物語性が欠け、主人公が不明確で、恣意的な暗示や連想が多すぎ、とりわけ物語られた時間が前後に交錯し、歴史・聖書・神話・哲学からの間接引用が乱雑であると、一般の教養人から批判されるのである。それはまた僅かながら「聖なるポルノグラフィー」(ルイーゼ・リンザー)と言われるような描写のため、慎み深い信心家たちあるいはモラリストたちの顰蹙を買ってもいる。教会はこの小説を、そのリベラルな教義解釈ないし謬説のため、禁書目録に入れてしまおうとさえ考えていたといわれる。異教的自然とキリスト教的ロゴスの葛藤を主題とするこの作品の評価は発表当初から大きく分かれ、作者と同じような神秘家以外にはあまりにも異色の問題作なのである。作者自身あるとき、「私は荒々しく実験し、神に祈っているのは、私が没落せず、大浪が頭上にかぶさってこないことです」と書いている。

ランゲッサーの『消えない印』は、こうしてゲーテの『ファウスト』のように、物語の筋と主題を暗示した「プロスツェニウム（前舞台）」と作品全体の趣旨を謎ときのように解明した「エピローグ一九四三年」を伴った迷路のような枠構造をしている。それは心理小説などではなく、したがって宗教的な回心物語でもない。これが人間の神と悪魔、あるいは善悪との関係を告白するのに対し、それは恩寵によるある選びの物語である。しかし神の選びはこのカトリック作家において、プロテスタント神学におけるようにあらかじめ定められているわけではない。人間は光と闇の力にさらされたまま、どちらを志向するかは、彼の自由な自己決定に任されている。しかし神と悪魔がともに彼をめぐって争い、奈落に陥った人間は恩寵によりそこから救い出されるのである。根源的な形而上学的悪はたんに道徳律に反する行為ではなく、人間はむしろいわゆる四大の力に委ねられてはいるが、それより高次の力があくまで存在し、最終的にそれに打ち勝つのである。それが広義のキリスト教的詩人のオプティミズムである。

もとより、主題の展開そのものは第一次世界大戦後のドイツとフランスにまたがり、俯瞰すれば現代にまで及ぶ場所的・時間的にかなり明確な、いわゆる観音開きの祭壇画のような三部構成をしている。すなわちその筋は、ドイツ・ラインヘッセン地方の小都市Aとセーヌ河畔およびパリ北東四十キロのところにある小都市サンリスを中心に繰り広げられ、物語られている時間は、現代史の三十年戦争ともいうべき、第一次世界大戦の始まった一九一四年から戦間期の一九二六年をへて第二次世界大戦末期一九四四年に及んでいる。ドイツの小都市Aは物語の中でＡｒｓとも記されているが、マインツの近郊という地理的関係から、フランスとドイツの中間地帯にあるランゲッサーの生まれ故郷アルツァイとみなすことができる。それゆえ、この作品は小説の外面的構造とその中で展開される神と悪魔の人間をめぐる熾烈な争いという二つの視点から考察することができる。それは個人だけではなく、社会的な意味でも理解され、聖人たちさえ、神と同じく悪魔も至るところに遍在していることを肉体的かつ精神的に感知せざるをえない。

「悪魔は人間性の外にある世界をも安穏にしておかない。動植物の有機的自然、水や雲の無機的自然も悪魔をさまざまな色彩・音色・臭気で反映している。この不気味な領域の把捉に、この女流作家の今日おそらく比類のない偉大さがある。彼女はこの把捉を目に見えるようにし詩的に表現する際にぎりぎりのところまで行き、奈落の底も墜落する恐れも感じないかのようである」（W・グレンツマン）。

この小説の表面的主人公ラツァルス・ベルフォンテーヌは、自然的出自がユダヤ人で、七年まえに受けた洗礼が超自然的信仰による再生である。彼は第一巻において一九一四年五月にアルスの町からパリに向けて旅に出、ファウストのようにさまざまな試み（誘惑）を受けることになる。登場人物はほかに啓蒙主義者の薬剤師グリーと娘のエルフリーデである。しかし第一章から目に見えない霊的作用を及ぼしているのは癲癇病に苦しむ司祭マティアスである。マティアスは二章あとのパリにおけるカスキュラーデ、ピレネー山脈出身の盲目の羊飼いジャン、白衣の神父ブノワと共にベルフォンテーヌの救霊のために協力する影の人物たちである。第二章で姿を現わすのは生物学論者メージンガーをはじめとする一連の「享楽の徒」たちで、ベルフォンテーヌも多少とも彼らの仲間の一人である。第三章もアルスの町で繰り広げられ、主人公と彼のために祈る司祭マティアスの対話のほか、尼僧院長マウラ、家政婦キンダーマン、洗濯女ロレンツが添景人物として登場する。

第四章は同じ時点のパリのサン・ルイ島における信心深いカスキュラーデと無信仰者マリニエールのルルドの聖女ベルナデッテ・スビルー（一八四四―七九）をめぐる論争で、その際「盲目の信仰」と呼ばれていたある盲目の少年がルルドの水で癒されながら、すぐまた盲目になることを望んだという逆説的な「奇跡」のことが語られる。その後、少年は遍歴の旅に出てしまうので、Ａｒｓの町に現われたかの盲人と同一人物であったことが判明する。第五章で、盲人に代わって同時期にＡｒｓのベルフォンテーヌにメフィストのように誘惑者の形で近づいてくるのは、パリから来た悪魔の化身の一人、ぶどう酒商人トリシェール、教師としてまたの名グランピエールである。悪魔はのちに船乗りとしても現われる。トリシェールとの出会いは一種の悪魔との契約とみなされる。これによりベルフォンテーヌは十六世紀いらい皇帝マクシミリアン一世の所領であったサンリスという「魔の洞窟」に入っていくのである。第六章は一九二六年のパリであるが、一九一五年から二五年までサンリスの司祭であったジャック・ル・ロワにより、一九一四年五月の時点におけるベルフォンテーヌの二重生活と上海へ派遣された修道司祭リュシアン・ブノワのことが追想される。巻末でブノワにより暗示されるのは、カルメル会の修道女リジェのテレジア（一八七三―九七）のことである。

このモチーフは第二巻第三章において再び取り上げられることになるが、行方不明になったベルフォンテーヌのサンリスにおけるシュゼットとの重婚という不倫な生活は、第二巻の第二章においてー九一四年九月および一九一七年夏のことこととして描かれている。前提として第一章において、ドイツ軍のフランス進駐とルソーおよびスペインの保守的政治家ドノソ・コルテス（一八〇九―五三）の思想が問題にされる。第四章の舞台はふたたび一九一七年夏のサンリスとパリである。ここで初めてベルフォンテーヌとリュシアン・ブノワを結びつける共通の聖性の元型として十八世紀の聖人ヨゼフ・ベネディクト・ラブルに言及される。ベルフォンテーヌがふたたび現われる第三巻はすでに第一次世界大戦後のサンリスにおける一九二五年五月のことであって、布教地中国にあるブノワ神父の幻視として第三帝国時代の到来が予見される。ベルフォンテーヌが「ラザロよ、出てきなさい」という恩寵の呼びかけにより聖性の道を歩みはじめるのに反し、同性愛に傾く妻シュゼットは悪魔にほかならない船乗りによって絞殺される。時間的継起としてこの巻は、現代の聖人伝の成立を物語る「エピローグ一九四三年」へ移行していく。それは、ゲーテが第二次スイス旅行のさいに記している聖アレクシスの物語を思い起こさせずにおかない。

『消えない印』を小説構造の面で難解にしているのは、このように作者が、自然を前提にする（テルトゥリアヌス）恩寵の次元は歴史的時間を超越しているという立場から、事件の前後関係を意図的に交錯させているためである。宗教的な神秘は、一見、合理的には把握できないからである。この長編小説の主題を理解しやすくするため、錯綜した叙述をあえて配列し直せば、まず筋の発端である第一次世界大戦勃発直前の一九一四年は四層構造で描かれている。第一巻第一章から第三章までと第五章および第六章後半のラインヘッセンの小都市Ａｒｓにおけるベルフォンテーヌをめぐる一連の出来事、第一巻第四章および第六章冒頭と終末におけるパリのサン・ルイ島での出来事、第二巻第一章におけるサンリスへのドイツ軍進駐のさいの挿話、および一九四四年サンリスにおいてブノワ神父により第二巻第三章でなされるリジュのカルメル会追憶の場面である。相互に関連するこれら四つの物語層の主題は、自然の本性をめぐる哲学的かつ神学的な問題である。「自然の本性はその始原から超自然である」、すなわち、ルルドの聖母における無原罪の御宿りを拡大解釈した、ロゴスを含めあらゆる被造物の起源は汚れなかったというランゲッサーの神秘的な恩寵論である。これはある程度まで、アウグスティヌスにより論駁され、ゲーテによりあえて再び提唱された一種のペラギアニスムス（性善説）である。

次に戦争のさなか一九一七年夏のサンリスにおける独仏混交の市民生活が、第二巻第二章と第四章で描かれる。ここで登場するシュゼット・ボンマルシェとオルタンス・ド・シャマンという二人の女性は、前者が不正にフランスのパスポートを手に入れ重婚するベルフォンテーヌの妻となり、後者は宣教師となるため人間的な愛を断念するブノワによって事実上棄てられる。そして、これら二人は第三巻において、共に悪魔の餌食となって死ぬ。それは戦間期の一九二五年五月のこととされ、この事件のあとベルフォンテーヌはサンリスを去ってドイツへ向かう。同時期にブノワ神父は布教地中国にあって、ヒトラーが台頭する一九三三年から三九年にかけての情勢を幻想のうちに見ている。回心に至るまでのベルフォンテーヌの人となりは、上述のようにサンリスの主任司祭ジャック・ル・ロワにより第一巻第六章冒頭において叙述されている。それが一九二六年の時点におけるパリのノートル・ダム寺院での回想とされているのは、ベルフォンテーヌが独仏開戦のため一九一四年八月に敵性ドイツ人として抑留されたあと間もなく突然サンリスに現われたことを暗示するとともに、第二巻でシュゼットと不倫な結婚生活を送りながらも、第三巻で悪魔の手を逃れて聖者の道を歩み始めることを示唆している。ここには青年時代のアウグスティヌスが背景にあるのかもしれない。ゲーテ時代に繰り返される倫理的自然主義のキリスト教的神秘主義による克服というこの主題は、第二巻第三章でカルメル会追憶の場面において引き続き述べられているように、サンリス出身のリュシアン・ブノワが宣教師として最初からベルフォンテーヌのために祈り求めていたことであった。

「エピローグ」ではじめて、行方不明のベルフォンテーヌは第二次世界大戦末期に同郷のドイツ人たちから、戦乱の東ヨーロッパを放浪するラツァルス神父と呼ばれる聖者と同じではないかと推測されるようになる。ユダヤ人の彼がこのようなキリスト教的人生を歩むに至ったのは、一九四四年の時点で頂点に達するブノワの祈りのお陰であった。ブノワのめざす宗教的な理想は倫理的に退廃的な十九世紀末の一番新しい聖人、幼きイエズスの聖テレジアの神秘主義に触発されたものであったが、それは啓蒙主義的な十八世紀フランスの聖人ヨゼフ・ベネディクト・ラブルの生き方にすでに体現されていた。この意味で、ベルフォンテーヌと共に小説の隠れたもう一人の主人公はブノワであり、一方が表面に現われているとき、他方は小説の舞台から隠れているという関係にある。両者のあいだを目に見えない形で深層心理学における「元型」のように通底しているのがかの伝説的な聖人で、L・Bというイニシアルを共有する三人の宗教的人物をとおして近・現代ヨーロッパの精神史が浮かび上がってくる。

長編小説の理念的二重構造

主人公のラツァルス・ベルフォンテーヌは、物語の始まる七年まえ単に有利な結婚のためカトリックの洗礼を受け、ルッツと改名したユダヤ人商人である。彼の洗礼の日に放浪の盲人ジャンが現われたことから、彼は「盲目の信仰」に神秘的な意義を認めていた。ユダヤ教徒がキリスト教徒になるということは、歴史的に旧約から新約の時代への移行とも、比喩的にルカ伝第十六章に述べられている貧しき者が天国に迎えられることとも、あるいは象徴的にヨハネ伝第十一章のラザロの死からの甦りとも理解される。このような解釈の仕方は聖書学の伝統的なやり方である。ランゲッサーが直接考えているのは、第三巻の巻末で言い表されているように、最後の精神的新生のことである。第一巻から第二巻にかけて叙述されるのは、何よりもまず現代のラザロの精神的な死の過程であり、それを通してさらにキリスト教的西欧の二十世紀における内面的かつ外面的没落のプロセスが透かし絵のように現われてくる。ベルフォンテーヌの再生は具体的には描かれず、むしろブノワ神父の生き方と祈りの中に暗示されている。

このユダヤ系ドイツ人は一九一四年五月のある日、五歳の娘エルフリーデの言葉「私はもう何もやる気がしない」に示唆された生の倦怠に襲われる。それは同年八月の戦争開始時のドイツにおける皇帝ヴィルヘルム二世時代の生活感情であったといわれる。七年まえに偶然知り合った盲人がもはや洗礼記念日に訪れてこないので、彼は自由意志で受けた洗礼をいまや「盲目の信仰」として否定し、悪魔的なぶどう酒商人トリシェールに誘惑されてドイツからフランスへ静養の旅に出かける。こうしてそれは、ドイツが第一次世界大戦に参戦する前後のヨーロッパの精神史的状況を反映する意味をおびてくる。信仰を失ったベルフォンテーヌが、いわばかの盲人の化身である聖なる司祭マティアスの教えに反して富くじを買い、それを妻エリザベートに隠したますべてを「盲目の僥倖」にかけようとしたのも、ほんらい植民地獲得をめざして戦争を始めた「遅れて来た国家」ドイツの行動原理を示唆しているように考えられるのである。

当時のドイツにとっての悪魔とは、世紀末から蔓延していた倫理なき審美主義にほかならなかった。フランスにおいて大革命以来キリスト教が無神論的ヒューマニズムに取って代わられただけではなく、ドイツにおいては、教会信仰にかわるゲーテ時代の人文主義的ヒューマニズムがさらにニーチェによる「一切価値の改価」の宣言により再び拒否されたとき、無信仰はいまやニヒリズムそのものにならざるをえなかった。なぜなら、十八世紀の人間中心主義は精神史的に、中世からバロックに至る神中心主義に対するアンチテーゼとして提唱されたものだったからである。ハイネが「アルマンゾル」悲劇（一八二一）の中で、秦の始皇帝の事績を念頭に「書物を焼くとき、しまいに人間を焼き殺すことになる」と言ったように、神を否定することはほとんど必然的に人間否定につながっていく。それゆえ、ニヒリズムの奈落の底で神を求めるランゲッサーの文学は、物事を神の恩寵からではなくこの面からしか見ない人々により、誤って「魔術的ニヒリズム」と呼ばれたのである。ルイーゼ・リンザーが指摘しているように、「人間の形而上学的敗北、神秘的敗北は『消えない印』において自我が神の恩寵の中で死滅することと同義である」。

実際、ベルフォンテーヌの予感に誤りはなかった。神と悪魔のあいだの葛藤に直面した彼は急いでいたため、富くじの隠し場所をエリザベートに知らせるのをうっかり忘れてしまい、彼とトリシェールが旅に出てすでに一週間たったのち、事実は明るみに出ることになった。憂鬱症によって惹き起こされる不可解な激怒の発作にますます傾くようになった娘エルフリーデが、了見のせまい痩せぎすの女中ベルタといさかいをしたあと、庭園の装飾ガラス球を粉々に打ち砕き、富くじを出現させてしまったからである。富くじがあとで当たったときの賞金は、エリザベートが夫の不倫な生活のため遺産の一部から工面した金額と本当にほぼ一致していた。このフランス旅行と、あとになっても原因不明の失踪事件は、長いあいだＡｒｓの町における伝説のように人々の語り草になった。のちに自然の猛威のように襲ってきた一連の出来事さえ、それを人々の記憶から完全に押しのけることはできず、サンリスの町で石版にさえ記されることになった。それに加えて、個人的な運命と世界史的事件の結びつきが、ベルフォンテーヌの旅行に対する追憶を普遍的なものにまで高めた。彼はフランスで第一次世界大戦の勃発に遭遇し、八月一日に抑留された。過去を忘れた彼は恐らくフランスに帰化して再婚し、第二次世界大戦の勃発とともにユダヤ人として強制収容所に入れられてしまった。彼の消息がその後わからなくなってしまったとき、彼は脱走を試みて射殺されたとの推測が流された。この噂はモザイクのように多数のはね飛ばされた小石から合成されたものである。しかし、これらの小石は、ずり動かされても直ちに継ぎ目がわからないように補完され、それらの彩りは、眺める距離が大きくなればなるほど入りまじって行くように見えた。

ランゲッサーは、ベルフォンテーヌの生活と運命については、『消えない印』の第一巻においてこれ以上のことを叙述しようとはしない。この箇所で明らかになるのは、ベルフォンテーヌが少なくともドイツ人にとって、ゲーテが劇詩断片「永遠のユダヤ人」（一七七四）において描こうとしたような伝説的な流浪の人物アハスヴェールスになってしまったということである。事実、第二次世界大戦の爆撃のさなか一九四三年にふたたびラインヘッセンの町Ａｒｓの司祭館で繰り広げられる「エピローグ」の対話の中で、衛生兵の姿で登場する助祭は、行方不明になったベルフォンテーヌの足どりを遂に発見したと告げ、対話の永遠のテーマである彼を「神秘的に謎めいた乞食、巡礼者、路傍の男」と呼んでいる。そして、第一巻のかつての「享楽の徒」たちの一人であるベーマーは、「リッツマンシュタット（ポーランドのロッツ）で彼に出会ったという人と話をした」という助祭に対して次のように補足している。すなわちベルフォンテーヌは個性を失い、苦難のうちに遍歴するヨーロッパ人の類型になってしまったのである。

「彼に出会ったという人はたくさんいる――ウクライナ地方、ポーランド、スモレンスク市の西方でなど。彼の年齢は毎回ちがったふうに言われていた。彼は巡礼服や乞食の姿をしていたかと思うと、兵士の服装を身に付けていることもあった。彼は典型的なユダヤ人として描写されることもあれば、この人種の特徴をなんら証明することのできない人間として描かれることもあった。それから少しさらに精確にたずねると、答えはほとんどいつも同じであった。すなわち、彼は『本来的に』老いているとも若いとも呼ぶことができず、太っても痩せてもいなく、背は高くも低くもなく、目立ちはしないが、それにもかかわらず見誤ることはない、というのである」。その他の「享楽の徒」たち、リュープザーム、キービッヒ、ギッラーが、彼は実際には何者で、どこから来てどこへ行くのか、「今日の人間」があたかも鏡を見るように自己を認識するその人の名前はなんといい、「神秘的人間の原像」である現代の聖者はなんという名前で、最初どこに現われたのかとたずねると、司祭マティアスは、それは十八世紀フランスの聖人ヨゼフ・ベネディクト・ラブルであると答える。「このベネディクト・ラブルはさまざまな教会の軒先で、自分に恵まれたパンを食べた。この永遠の巡礼者、遍歴者はヨーロッパ中の聖地、アメッテとロレット、アインジーデルン、アッシジとローマの間をさまよった」。この聖人は啓蒙主義の時代に寒村の商人の家に生まれ、永遠の遍歴者としてヨーロッパ中の聖地を巡礼しながらフランス革命の六年まえに死んだのであるが、その気質にはアーサー王伝説を思わせる何ものかがあった。フランドル地方に近い彼の生まれ故郷北フランスの広漠とした平野には「遠方と冒険、絶えざる変転と永遠の持続を同時に求める飽くことのない深い喜び、異郷、大胆かつ気高い行動、悪の華、竜の血、謙虚と英雄的行為による汚れない乙女の解放などを求めるほのかな憧憬の念」が涙のヴェールのように漂っているのである。しかし助祭が新プラトン主義の流出説をほのめかしながら言うように、「遠くへ出かける者は、自分自身のところへ復帰しなければならない」。河口と水源は一つだからである。こうしてラブルは「成人してから、パルチヴァールが聖杯を探し求めたように、（ヨーロッパ人全体の罪を）贖う機会を絶えず探し求めた」。その際、彼は聖霊によって自分自身の起源、彼の父と彼を生んだ国を取り上げられ、それに代わるものを与えられなかった。彼は当代の円卓の騎士にも聖杯王にもならず、乞食同然の哀れな巡礼者になったのである。

それればかりではなかった。彼以前のどの神秘家、どの完全な貧者に対してもそうであったように、神は彼から最後には、神が現存するという慰めと願いが聞き入れられることへの希望さえ取り去ってしまったのかもしれない。神は彼を完全に孤独にしてしまったので、教会が彼を一世紀後に列聖したとき、この聖人がそもそも誰であるかを知るキリスト教徒はきわめて少なかった。彼はフランスでもローマでも民衆的にはならなかった。フランスでは当時、レオン・ガンベッタとその危険な一派がアメッテの哀れな愚者よりもはるかに人心を動かしていたからであり、ローマでは子供たちが、彼の好んだサン・マルティーノ・アルモンテ教会の上で瀕死の彼を見つけ、聖者さまが死ぬ、聖者さまが亡くなった、と叫んだだけであった。彼は無名のままであった。彼の身にまつわる伝説は何も生じなかった。司祭マティアスも最後に、十字架とその本性をになった木・風・水・雨のほか次のように神を讃美するほかなかった。「地上のか弱い空間をたたえよう。それはテントのように畠のただ中に農夫により張られ、収穫が終わるとたたまれる。それを昼夜にわたり通り過ぎる全能の時間をほめたたえよう。ほめたたえよう、あらゆる被造物の中にいます創造主とその蜜である土器の中の恩寵を」。

　しかしながら、二十世紀において十八世紀における同様の精神史的状況が繰り返された。啓蒙主義に始まるヨーロッパの自然主義と合理主義が二つの世界大戦というかたちで破綻をきたしたとき、ナチス主義者と戦禍に責め苛まれている流浪の人間たち、とりわけ無実なユダヤ人は、ユダヤ系ドイツ女流作家の心眼にヨゼフ・ベネディクト・ラブルの再来のように映ったに違いない。「この砂時計は隠れたところで流れつづけ、世界の時が満ちたとき初めて、歴史の手の中で高められ、すべての人々のまなざしに示されることになる」。砂時計は、上半分が空になりつつ下半分を充たしていくのである。もちろんランゲッサーはそのよってきたる原因を精神史的に追究し、人間に計り知れない苦しみと不幸をもたらした近代思想をカトリシズムの立場から批判する。その遠因が彼女の見解によればルターの宗教改革およびプロイセン国家と結びついたプロテスタント教会にあるとしても、宗教改革を必然的にしたのは堕落した中世カトリック教会の責任である。また善かれ悪しかれ普墺戦争後のプロイセンの国家主義なしに近代ドイツ史を考えることはできない。批判より重要なのは、さしあたり旧約のヨブ記のように苦しみの形而上的意味を可能な限り明らかにすることである。ユダヤ人商人ベルフォンテーヌが「盲目の信仰」を棄て、理性ないし合理主義を信奉しながら自然主義的な生活を送り、最後に恩寵による自然の完成を体験して回心するに至るプロセスは、長編小説全体の巻末「エピローグ」において簡潔に要約されている。

「(一九二五年)の数か月後、ベルフォンテーヌ氏は小都市サンリスを去ってドイツへ帰国した。世間の人々は彼のことも、彼の義父ボンマルシュが「マリアの婢」修道女会の所有財産から取得したと主張する真珠の首飾りをめぐる腹立たしいスキャンダル的裁判のことも直ぐに忘れてしまった。彼は、若い修練女の持参品に由来するこの取得物を、あの女子修道院が数か月のあいだに発行した何通もの借金の証文を提示して正当化しようとしたが無駄であった。首飾りは——真珠は涙を意味している——贖罪の修道女たちのもとへ戻った。そして、そこから白衣の神父修道会へ所有権が移転されたあと、その首飾りは十七年後に(ポーランドのある強制収容所の安直な警備員を買収して)幾人かの無国籍のユダヤ人キリスト教徒を救出するために使われた。彼らは辛酸をなめながらようやくロシア軍のパルチザンのもとへ到達することに成功したが、弱ったからだは意地の悪い疫病に襲われ、抗するすべもなく死んでしまった。

一人の老人だけが、華奢で弱々しく見えたにもかかわらず驚くほどの抵抗力を示して――赤軍の緩慢な進軍に従いながら――ふたたび西へ辿り着いた。（責め苛まれた者、迫害された者たちの精神的サークルの中心としての）彼をめぐって、なんの外面的契機もなしに一種の伝説が形成されていった。人々は彼を「ラツァルス神父」と呼び、彼は治癒の能力と覚醒のカリスマを賦与された人間であると密かに考えていた。非常に多くの人々が彼のことを聞いたか、彼の精神的サークルに接した他の人間を見たと言い張った。人々は彼を混同し、彼のアイデンティティーに対する感情を失っていった。彼は貧しい囚人から貧者そのものとなり、最後に祈る乞食となった。彼は帽子をかぶり、背をかがめ、感謝の言葉を述べるため白い短い口ひげをもぐもぐさせながら、東方の聖なる街道を辿って行った。そしてその街道は――進行する車輌の果てしない列に押し分けられながら――反逆の中心地プロイセンと、ドイツ宗教改革の中心地ヴィッテンベルクへと通じていた」。

ラツァルス神父と呼ばれるようになってからのベルフォンテーヌの生活と思想は、小説が事実上この記述で終わるため、ヨゼフ・ベネディクト・ラブルのそれのように曖昧模糊とした伝説の霧の中に包まれている。ただ、真珠の首飾りが最終的に白衣の修道会のものになったというのは、フランス革命を誘発したマリー・アントワネットの首飾り事件を連想させて極めて暗示的である。それに対して、ベルフォンテーヌの回心のために祈りつづけた宣教師リュシアン・ブノワの形姿は第一巻第六章の終末から『消えない印』全編をとおしてかなり明瞭に描き出されている。

若き日のブノワはオルタンス・ド・シャマンの婚約者であったが、いつか彼は彼女への愛を断念して白衣の神父修道会に入ってしまった。間もなく布教活動のため中国へ派遣された彼は、第一次世界大戦の直前、一時的にフランスへ帰国し、戦時抑留中のベルフォンテーヌとなんらかの仕方ですれちがうことになった。マラリアを病むブノワがパリ・セーヌ河畔の安宿の屋根裏部屋でまどろみながら神秘のバラを体験し、そのうてなの底におしべで形づくられた「希望」という文字を読み取り、それを取り巻く純白の花弁に記されている「リジェ」という幼きイエズスの聖テレジアを暗示する巡礼地の名前を解読したとき、階下の部屋では、イヴェット・カルネルという女スパイが暗号文を解読中であった。そのとき傍らで寝ていた男は、もしかしたら、トリシェールに伴われてパリへ来たベルフォンテーヌであったかもしれない。天と地、神と悪魔、聖と俗は、このようにあざなえる縄のように小説の筋を追って現われ、以後ベルフォンテーヌに関する限り、現代の「聖アントニウスの誘惑」のような物語が展開される。しかし、この長編小説の全体を把握するためには、彼のよりよき分身ともいうべき陰の主人公ブノワの生き方に特に注目しなければならない。

現世における聖俗の悲劇的葛藤

二重生活を送っていたベルフォンテーヌは痛悔により世俗から聖性への道を見出した。これに対しリュシアン・ブノワが、神への愛のためとはいえ許婚のオルタンス・ド・シャマンを棄てたことは、人間性の次元で悲劇的な葛藤を惹き起こさざるをえなかった。第一次世界大戦の勃発に伴いドイツ軍がサンリスの町に進駐し市長を射殺したころ（第二巻第一章）、二十代の終わりに近づいていたオルタンスは、自尊心を傷つけられた恨みから十五歳の少女シュゼット・ボンマルシュとの同性愛に陥る。そしてブノワからという偽りの手紙を使ったシュゼットの父ボンマルシュの陰謀により、サンリスからパリの売春宿へ誘きだされ、自暴自棄のあまりセーヌに身を投げるのである。他方でシュゼットは不法な手段でフランスに帰化したベルフォンテーヌの妻となるが、修道女の許で教育されたとはいえ虚栄心のつよい淫らな性格の彼女は、高価な真珠の首飾りを手に入れようとして最後に船乗りの姿をした悪魔の化身トリシェールに絞殺されてしまう。ベルフォンテーヌが「ラザロよ、出てきなさい」という内面の声を聞いて回心するのは、その直後のことである。ブノワの場合、一九四四年にサンリスで書かれたとされる第二巻第三章の彼の手記によれば、聖テレジアを最初に内面的に体験したのはまだオルタンスとの婚約中のことであった。

「私、リュシアン・ブノワは、三十年まえサン・ルイ島で、マラリアの発作に襲われながら、ノルマンディーの小さな町リジェ出身のカルメル会修道女の愛を私の内部にふたたび見出した。彼女の愛は私を慰めて、中国における私のむなしい布教拠点の死と、恐怖のうちに滅びる定めにあった私の時代の死にも打ち勝つ力を与えてくれた。地平線上の町がただ一人の人間の手のひらで掩い隠されても依然として増大するように、その愛は二つの大戦中における悪魔の支配のまっただなかで立ち昇った。それは成長し、その火花を種子のように投げ飛ばした。（彼女を記念するリジェの）サン・ピエールの大聖堂で私は、この取るに足りない修道女の栄誉のために円天井の銀のファンファーレが群衆の歓声と唱和するのを体験した。私の失われた活動の場所へ戻ったとき、私は上海の港で、彼女の感動的な顔のメダルが荷役人夫の胸にすでにかかっているのに出会った。私が彼女に三度目に再会したのは、この一番新しい聖女が故郷とある敬虔な画家の絵筆を見出していたキリスト教世界のドームの一つから彼女の絵が取り除かれ、その大聖堂が異教的な血の聖所と宣言されて閉鎖されたときである」。

　ここには、両世界大戦が悪魔の仕業であり、とくに「血と大地」の自然主義を標榜するナチズムがキリスト教に対する異教的支配の試みであったことが明言されている。しかし悪魔はドイツ人だけでなくフランス人の心の中にも巣食っていた。手記の後半で言及されている「悪魔のミサ」こそ十数年にわたりフランスにおけるベルフォンテーヌの生活を規定し、オルタンスとシュゼットの悲惨な死を、いわばブノワの宗教的愛とベルフォンテーヌの回心に対する恐るべき犠牲として要求したものであった。なぜなら、キリスト教のミサにおいて神の子イエス・キリストの十字架上の死が繰り返されるように、悪魔もその黒いミサのために人間の死を必要とするからである。ブノワの宗教的愛の根底には、結局、人間的な愛が生き続けていた。彼の祈りの中で、修道女テレジアの顔はかつての婚約者オルタンスのそれと重なり合っているからである。それがオルタンスの悲劇的な破滅を招くことになった経緯は、この手記の前後、第二巻第二章および第四章において、ラシーヌによりギリシア神話から戯曲化された「フェドラとヒュポリート」のモチーフを用いて描かれている。ボンマルシュが駆落ちの偽りの手紙に目じるしとして添えた、もともと蝶番でつながれていた二つのメダルの印刻された宝石は、彼自身が説明しているように、ブノワとオルタンスの恋愛関係をいわゆる事物象徴として比喩的に暗示するものであった。

　こちらの宝石では、女王フェドラは義理の息子を自分の願望に従わせようとしている。その願望にミロのヴィーナスにほかならない女神アフロディーテが彼女を駆りたてているのであるが、ヒュポリートはそれをはねつける。愛と断念のなんと思い切った主題だろうか。一方で夫テゼーウスへの愛欲に燃える半裸体の妃が恋いこがれてヒュポリートのほうに向くと、エロスが彼女の乳房をりんごのように若者に差し出す。しかし慎み深い彼は、冷たく軽蔑したように背を向ける。彼には神の定めにより高次の務めがあるのである。もう一つの宝石はヒュポリートに対する罰である。フェドラの復讐は同時に女神の復讐でもある。アフロディーテ自身が、若者を引きずり殺す馬を鞭打っているのである。彼のすばらしい体は間もなく岩石でばらばらに引き裂かれてしまうだろう。

オルタンスはブノワが別離を告げたとき、彼に熱烈な接吻を浴びせながら、自分の許にとどまるよう哀願した。しかし彼はそれを一蹴し、彼女の涙を忘れ、彼女の脅しを聞き流し、彼女の美しさを無視して行ってしまった。彼は彼女の呼びかけとは別の呼びかけ、新しい身を焼き尽くすような愛に、かつて彼女のまえに跪いたときと同じ態度で従っていったのである。そうなることは、ブノワの最初の手紙を受け取ったときから、オルタンスが不安な思いで予感したことであった。その試練と克服は『ファウスト』第一部「ワルプルギスの夜」においてファウストが経験した「悪魔のミサ」とも、「エロイーズとアベラール」の現代版とも解釈される。伝道司祭ブノワは述懐する。

「いまや私は、年老い疲れ果てて、私の生まれた町サンリスの修道女たちの親切な病院にいる。もう秋だ。プラタナスのまばらな葉のあいだで、風が刺のある実を細長い緒のところで戯れるようにゆらゆら動かしている。プラタナスの影は荒涼とした大地にかすかな神聖文字を記している。私はそれらを解読しようとして、青春時代の死せる友たちの甘美な名前を読み取る。オルタンス・ド・シャヤマンは額と眼が修道女テレジアに似ていた。義手をしてずるそうに笑う学友ピエール・

ルーは、私に向かってささやいた。『来い。小さなビヒラが彼女の兄弟たちの名をかたってお前を待っているぞ』と。オルタンス、お前は今どこにいるのか。私は他の数千人のためにただ一人の女性であるお前を棄ててしまったが、これらの多くの人々もやはり、お前の記憶を消し去ることはできなかった。お前はいまだに幽霊のように足音を忍ばせて、木々のうっそうと茂る遊園を通り抜け、桃の格子垣にそって母親の寝室用小部屋へ急いで行くのか。お前はそこでかつての質屋業者ボンマルシュの悪魔的に偽造された数通の手紙を読み、それらを私のものと思い込んでしまったのだ。あのドアノッカーはまだ上下に動いている。青みがかった漆喰の折り返しの中にある引き手。しかしお前がサンリスを去ったあと、赤毛の少女シュゼットがお前に逢引きを迫った紙片を受け取った状差しの口は、苔と土で詰まっている。シュゼット——お前の女友だち、彼女はのちにベルフォンテーヌの妻にされたが、彼もいまは行方不明だ。彼の家に人々はあとで、悪魔がミサのあいだ客たちにぶどう酒を勧めている有様を描いた石板を取り付けた。この石板は、一九一四年、ドイツ人が焼き払ったある貴族の館の廃墟に残っていたものである」。

ここで言及されている石板が第一次世界大戦においてヨーロッパ人を襲った悪魔の誘惑を示唆しているとすれば、ベルフォンテーヌがシュゼットと重婚したサンリスの住居は悪魔のミサの行われた場所の象徴であり、これに対し、ブノワの心をとらえて離さないリジェのカルメル修道女会の僧房は、ほんらいのミサが神に捧げられていたヨーロッパ・キリスト教世界の数少ない聖所の一つであった。そこではとくに幼きイエズスの聖テレジアが世人に知られることなく熱烈な祈りの生活を送っていた。ブノワの手記の直前に挿入されている彼女の悪魔との戦いの内面の記録は、『消えない印』の底流にある超自然的愛の神秘主義の表白である。悪魔の誘惑にさらされたベルフォンテーヌの回心のために必死になって祈るブノワは、究極においてこの神秘の泉からその精神的な力を汲み上げているのである。この意味で、それはランゲッサーが言及している、非常事態における教会の政治的影響力の復活を追求したスペインの哲学者ドノソ・コルテスの歴史哲学に優るとも劣らぬ意義を有している。

なおランゲッサーが、一九三三年いらいカルメル会修道女であったユダヤ人女性エーディト・シュタイン（一八九一－一九四二）に関心を寄せていたかどうかは不明である。E・シュタインは一九二二年にカトリックに改宗し、教会の公式哲学であるトミズムをフッサール現象学の見地から徹底的に考え直していたが、一九四二年八月九日にアウシュヴィッツで毒殺されたあと、一九九八年十月に列聖された。遺稿から出版された著書は『有限な存在と永遠の存在――存在の意味に高まる試論』（一九五〇）と題されている。次に二〇一六年九月四日に列聖されたのは、アルバニア出身の「マザー・テレサ」である。

「プロスツェニウム」の世界劇場的意義

結びに付言すれば、ランゲッサーの長編小説『消えない印』は『ファウスト』第一部の「天上の序曲」を模したと思われる「プロスツェニウム（前舞台）」に始まる。「エピローグ」が『ファウスト』第二部における「古典的ワルプルギスの夜」の場面と終幕「神秘の合唱」のことを考えさせずにはおかないのに対し、それは一見軽妙な会話調の文体で書かれ、内容の真剣さが意図的に包み隠されている印象をあたえる。しかし原作者により付け加えられた以上、やはり当該作品の理解と解釈のために重要と考えられる。事実、前者において小説の全三巻で取り扱われる筋の展開が三つの洞窟により予示され、読者は与えられたアリアドネの赤い糸を辿っていくことになる。後者においては、十七世紀以来の平面的な人形をもちいた展望的形式の民衆劇「世界劇場」の体裁をとった小説全体の思想的謎解きのようなことが徐々に行われるのである。しかしそれらは、それぞれかなりの分量を占めるので、ここではプロローグの要約という形でしか再現することができない。

大きな競技場の入口。イタリアのカララ産大理石の印象を与えるスタッコの材料でできた模造円柱が付いている。

理想的な読者と完璧な批評家が登場する。理想的な読者は、年齢のよく分からない矍鑠とした男である。彼は眼鏡をかけているが、あまりにも精神的な生き方とバランスをとるため、鉄製の石突きのついたステッキをもち、底に鋲を打った靴をはいている。完璧な批評家は期待されるような特徴はそなえていないが、ちょび髭をはやし、厳しいが気さくな表情をしているので、私服の参謀本部付将校といった感じである。彼は望遠鏡を所持していて、それを未来に向けると同時に、他の端で足元のミクロコスモスを隈なく探索することができる。

読者：こんなに分厚い難解な本を買うんだから、要求したっていいですよね。

批評家（宥めるように）：もちろんです。読者は一種のガイドブックを要求してもかまいません。本のカバー折り返しの内容紹介文とか人名リストや梗概とか。全体がもしあなたの気に入らなかったら、著者から入場料を返してもらう権利も当然あるわけです。

読者（制止の合図をしながら）：著者からですって。とんでもない。著者からなんて。著者からは何も要求できません。私も著者の端くれです。つまり、前にそうだったことがあるのです。読むことのできるドイツ人だったら誰でも書いたことがありますよ。何かあることを。しかも、それを印刷させて。もちろん自費出版ですがね。ところで、入場料というのはどういう意味ですか。もしかして――

批評家：まさに、そのことです。一緒にいらっしゃい。ぐずぐずせずに、あの建物の中へ入って行きましょう。

読者：ねえ君、そんなことはとてもできませんよ。そんなことをしたら、門を通って殺到するあの人たちと混同されてしまいますよ。私たち二人はやはり現実の人間で、登場人物のリストには入っていないのですから。

批評家：そうはいっても、読者君、私たちにはどうしようもありませんよ。もうあらかじめ分かっています。もちろん、危険な賭ですがね。

読者：賭ですって。

批評家：全くおっしゃったとおりです。私たちは登場する形姿と混同されたり、もしかしたら彼らへと変身されたりするかもしれません。あまりいい気持ではありませんが。

読者：もう進みません。一歩も。もうすでに、だんだん気分が悪くなってきました。ね、分かっていただけるでしょうが、すっかり変身させられてしまう危険を犯すまえに、どんな姿になるのか、やはり知りたいのです。そもそも、いったい誰が、私が三度「姿が変わるだろう」と言うと、私をカリフ・シュトルヒのように変身させられるなどと思っているのですか。
批評家：ちょっと待ってください。覗いてみますから。このレンズは非常に優秀なので、私の期待に反したりしたことは——あれ、おかしいな。
読者：何か見えますか。遠慮なく話してください。
（中略）
批評家：言いにくいのですが、丸裸のあなたが見えます。
（中略）
読者：そうでしょうとも。なにしろ、全体はもう競売で始まるんですから。興味津々の始まりです。おまけに、この家は「世界」、その所有者は「ヘルメス」、競売人は「クロノス」というんですからね。
批評家：死者の案内者ヘルメス。いちどきに神話が押し寄せてきましたね。すべてを理解するためには、あなたの全教養、つまり人文主義的教養を総動員しなければなりません。
（中略）
批評家：ご存じのように、ヘルメスのところでは小銭オボロースを支払わずにはすみません。劇場の入口の開いたところにいるヘルメスをご覧なさい。彼は入場者の一人ひとりに、全く厚かましく賽銭箱を差し出しています。豚の形をしたあの土製の容器に、ほら、上品な身なりの紳士が一ドゥカーテンを投げ入れています。

読者：彼の名前は何というのですか。
批評家：ベルフォンテーヌ。

（中略）

批評家：早く来て、私の望遠鏡を覗いてごらんなさい。何が見えます。何かが映っているでしょう。
読者：未来派の技術ですか。ベルフォンテーヌ氏がガラスからでもできているかのように、彼の姿をとおして見えます。さまざまな風景、時代史の紆余屈折。私たちのいる小さな町の運命のパノラマ。ベルフォンテーヌ氏はあまり重視されていないんですね。
批評家：正反対です。彼の歩いていくすぐ後について行きましょう。そうしないと遅刻してしまいます。競売はもうすぐ始まるでしょう。

（中略）

クロノス氏：お気の毒ですが、だめです。あの鏡は競売用ではありません。資産全体の一部です。ご覧なさい、なんて見事に鏡面が磨かれカットされていることでしょう。
読者：マジックミラーのようですね。この部屋には全然ない深さの次元があるような錯覚を起こさせます。真っ直ぐに過去へと通じる延長空間です。
クロノス氏：錯覚ではなく延長空間が開かれるのです。よく注意して見てください。登場人物たちは鏡の中へ入っていき、縁枠を踏み越えるとすぐ私たちに背を向けます。このすばらしい鏡面の緩やかに曲がった縁枠の上にある標識の文字にも注意してください。
読者：間違いでなければ「起源という神的な英知」と読めます。それについて深く考えている余裕があればよいのですが。主役をそうこうしているうちに見失ってしまいました。
クロノス氏：主役などおりません。

（中略）

批評家：伍長なんかまだ全然いませんよ。伍長が登場するのはずっと後で——私の得ている情報が正しければ、せいぜいエピローグのところで。そもそも、あなたは何者ですか、お嬢さん。普通の人ではないような気がします。
きれいな少女：時代錯誤という、この老人の私生児です。

（中略）

クロノス氏：さあ、私たちは鏡を踏み越えました。そして、この荘厳な家の大きな競売場の中におります。もう一度思い出していただきたいのですが、この家の名前はささやかながら「世界」といいます。

（中略）

批評家：「位相」とは、いったい、どういう意味ですか。いろいろな時代とか空間とかですか。私にはこの「世界」とやらの建築は全く迷路にそっくりで、道に迷ってしまいそうです。
クロノス氏：落ち着いてください。アリアドネがもうあなたの方へ糸を投げかけています。
読者：どこにいるんですか。道に迷ってしまいました。書物中の引用のように他を調べているうちに分からなくなってしまいました。私を探してください。事項索引のようなものがあって、私は見つかるはずです。

批評家：ちょっと待ってください。望遠鏡を使って――
読者：そんな必要はありません。糸を見つけました。それは神秘的な洞窟の内部から出て、無限へと通じています。
クロノス氏：望遠鏡を机の上に置いて、この糸のあとについていくことをお薦めします。
批評家：どの糸ですか。何という名の糸ですか。誤解のないよう、はっきり表現してください。
クロノス氏：神の恩寵です。

（中略）

読者：最初の洞窟を通り越したところですが、第一のが終わったように見えたところで、第二の洞窟が開けてきました。急いでください。壁からしずくが滴り落ちてきます。ここから生じてきた泉のために、洞窟の底も水びたしになっているに違いありません。内部の立像は燐光を放ちはじめました。
批評家：ルルドの聖母マリアですか。司祭館、女子修道院、女子寄宿舎の至るところに見られる飾り物ですね。それがどうしたのですか。私はもうずぶ濡れで、からだ中から湯気が出ています。衣服を取り替えなければならないでしょう。さようなら。
読者：さようなら。ここは本当にじめじめしている。糸のおかげで見つけることのできたベルフォンテーヌ氏も頭からびっしょり濡れている。
クロノス氏：それには他の原因があるのでしょう。ベルフォンテーヌ氏は、七年まえのきょう洗礼を受けたことを思い出しているところです。

読者：非常に強烈な思い出なので、汗腺から水がほとばしり出ているというわけですか。このような書き方は自然主義に近いとお思いになりませんか。
クロノス氏：読者さん、むしろ努めて彼を超自然的に——
読者：ベルフォンテーヌ氏は本当にどこへ行ってしまったのかな。またどこかへ消えてしまった。新しい顔ばかりだ——気位の高そうな令嬢と一緒にいるあそこの中年の紳士に話しかけてみようかな。彼女はいっぷう変わっているけれども、美人で、母親の衣装を身につけている。パリのというところかな。失礼ですが、ベルフォンテーヌ氏をどこで見つけられるか、教えていただけないでしょうか。（読者が状況をわきまえずに話しかけたド・シャマン氏は、怒って振り向く。娘のオルタンスは高慢そうに彼を見つめ、魅力的な肩をすぼめる。）
クロノス氏の娘：読者さん、人違いですよ。この人たちはドイツ語が話せないのです。そのうえ、ベルフォンテーヌ氏がやってくるのは、ずっと後になってからです。
読者：失礼。また時代錯誤をやってしまったのは、いったい誰ですか。著者、それとも私ですか。
クロノス氏の娘：どちらでもありません。ベルフォンテーヌ氏はいま物語の裏側にいて、隠されています。また現われてくるときには、登場のときから十歳年をとっています。
読者：それで私はいまどこにいるのですか。
クロノス氏：さあ、どいた、どいた、さもないと、かわいいお化けみたいなお前を食べてしまうぞ。これが私の特性だからな。（読者のほうを向きながら）あなたはいまサンリスにいるのです。小さな町ですが、すばらしいカテドラルのある歴史的な町です。塔に登ってみてはいかがですか。見晴らしがよくって、やりがいがありますよ。
読者：ご親切にありがとうございます。でも——
クロノス氏：自分が今どこにいるのか、まだ分からないんですか。（大砲の音が遠くあるいは近くから聞こえてくる。）第一次世界大戦の末期にあなたは牧歌的生活に陥ってしまったのです。
読者：（唖然として）牧歌的生活ですって。
クロノス氏：そうです。悪魔の牧歌的生活です。地獄のいわば飛び領地で、地獄はそこに反映され、その地獄的性格を改めて実証するものです。
読者：彼はこの飛び領地の真ん中から二番目の洞窟の中へ入っていきます。今度は贖罪の場所です。カルメル会修道院の僧坊で、そこであなたは自分を再発見することになります。
読者：「世界」という標識のある家は何ですか。
クロノス氏：同じ家です。もう分からなくなったのですか。あそこにベルフォンテーヌ氏がまた戻ってきます。すでに言ったように、十一歳年をとっており、そのうち七年はサンリスで過ごしました。
読者：彼は変わりましたね。
クロノス氏：本当にそう思いますか。間もなくもっとはっきりするでしょう。第三の位相が始まると、すっかり見分けがつかないでしょう。
読者：もしおさしつかえなければ、何頁目にいるのか見たいと思います。
クロノス氏：何のためですか。頁数は一で始まり、また一で終わります。
読者：つまり、元に戻ってふたたび先へ行くということですか。

クロノス氏：先へ行くのので戻るのです。（話しながら、彼はハイスターバッハの修道士の姿に変わる。）
ハイスターバッハの修道士：導きの糸をまだお持ちですか。目のまえの手がもう見えません。暗くなり始めました。
読者：この迷路から家へ帰れるでしょうか。二番目の洞窟はこれまでのように第三の洞窟につながっているのですか。
ハイスターバッハの修道士：三番目の洞窟はまえからあり、一番目と二番目の洞窟を最初から覆っていました。
読者：そうだとすると三番目の洞窟は世界そのものでしょう。（ぼんやり周りを見ながら）本当に照明が悪いですね。ゆらゆらするこの小さな明かりの中で、大きな競売場全体ががらくた置き場そっくりです。この使い古した書き物机、こわれた椅子の数々、床の上にある皮装の本はみな踏みつけられ黒焦げになっている。きっと火事があったに違いない。死者の案内人ヘルメスのほかに誰が競売に参加したりするだろうか。象牙のハンマーが叩かれるときに支払うオボロンを、いったい誰が持っているのだろうか。
ハイスターバッハの修道士：（彼を黙って見つめながら、頭巾を被る。）

いくつもの箇所を省略したため「プロスツェニウム」の筋の展開が多少とも不明瞭になってしまったが、この場面は要するに、小説の主題が、新プラトン主義的霊の流出説にもとづく中世のキリスト教的神秘主義——「起源という神的な英知（ソフィア）」——を現代史と関連させながら、「死者の案内者」ヘルメスや時の神クロノスなどギリシア神話からのさまざまな異教的形姿を用いて具象的に描き出すことにあると表示しているのである。ランゲッサーにとりギリシア神話は自然の象徴、キリスト教は超自然すなわち恩寵の宗教で、この超自然は高次の自然にほかならず、互いになんら矛盾するものではない。いろいろな精神的価値の競売場とされている建物は全体として、神的な英知（ソフィア）の眼前で演じられる世界劇場の意味で「世界」（大宇宙と小宇宙）と呼ばれ、三つの洞窟から成り立っている。それらは前述のように、小説の世界を構成する三巻の小説空間を表示しているだけではなく、ルルドをすぐ連想させる洞窟のイメージにより、過去・現在・未来の世界を含意しているに違いない。またそれは理論家マイスター・エックハルトの弟子タウラーいらい顕著となるドイツ神秘思想の実践的傾向、「浄化」「照明」「一致」という内面的発展の三つの階梯（位相）を指しているのかもしれない。

小説の主人公ベルフォンテーヌ（良い泉）は、一九一四年五月から、物語の終わる一九四三年、すなわち第二次世界大戦末まで行方不明であった。物語の中に登場する時点で、彼は七年まえにキリスト教信仰の洗礼を受けていたが、それは以後いかなるときにも「消えない印」として彼の内部で作用し続けていた。生の倦怠にかられた彼がラインヘッセンのアルツァイと考えられる故郷の町を去って、パリの少し北にある小都市サンリスでシュゼットと重婚の罪を犯しながら七年間も「悪魔の牧歌的生活」を送っている間もそうであった。しかし彼はこの第一の洞窟からいつか第二の洞窟であるカルメル会の修道院において三年間も贖罪の生活に入ったようである。第二次世界大戦が勃発したとき彼は恐らくフランスに帰化した一兵卒としてドイツ戦線へ送られ、捕虜として強制収容所に入れられるが、幸運にも脱走に成功してヨーロッパ・ユダヤ人本来の生活空間である東ヨーロッパを哀れな乞食として放浪することになった。これがイメージとして合わないとはいえ、第三の洞窟の時期である。その間に彼は「エピローグ」で暗示されるアッシジの聖フランシスコのような聖人像（口絵表）に様式化されていった。

なお「読者」に話しかけられてもドイツ語の分からないド・シャマン氏と、シュゼットとの同性愛にふける娘のオルタンスは、回心したベルフォンテーヌのより良き半身のような、中国に派遣された伝道司祭ブノワの物語に属している。ベルフォンテーヌが前面に出ているとき、ブノワはいわば裏側に隠れているのである。またハイスターバッハは、フランス系ベネディクト会であるシトー会の神秘家クレルヴォーの聖ベルナルドゥス（一〇九〇頃―一一五三）の精神を受け継いだ白衣の改革修道院で、ボン上流ライン右岸に廃墟がある。彼は十字軍の時代に、聖アウグスティヌスとともに中世の神秘主義にきわめて大きな影響をあたえた。

第六章　ゲーテの色彩美学

色彩論の歴史はまた、あらゆる自然科学の歴史の結果として理解されるだけである。
（『色彩論』歴史編「ローマ人」の項から）

詩人的科学者の色彩研究

ゲーテの『色彩論』全二巻（一八一〇）は彼の書いた最も浩瀚な著作である。しかし率直にいって、それは一般に彼の最も読まれていない書物である。専門家のあいだで不評であっただけに、彼はそれをことさら自分の最大の業績とみなし、自分のあらゆる文学作品に勝ると自負していた。エッカーマンの『ゲーテとの対話』一八二九年二月十九日付には次のようにさえ言われている。

「私が詩人としてやったすべてのことは、たいしたことではない。私の時代にすぐれた詩人はいくらもいたし、過去にはもっと優れた詩人たちがおり、私のあとにいくらでも優れた詩人が出るだろう。しかし私の生きていた世紀に、色彩論という難しい科学において、私がまともなことを知っていた唯一の人間であったことを、多少とも誇りに思っている。それゆえ私は、多くの人々に対し優越感を持っている」。

他方でゲーテは、事もなげに、この研究はたいした苦労ではなかったとも語って、自分を理解しない頑迷な物理学者たちに一矢をむくいている。「色彩論の諸現象を把握するためには、純粋な直観と健全な頭のほかに何も必要ない。もちろん、これら二つは一般に信じられているほど度々あるわけではないが」(一八二六年二月二十日)。しかしながら、「色の科学史」というこの講座の広く文化史的な枠内で、自然研究者ゲーテはまことにその所を得ている。彼は科学者としてほんらい美術における彩色の法則性を探究するため、詩人として多種多様な色彩現象をさまざまな形で言語的に表現するため、観察と思索を怠らなかったからである。その代表的作品が『ファウスト』である。

ゲーテにとり色彩は自然と人間の関わりの基本的表示であり、しばしば自然と精神あるいは自然と芸術という対概念で言い表わされていた。この関係性を図式化すれば、外界の自然→感覚器官「眼」による仲介→内界の心情と精神→文化ということになる。ゆえに、ゲーテの色彩研究に携わるとは、これら四つの要素「自然・眼・精神・文化」を精査することになる。無論これらは狭義の自然科学の問題ではなく、むしろ広義の自然学、すなわち自然哲学、世界観あるいは自然観の問題である。ゲーテ時代まで Physik とは自然学の意味で、十九世紀になって初めて物理学を意味するようになったのである。

そのうえ、ゲーテは詩人および科学者であるだけではなく、美術研究家および政治家でもあった。彼は色彩論へのある覚書の中で、「どのような種類のものであれ、われわれが経験の中で認めるすべての作用は、きわめて連続した仕方で関連し合い、区別がつかない」と記しているが、これはゲーテという人間存在の作用の仕方にも当てはまることである。自分自身の多面性を彼は、「われわれは自然を研究しながら汎神論者、詩作しながら多神論者、道徳的に一神論者」と表現している。これはゲーテにおける全体性について語るさいに特に留意されなければならないことである。

総じてゲーテについて語る難しさは、つねに全体から部分へとむかう方向性である。そもそも、芸術における全体による調和ということはヨーロッパの古代から中世をへて近代まで、二十世紀初期の彫刻家ロダン（一八四〇―一九一七）によりいわゆるトルソーの芸術的断片が発見されるまで、美学における完成と完全さの理想であった。トルソーとは手足の一部が最初から欠如している身体の彫像であるが、シューベルトの「未完成交響曲」やモーツァルトの「レクイエム」は意図されたものではない。これに反し、中国の伝統的美術である山水画は余白の芸術、まさに断片的美の世界である。ピカソその他のキュービズムやシュールレアリズム以来、わが国を含め欧米美術の一般的傾向も抽象的断片的芸術である。現代において、全体から断片へ、調和から不調和へ、「絵のように美しい」美術からもはやあまり美しくない美術へと、物の見方が大きく変わってきたのである。

ゲーテの人文学的自然科学の後継者と見なされているアレクサンダー・フォン・フンボルト（一七六九―一八五九）も晩年の主著『コスモス』のモットーになお、ローマ時代の博物学者プリニウス（紀元七九年没）の言葉を掲げている。「自然の本質と尊厳が啓示されるのは、そのすべての部分が全体としても把握される場合である」（プリニウス『自然誌』第七巻、第一章）。ところがプラトンの弟子かつアレクサンドロス大王の師で「博物学の父」といわれるアリストテレスはすでに、「全体は部分の総和以上のものである」と言っている。すなわち、古典古代（アンティーケ）といわれるギリシア・ローマの文化全体が新しいドイツ的ルネサンスとしての十八世紀ゲーテ時代の背景にあり、たとえばゲーテ「プロピュレーエン序論」の論文に色濃く反映している。

いまゲーテ時代とは、歴史年代と異なり一七五〇年から一八五〇年までの一世紀間をさすドイツの精神史的・文化史的概念であって、レッシングからハイネまでの人間精神の歴史、すなわち文学史・美術史・音楽史のほか、哲学史的にそれはカントからヘーゲルにまで及ぶドイツ観念論の時代である。しかし観念論というのは Idealismus の一面にすぎず、他の一面は現実より高次のものをめざす理想主義である。したがって、ゲーテ時代の自然研究は一種の形而上学として、十九世紀後半 Realismus の形而下的経験科学と最初から相容れない恐れがある。

事実、ゲーテは青年時代から観念論の思想的伝統と親しんでおり、それは彼の自然哲学の基盤である。彼はドイツ観念論の代表的な哲学者たち、ずっと年下のフィヒテ、シェリング、ヘーゲル、ショーペンハウアーと多かれ少なかれ親交があり、彼らの思想は究極において新プラトン主義にもとづいていた。しかし畏友シラーが自然科学者に観念論を禁じていたこともあり、ゲーテは自然研究者としてこの哲学的見地をあまり前面に出そうとはしなかった。専門家により指摘される、眼が外部から光状のものをなんら内包しない粒子あるいは振動に刺激されて光をつくりだすというような近代物理学者たちの考え方を、ゲーテは予感だにしなかった。彼は客観的光と主観的光が同質であることを自明とみなしていたからである。彼らが自然のさまざまな現象から出発して、これらを惹き起こす外界の種々のプロセスへ向かうのに対し、詩人的科学者ゲーテから期待されていたのは、それらを内面の精神的なものへ導いて行くことであった。『年代記』一八一七年の項において彼は、カント学徒シラーの死後（一八〇五年）はひそかにあらゆる哲学から遠ざかり、「これにより私に完全にかなえられたのは、神秘的に明瞭な光を最高のエネルギー、永遠で唯一の分割不可能なものと見なすことである」と宣言している。

まだ多分にイデオロギー的な東独時代に『ゲーテと共なる自然観照』（一九六〇）という優れた啓蒙的著述を遺した物理学者エーバーハルト・ブーフヴァルトによれば、ゲーテの『色彩論』に対する今日の評価は、夜空にきらめくカシオペア座の形Wで暗示される。すなわち、第一部「教示編」のまえがきと序論および第一編「生理的色彩」を高所の出発点とすれば、『色彩論』は第二、第三編の「物理的色彩」および「化学的色彩」において内容的に著しく下降し、第四、第五、第六編の「内的関連の概観」、「隣接諸領域との関係」および「色彩の感覚的精神的作用」において一つの頂点に達し、ここからまた第二部「論争編」という最低の段階に落ち込んだあと、第三部「歴史編」において再び最高点にまで急上昇するのである。彼は「ここにこそゲーテの精神のすべてが漲っている、また科学的にも正しい認識が少なからず含まれている」とまで言っている。

ここでニュートンとゲーテの見方の根本的違いをいちおう指摘すれば、ニュートンが近代の自然科学者らしく物理学的・量的・数学的であったのに対し、博物学ないし自然学の伝統にねざすゲーテは美学的・質的・記述的、神秘主義的でさえあった。詩人と科学者とではこのように見方・立場・次元が根本的に異なるので、ゲーテとニュートンを純然たる科学的尺度で対比させて、どちらが正しいかなどという観点から、ゲーテの『色彩論』にアプローチするのは最初から誤ったやり方であって、色彩の現象学としての彼の研究成果から得るところは何もない。ヘルムホルツの師であったヨハネス・ミュラーという有名な生理学者が言っているように、多種多様な色彩現象を観察し、精確に記述し、詩的に表現している限りゲーテはつねに正しい。しかし、それらを解釈し始めるところで、詩人が理論的にしばしば誤りを犯すのは当時の科学史的状況からいってやむをえない。ニュートンもまだ光の粒子説に固執し、波動説は後世の認識である。決定的な違いはたとえば、「穏和なクセーニエン」からの次の詩に端的に言い表されている。

友よ、暗室を逃れよ。
光はそこで剪定され、
見るもむざんに、
よじれた像で屈曲される。
迷信的な信奉者は、
長年たくさんいた。
幽霊・妄想・欺瞞は
教師たちの頭のなかに残しておくがよい。

晴れた日に眼差しを
青空に向けると、
太陽の馬車はシロッコの熱風にのって、
真紅に輝いて降りてくる。

そこで自然に栄誉を帰すがよい、
眼もこころも健康に、楽しく。
ここに色彩論の要諦があることを
認識するがよい。

第一節の「幽霊」とはSpectrumのためにゲーテにより意図的に用いられたドイツ語訳であるが、自然科学的認識をゲーテがなぜ詩句にして言い表わすのかということについては、「お前はそれを、われわれになぜ詩句にして言うのか／詩句は効果的だ／君たちに散文で語ると／君たちは耳をふさいでしまうではないか」という辛辣な「クセーニエン」の詩が的確に返答しているように思われる。

自然学的問題提起

ゆえに、色の科学史における自然学的問題提起として本来まず考慮されなければならないのは、ごく一般的な意味の自然という存在領域である。実際、色のない自然的世界はなく、われわれは生まれ落ちたときから、あらゆる機会に色彩ある世界に取り囲まれている。しかも闇の中におけるように、光なしにはいかなる色もない。一九六一年四月十二日に世界最初の有人宇宙飛行をおこなった旧ソ連のロシア人ガガーリンも、暗黒の宇宙の中で「地球は青かった」と非常に印象的な感想を述べていたが、これは後述するように、ゲーテの色彩論における根本原理の確認にほかならなかった。それは今日でも一万メートルの高度で、ある程度まで飛行機の窓から観察することができる。

もとより、日本語で「色」には「いろは歌」に始まりさまざまな意味がある。あえて引用すれば、それは「色は匂へど散りぬるを／我が世誰ぞ常ならむ／有為の奥山今日越えて／浅き夢見じ酔ひもせず」と、視覚だけではなく嗅覚とも関係づけられている。それがこの世の目に見える人生に限定されているのに対し、仏教的に最も深遠なものは疑いもなく般若心経の「色即是空、空即是色」である。何年もまえ筆者が韓国の三大名刹（古寺）のひとつ海印寺を訪れる機会があったとき、とくに国宝の大蔵経板庫から深い感銘を受け、この経文の入った高麗版木の小さな銅版を購入してきた。ただ「色即是空」をある国語辞典の説明により単純に「世の万物の備えている形は仮の姿で、本質は空である」と理解しても、「空（くう）」という漢字は多義的で「そら」とも「から」とも「むなしい」とも読める。弘法大師空海や伝教大師最澄の名前の由来はともかく、旧約聖書の「伝道の書」（コヘレトの書）の冒頭には、プロテスタントの文語訳で「空の空、空の空なる哉、すべて空なり」、カトリックのバルバロ現代語訳で「空しいことの空しさ、すべては空しい。この世の労苦から、人はどんな利益を受けるのだろう」といわれている。「太陽の下に新しいものはない」という人口に膾炙した言葉は、そのすぐ後に見出される。

もちろん「空即是色」というのでは、A＝BはB＝Aと同じTautologie（類語反復）で、これでは科学にならないと思われた。似たような内容の有名な箴言的論文「自然―断章」は、ほんらいゲーテ作ではない。文献学的にそれは、スイスの若い神学者ゲオルク・クリストフ・トーブラー（一七五七―一八一二）が後期ヘレニズムの第十オルフェウス讃歌をドイツ語で散文訳したものにすぎないことが明らかにされている。ゲーテ自身、それが自分の作品であることを否定している。それにもかかわらず、しばしばゲーテの自然観そのものであるかのように引用されるようになったのは、有名なルドルフ・シュタイナー（一八六一―一九二五）による過大評価のためである。しかし仏教でいう「仮の姿」を移ろう現象、「本質」を現象の担い手である不変の実体、哲学用語の「基体」と読み替えると、ゲーテの色彩論にもある程度通じるものがあるようにも思われる。なぜなら、『ファウスト』第二部の最終節「神秘の合唱」の前半に少なくとも、「すべて過ぎ行くものは、比喩（たとえ）にすぎない」と書かれているからである。

詩人ゲーテの自然全体に次ぐ関心事は五官、とりわけ眼である。それはゲーテの色彩学において深遠な意味をもっている。なぜなら、眼は内界の精神と外界の自然を仲介する最も重要な感覚器官だからである。また眼も自然も精神もけっして自明の存在ではない。一八二一年の「自然科学の発展過程」という断片的図式に最初に言及されているのも、自然を観察しはじめた少年ゲーテの視覚と色彩現象に対する興味である。そして、公表されなかったためほとんど知られていない「眼」という初期の断片的論文の末尾には、精神的存在としての人間にかかわる、「眼は有機体へ及ぼす光の最後で最高の成果である。光の被造物である眼は、光みずから行なうことのできるすべてのことを行なう。光は眼に目に見えるものを伝え、眼はそれを全人間に伝える。耳はもの言わず、口は聞くことができない。しかし眼は知覚し語る。その中で外部から世界が反映し、内部から人間が反映している。内部と外部の全体性は眼によって完成されるのである」という所見が記されている。

『色彩論』「教示編」の序論にも「眼が存在するのは光のおかげである。未決定の動物的補助器官から、光は光と同じようなものとなるべき一つの器官を呼び起こし、こうして眼は光にもとづいて光のために形成される。それは内なる光が外なる光に向かって現われ出るためである」といわれている。周知のように、どんな稚魚にも雛にも生まれるとすぐ眼があり、暗闇のなかに長時間閉じ込められると眼はすぐ退化し、光も色も見ることができなくなる。ただ難解な哲学者たちと異なり、詩人的科学者ゲーテだけがこの思想の真髄を詩的にいとも美しく表現できたのである。次の詩は、ゲーテ自身が断っているように本来、新プラトン主義の創始者プロティノスの簡単な文章をドイツ語に翻訳したものである。

もし眼が太陽のようでなかったら、
どうしてわれわれは光を見ることができるだろうか。
もしわれわれの内部に神みずからの力が宿っていなければ、
どうして神的なものがわれわれを歓喜させることができるだろうか。(草案序論)

注目すべきことに、この詩句の引用直後に「光と眼のかの直接的な親近関係を否定する者はいないであろう。しかし両者を同時に同一のものとして考えることは、ずっと困難である」という意味深長な所見が言い表わされている。しかし、ここでも彼は「まえがき」冒頭における光のばあいと同様、色とは何かという問いに答えることを避けている。「しかしおそらくここで、一定の順序に従って研究を行なうことになれている人々は、われわれがまだ一度も色彩とは何かということをはっきり説明していない、と注意を促すであろう。この疑問をわれわれはここで再び回避して、色彩がいかに現われてくるかを詳細に示している本論の叙述がそれに答えていることを指摘したい。なぜなら、ここでも、色彩とは眼という感覚に対する自然の規則的な現象である、ということを繰り返すほかないからである」。『ファウスト』第二部終幕において、アッシジの聖フランシスコ（一一八一ないし一一八二―一二二六）のように天使めく神父が次のように語りながら至福なる少年たちの合唱隊を自分の体内へ迎え入れるのは、この思想を暗示しているのである。

私の眼という世界と地上に
即した器官の中へ下りてくれば、
それらを自分のものとして用いることができるならば、
この地方をよく眺めるがよい。（一一九〇六行以下）

光学研究の歴史は、ほんらい、ゲーテの色彩研究よりはるかに古い。それはたとえばアレクサンダー・フォン・フンボルトの『コスモス』第二巻の本論「自然学的世界観の歴史」において次のように略述されている。「クラウディオス・プトレマイオスは、アラビア人がわれわれのため不完全とはいえ保存してくれた彼の光学により、数学的自然学の一端の創始者となった。この一部はもちろん、アレクサンドリアのテオンによれば、光線屈折に関してすでにアルキメデスの反射光学において有名になっていた。自然学的諸現象が、たんに観察され相互に比較される代わりに――その記念すべき例はギリシア古代において内容豊かな偽アリストテレスの諸問題に、ローマ古代においてはセネカに見出される――恣意的に条件を変えて呼び起こされ測定されるのは、大きな進歩である。この呼び起こして測定するというのが、密度の異なる媒体を通過するさいの光線の屈折に関するプトレマイオスの研究の特徴である。プトレマイオスは光線を空中から水とガラスの中へ、また水から異なったさまざまな入射角のガラスへ導く。このような自然学的実験の結果は彼により図表にまとめられる。意図的に呼び起こされた自然学的現象、光波の運動に還元されていない自然プロセス（アリストテレスは光の場合、眼と見られたものの間に媒体の運動を想定した）のこの測定は、ここで取り扱われている時代に全く孤立している」。

近代の光学的色彩論はいうまでもなく、アイザック・ニュートン（一六四二―一七二七）によって今からほとんど三百年まえに基礎をおかれた。ところが、それは詩人ゲーテにより徹底的に論駁されることになった。『色彩論』教示編のまえがきによれば、「ひじょうに腹立たしいことに、プリーストリーはその『光学の歴史』の中で、彼の前後の多くの著述家たちと同様、色彩の世界における救済の年は光の分解説のときに始まるとみなし、古代および中世の人々を傲然と見くだしている。しかしこれらの人々こそ、正しい道をゆっくりと歩み、個々の点に関しては、われわれもそれ以上よくはできない観察や、またそれ以上正しくは把握できないような着想を遺していったのである」。

ところが、ニュートンの物理学的光学理論は十八世紀ドイツにおいて思いがけず揺るがされ、それに代わってゲーテのまったく傾向の異なる美学的色彩論が登場してきたのである。しかし自然研究者ゲーテは、すでに示唆したように『色彩論』全体のまえがきの冒頭で、事物の本質はその作用の総体にほかならないという見地から、光の作用である多種多様な色彩現象にもっぱら注目し、光を最初から自明の存在として科学的考察の対象にしていないのである。彼がめざしているのは原則として色彩の現象学であって、諸現象の観察にもとづく色彩理論の構築ではなかった。オーストリアの犀利な哲学者ルートヴィヒ・ヴィットゲンシュタイン（一八八九―一九五一）は、「スペクトル色彩の生成に関するゲーテの学説は、不充分であることが判明した理論ではなく、ほんらい理論などではなかった」と断言している。

ゲーテにとって確かに、神秘的な光は存在するすべてのもの、生成する万象の未知の大前提である。「夜は闇で、光は神のもとにある。／なぜ神はわれわれをそのように作り上げなかったのか」（『西東詩集』「格言の書」）と詩人ゲーテは嘆いている。他方で科学者としてのエピグラムによれば、「あまりにもしばしば光が多すぎて、紳士諸君の目をくらませる。彼らは木ばかり見て森を見ない」。色彩はゲーテにより科学的に観察されるというよりは、むしろ美術への効用という美的見地あるいは詩的描写という文学的観点から考察されるものである。

科学史における再発見

ゲーテの体験と詩作にもとづく従来の伝記的記述の修正は、一九二〇年代の自然科学者ゲーテの再発見をもって初めて本格的に始まった。『ゲーテ自然科学論集』全五巻を刊行した若いルドルフ・シュタイナーがワイマール版ゲーテ全集「自然科学の部」編集担当に抜擢されたことにより、ゲーテの膨大な自然科学的業績の全貌がようやく明らかになったのである。もちろん比較的早くから、医者で詩人のゴットフリート・ベンや、哲学者ジンメルやイギリス出身の特異な思想家チェンバレンなど、ゲーテの自然研究を積極的に評価し、この面から詩人を理解しようとする例外はあった。しかしベルリン大学総長を務めたエミール・デュ゠ボア・レイモンをはじめ自然科学者の多くはゲーテの自然研究に依然として懐疑的で、彼らの数学的・機械論的自然観と、死んだ自然ではなく生きた自然の有機的全体に向かうゲーテの自然観は長いこと対立していた。

　これに対し、偉大な自然科学者ヘルムホルツがなお意識せざるをえなかった両者の水と油のような異質性を克服する新しい見方を『自由と形式』（一九一六）において提唱したのは、アメリカに亡命した新カント派「象徴形式」の哲学者エルンスト・カッシーラーであった。対立を両立させる彼の立場は、誰もが認める生理的色彩の見地と並んで色彩現象に数学的・物理学的見方のほか象徴的考察方法をも適用することを許容することにより、ゲーテの色彩論を積極的に評価しようとするものであった。それは地球あるいは太陽をめぐる一極中心の円周的思考ではなく、ケプラーが発見した楕円形軌道のような二極思考である。そのほか、一九二〇年代にハンブルクの形態学者アドルフ・マイヤー＝アビッヒは、ゲーテの自然研究をイタリア・ルネサンス以来の物理学的・力学的自然科学ではなく、アンティーケの自然哲学的伝統へ復帰させることを強調した。

　もともとアンティーケとルネサンスには思想的に連続性があるので、これもゲーテと近代科学を両立させようとする試みであった。方法論的には直観にもとづく綜合的認識と分析を事とする技術的利用である。その際、前者を体現するゲーテがアンティーケの自然観と決定的に結びつけられるのは、かの「自然」と題された古代ギリシアのヘルメス的頌詩によってである。その際とりわけ重大な問題は、この断片的頌詩の自然概念がいかなる科学的アプローチをも許容しない非合理的なものであって、自然というものが善悪のあらゆる価値判断を免れていることである。端的にいえば自然は罰せられないのである。現代の刑法においても、ある種の犯罪行為は、責任能力がないと認められれば処罰を受けないですむことになる。

しかし、これは倫理学における極めて重大な問題なので、すでに言及した「自然↓眼↓精神↓文化」という図式の最後の「文化」の問題に立ち返るならば、第一次世界大戦後ゲーテの『色彩論』と『形態学論集』がイェーナの自然神秘主義的傾向のつよいオイゲン・ディーデリヒッヒス書店から出版され、ともにミュンヘン出身の刊行者ハンス・ヴォールボルトとヴィルヘルム・トロルにより、大戦後の時代思潮のなかで詩人的科学者ゲーテは偉大な自然科学者ニュートンの果敢な敵対者に祭り上げられてしまった。とくにウィーン工科大学出身のルドルフ・シュタイナーの影響を強く受けたヴォールボルトは、精密科学批判を文明批評にまで拡大して次のように述べた。「機械論的・唯物論的自然観はすべての生活領域に転用された。さまざまな古い価値は破壊され、それに代わる新しい価値は創りだされなかった。実際こうして、われわれは破局に達した。われわれは精神生活の刷新を必要としている。経済や政治ではなく、それからのみ新しい文化は基礎づけられうる」。

シュタイナーが『ゲーテ自然科学論集』の出版後、いわゆる神智学者から人智学者へと教祖的存在に変貌していったように、ヴォールボルトもゲーテの『色彩論』刊行後は自分のゲーテ解釈が物理学的自然科学に対して科学的に正しいか否かにはもはや関心がなく、それを精神主義的な、同時に「現実に即した」世界観の基盤へと発展させることに努力していった。「それゆえ、われわれが自分の課題とみなすことができなかったのは、物理学者にゲーテが論述していることの正しさを個々に証明することである。色彩論は、物理学者に対してではなく、どの人間に対しても向けられている。色彩論において啓示されているのはゲーテの物の見方であり、この特別な分野で彼の一般的な方法が微に入り細をうがって実行され明らかにされた。この方法が通常の物理学的見方とかけ離れており、今日ふつうの一般的な事物の見方と著しく異なっているのは、現代があらゆる面でゲーテと違う考え方をしているためである。そのまったく特別な意義は、まさにこの点にある」。

この立場は植物学者のトロルのばあいも同じで、自然を観照する人ゲーテは「伝統的科学のまったく埒外に」いる存在であった。トロルによれば、さまざまな形態学論文の著者ゲーテは学者のように思われているが、彼は学者ではなく賢者である。この面を強調するゲーテ像はフランスのポール・ヴァレリーやイギリスのT・S・エリオットのばあいも同様である。解説の中でトロルはたとえば次のように明言している。「彼の形態学論文が書かれたのは、われわれの自然に関する知識を増大するためではなく、自然についてのわれわれの知見を明らかにするためである。それは自然科学というよりは、むしろ自然解釈である。ゲーテにとって自然は、人間の認識領域であるよりも神性の啓示の場であった。それは（真理を）認識する悟性の素材ではなく、精神（霊）の呈示される場『神即自然』、評価する（価値判断する）理性の対象であった」。

このように、ゲーテの『色彩論』は二十世紀のドイツでは色彩現象をめぐる単なる科学的認識の問題ではなく、自然観そのものについての思想的対決の場となり、究極において自然の倫理的価値をめぐる論争の的となった。自然研究者ゲーテはそのために、支配的な近代自然科学とは正反対の立場の代表者として文明批評の有力な手段として利用されたのである。十九世紀は進歩主義、実証主義、ダーウィニズムの世紀と考えられていた。ダーウィンの『種の起源』が出版されたのは一八五九年のことであり、ゲーテはドイツでエルンスト・ヘッケル（一八三四―一九一九）によりラマルクとともに彼の進化論の先駆者に祭り上げられただけではなく、創世記の記述に一見反するダーウィニズムは唯物論的無神論とさえ見なされるようになった。かつてスピノーザが無神論者とされ、フィヒテが無神論者の疑いをかけられイェーナ大学から追われたたように、ヨーロッパ社会の中でこの烙印を押されることは、教会および保守的世代によるかなりの反動的批判であった。そのうえ十九世紀の生物学的自然思想は、十八世紀のヒューマニスティックなゲーテ時代のあとに復活した第二の理神論的啓蒙主義とされた。ゲーテの自然科学、とくに色彩研究はこうして一九三〇年代にある程度まで世界観の問題となり、世界観闘争を標榜したナチズムは自然科学者ゲーテの再発見に便乗した面がなくはなかったのである。

しかしながら、十七世紀のフランス啓蒙主義にとって歴史が上昇線であったのに対し、新しい自然科学的啓蒙主義の時代は、形而上学を破壊したニーチェのニヒリズム的歴史哲学の影響により下降線とみなされるようになった。二十世紀はたしかに一方で日進月歩する科学技術の時代であった。しかし他方で二つの世界大戦により人類は野蛮のどん底に陥り、現在もインターネットの情報過多により人間はもはや正しい判断ができなくなっているようにさえ見える。二十一世紀はふたたびゲーテを必要とするのであろうか。しかし現代自然科学はニュートン時代からエルンスト・マッハの批判的科学哲学、マックス・プランクの量子論やニールス・ボーアの原子物理学、アインシュタインの特殊相対性理論の時代へと進展しつつあるので、いつまでもニュートン対ゲーテのような対立の構図に留まるべきではないと思われる。ゲーテの親友で、その形態学思想を信奉していたアレクサンダー・フォン・フンボルトも、ゲーテの反ニュートン的色彩学研究に対してはきわめて控え目であった。

自然の語る言語

本題である色彩論そのものに向かうと、ニュートンをはじめ近代自然科学者の根本問題は、太陽系の核心部分である「光」とは何かということである。ところが詩人的科学者ゲーテは、『色彩論』のまえがき冒頭でニュートンの『光学』（一七〇四）を批判しながら、すでに言及したように、この決定的な特殊問題を以下のように素通りしてしまうのである。「色彩について話そうとするならば、まず何よりも光のことに言及すべきではないかということは、しごく当然な疑問であるが、これに対してわれわれは簡明率直に次のように答えるほかはない。すなわち、光についてはこれまですでにじつに多くのことが語られてきたので、先人の言を繰り返したり、しばしば繰り返されたことをさらに増大したりするのは考えものであると。なぜなら、われわれが事物の本質を言い表わそうとするのは、ほんらい徒労だからである」。

しかしながら、これは自然科学者としてのゲーテの建前であって、彼の本音は、光の本質が分からない、あるいは論じたくないということである。彼にとって光は前述のように自然の中に感知される神のような神秘的存在であって、「自然の全体が色彩をとおして眼という感覚に自己を啓示する」以外、それ自体は究極において認識できないものだからである。彼にとって英知の最後の結論は『箴言と省察』にいわれているように、「思索する人間の最も美しい幸福は、究めうるものを究め、究めえないものを静かに崇めること」である。これに対してニュートンをはじめとする近代の自然科学者たちは、明らかに眼という感覚器官に依存しない光の客観的本質を把握する、すなわち理解しようと努力していた。ニュートンの光学とゲーテの色彩学は科学的にほんらい二つの次元の異なる研究領域だったのである。

もともとゲーテが研究しようとしていたのは、『色彩論』教示編における主観的な生理的色彩であれ主観的かつ客観的な物理的あるいは持続的な化学的色彩であれ目に見える多種多様な色彩現象であって、ニュートンの光学に対して貫徹されるのは、作用は存在（本質）に随伴するという中世スコラ哲学いらいの存在論的見方である。彼にとって色彩は光の現象形態にほかならないからである。先行した引用に続いて「われわれが知覚するのは種々の作用であり、これらの作用をもし全部記述すれば、その事物の本質をどうにか包括することになるであろう。われわれがある人間の性格を叙述しようとしても、むだな努力をするだけである。これに対して、彼のいろいろな行為や活動を寄せ集めてみると、その性格のイメージが浮かび上がってくるであろう」といわれている通りである。

光の本質に関する所見に接続して語られるのは、光の作用としての色彩についてである。「色彩というものは光のはたらき、その能動的な作用と受動的な作用によって生じたものである。この意味でわれわれは、色彩から光に関する解明を得ることも期待できる。色彩と光は相互にきわめて厳密な関係を保っているのであるが、しかし両者はともに自然の全体に属していると考えられなければならない。なぜなら、それらを通して自己を眼という感覚にとりわけ啓示しようとしているのは、自然全体にほかならないからである」。最初の文章の原文は „Die Farben sind Taten des Lichts,

Taten und Leiden.“である。少しなげやりな表現で、『色彩論』の中でいちばん難解な箇所である。いま複数形の Tat は動詞 tun（行なう）の名詞形で、ラテン語の agere（作用）と同様に行為、行動、活動などを意味している。同じく複数形と考えられる Leiden は（損害を）蒙るなどの動詞 leiden の名詞として若きヴェルテルの「悩み」と同じ言葉であるが、キリスト教会のドイツ語典礼文では昔からイエス・キリストの受難・受苦 passion の訳語として用いられている。しかし「光のさまざまな行為、行為と受苦」では自然との関連で何をいっているのか分からないので、文法用語として能動態（Aktiv）は Tatform、受動態（Passiv）は Leideform といわれているので、あえて「能動的な作用と受動的な作用」と訳したのである。自然の言語であるプラスとマイナスのような普遍的な一連の記号のなかに「能動と受動」も付け加えられている。

なお、キリスト教では啓示という言葉を神についてしか用いないが、ゲーテは自然に対して開示のほか啓示という言葉をほとんど同じ意味で多用している。中世以来の聖書に代わって、近代においては、自然が自己の本質をさまざまな現象をとおして人間に啓示するようになったのである。ライプツィヒにおける若いゲーテの指導教授であったゲレルトのよく知られた宗教詩にも「自然の内なる神の栄光」というのがある。それゆえゲーテは、自然の啓示が眼だけではなく、他の感覚器官に対してもなされることを指摘している。初期の色彩研究から後年のいわゆる内視的色彩にいたるまで、彼は究極において「現象が立ち現われるさいの条件を次々に探究してきた」だけである。『色彩論』の「まえがき」には端的に次のようにいわれている。

「同様に自然の全体は他の感覚に対しても自己の内部を開示する。眼を閉じ、耳を開いて傾聴してみるがよい。いともかすかな気息から荒々しい騒音にいたるまで、きわめて簡素な単音から最高の和音にいたるまで、激しい激情の叫びから穏やかな理性の言葉にいたるまで、そこで語っているのは自然そのものである。自然はこのようにその存在、その力、その生命、その諸関係を啓示しているので、無限の可視的世界を拒まれている盲人も、聴覚の世界の中に無限の生命あるものを捉えることができるのである」。

自然の内なる神のさまざまな啓示を知覚するのは、中世の神秘主義におけるようにもはや魂の奥底での霊感ではなく五感であり、しかもフランスのディドロ（一七一三—一七八四）あるいはゲーテの師友ヘルダー（一七四四—一八〇三）によりとくに視覚と聴覚の「共通感覚」ということが言われるようになってきた。それはヘルダーの『言語起源論』において展開されているように、目の不自由な人の音感が鋭くなり、触覚が発達して点字を識別できるようになることで、人間は自然の啓示をいろいろな仕方で認識できるようになる。ロマン・ロランなどは、神がベートーヴェンの耳を閉じ、内面の音しか聞こえなくしたのだ、とさえ言っている。つい最近も、クジラは陸上動物から水中動物になったとき、嗅覚と味覚を大幅に失ってしまったというようなことが、京大グループの研究成果として紹介されていた。その代わり敏感になったのは聴覚と思われる。

そのほか「真っ赤な嘘」「腹黒い」「白々しい」「黄色い声」「赤ん坊」「緑の黒髪」など特定の色とあるイメージの結合も一種の共通感覚的経験の表われと考えられる。なお嬰児のことを「あかご」と呼ぶのは当然として、「みどりご」は新芽のような幼子を意味するようであるが、リルケの『マルテの手記』のはじめのほうに乳母車の中の「みどり色っぽい（grünlich）幼児」とあるのは、青白い病的な印象をあたえる。ただし、ドイツ語で rosenrot（バラの紅色）あるいは rosenfarbig（ばら色）といわれるピンク色が桃色事件まして紅燈の巷を連想させるようなことは全くない。

ゲーテにとり色彩は、結局、電気や磁気と同じく自然の語る基本的言語のひとつである。「このように自然は他の下位の感覚器官にまで、すなわち既知の、誤認された、未知の諸感覚にも語りかけ、そうして自己自身と、またもろもろの現象を通してわれわれと語っている。注意深く観察する者にとって、自然はいかなるところでも生命のないものではなく、また黙して語らないということはない。そればかりでなく、動きのない大地にさえ自然は一人の親密な仲間を与えた。それは一つの金属であって、その最小の破片においてさえ、われわれは地球全体の内部で起こっていることを知覚できることになっているのである。／自然の語るこの言語はひじょうに多種多様で錯綜をきわめ、われわれにはしばしば不可解に見えるかもしれないが、その基本的要素はつねに同じである。自然は天秤の分銅をほんの少し変えるだけで微妙にゆれ動き、そうして生じた此方と彼方、上と下、前と後の関係によって、時間と空間の中で生起するあらゆる現象は制約を受けるのである」。

この現象は、電池のプラスとマイナス、磁石のNとSのように根源的かつ普遍的に分裂する動きによって進行し、ここでは言い表わされていないが、心臓の収縮と弛緩、呼吸のさいの呼気と吸気あるいは人間の衝動について集我（集中）と放我（発散）のような相関関係に相当する概念で表示される。それは最終的に教示編七五六節において「分極性」と表現されることになるが、「これらの普遍的な記号、この自然の言語を色彩論にも適用するということ、この言語を色彩論によって、その多種多様な現象によって豊富にし、かつ拡大し、そうすることによって高次の直観の伝達を自然愛好者のあいだで容易にすることこそ、本書の主要な意図であった」と要約されている。

「これらの普遍的に規定されたもろもろの運動を、われわれは種々異なったかたちで知覚する。すなわち、あるときには単純な反発および牽引として、またあるときには閃く光および消滅する光として、また空気の運動、物体の振動、酸化および還元として。しかしながら、それらはつねに結合するか分離するかのいずれかであり、存在に運動を与えながらなんらかの生命を促進するものである。／しかし、かの二つの分銅が異種の作用を及ぼしているように思われたので、この関係をも表示することが試みられた。そこでプラスとマイナス、作用と反作用、能動と受動、前進的なものと後退的なもの、強烈なものと緩和するもの、男性的なものと女性的なものがいたるところで観察され、また実際そのように呼ばれた。こうして一つの言語、一つの象徴性が生じたが、これは類似の場合に比喩として、密接な関係のある表現として、また直接に当てはまる言葉として適用され利用されてしかるべきものである」。

のちに「物理的色彩」に追加するために書かれた、いわゆる内視的色彩に関する論文において、分極性はより根源的かつ原理的に言い表わされている。「われわれが内視的諸現象を分極性に帰するのは、ゲーテが彼の色彩論において、あらゆる色彩発生の根源を解明しようと努力していたという意味で行なわれている。闇と光は始原的に相対している。一方は他方に永遠に疎遠である。両者の中で、両者のあいだに介在している物質だけが、それが物体的で不透明であるばあい、照らされた側面と暗い側面を有している。しかし弱い逆光のばあいに初めて陰影が生みだされる。その物質が半透明であるならば、その中で、明暗の中、曇ったものの中で、眼に関して、われわれが色彩と呼ぶものが展開される」。

虹に見られるスペクトル色彩

ところで、あらゆる色彩現象のなかで、まだ植物も動物も生長せず、それを見る人間もまだ地上に生息していなかった天地開闢いらい未来永劫に存在していると考えられる唯一のものは虹である。それは目に見えるかたちで語られる自然の最も美しい言語である。それはいわゆる顔料と異なる、プリズムにより呈示されるのと全く同じスペクトル色彩である。しかしながら、自然科学者としてのゲーテにおいて目立つのは、この重要な色彩現象に関するまとまった研究論文がないことである。なるほど、色彩研究における最初の著作『光学への寄与』第一集（一七九一）の序論においてすでに問題提起はなされていた。「七　別の大気現象は、われわれをもっと考えさせる。雷雨がある地方一帯に悲しげなベールを広げていて、太陽がそれを照らした瞬間、きわめて快い生きいきとした色彩の半円が形づくられる。この現象はそれ自体きわめてすばらしく喜ばしく、その瞬間に慰めをもたらすので、みずみずしい感受性をもった諸民族は、神性の下降してくる音信、神々と人間のあいだに結ばれた和平のしるしがその中に認められると信じた」。

また『色彩論』に第四部として追加する予定の「約束した補足部分に代えて」というテクストには、一七九七年第三次スイス旅行のさいゲーテがテュービンゲン大学の図書館で発掘していた、虹に関する古い貴重な資料が研究課題として言及されている。「これらの考察に別のあるものが直結する。すなわち、ガラス球あるいは水球の中で屈折あるいは反射によりいかなる作用が惹き起されるかという問題である。われわれが、虹という美しくもあり注目にあたいもする現象を探知するためである。この現象についても、人々は他の多くの事柄と同様に、事はすみ決着がついたと思っていた。これに反しわれわれが確信しているのは、主要点がなおざりにされてきたことである。この点を、アントニウス・デ・ドミニスがこの研究テーマを扱うにさいしてすでに、確実かつきっぱりと言い表わしていた」。

しかしゲーテのその後すべての研究論文は、書きかけの草稿あるいは断片程度の覚書に終わっている。それは恐らく、虹がゲーテにとって光学的にも色彩学的にも難問であって、『光学への寄与』第一集一三節において示唆されているように正にニュートンが数学を用いて強みを発揮する研究領域だったからに違いない。「この科学において若干の前進を遂げようとする者がもし、さまざまな論点を自分自身の教示のためにまず検討しなければ、かの論争に介入するのは大胆不敵のそしりを免れないであろう。これが難しいのは、さまざまな実験が錯綜していて、なかなか追検証できないためであり、また理論が抽象的であり、その適用は高次の数学の精確な知見なしには判断されえないからである」。

『色彩論』教示編のための「古い序論」においても、率直に次のように告白されている。「このためには何よりも、今世紀初頭から最近に至るまでの色彩論の歴史が必要とされるであろう。その際私が試みたいのは、私の論敵たちを扱うにさいして、あたかもわれわれが皆、近視眼的見方と臆測の領域からとっくに観照と認識の領域に移行しているかのように振舞うことである。これに接続するのは、種々の原理とまで言わないまでも、私の単純な叙述をこれまでその言及を懸命に避けてきた複雑な諸現象に適用すること、とくに虹の新しい説明である。これこそ正に、数学的物理学がもっとも役に立つ現象である。確言されているところによれば、ここで計算は理論と完全に合致する」。

また物理的色彩に接続する、いわゆる予定論文「内視的色彩」の「三一　大気圏の空中現象」においても虹が屈折現象であるだけではなく、暈の輪に似た生理的色彩現象でもある可能性を考えている。「われわれは虹が屈折による作用であることを承認するとはいえ、それはやはり独自のものを有していて、われわれはそのさい生じてくる色彩をほんらい雨滴の中に見るのである。なぜなら、これらの底に多彩な差異性が反映しているからである。／さて、下のアーチ（主虹）の色彩は一定の法則によりわれわれの眼のところにやってくる。少し複雑な仕方ではあるが上のアーチ（副虹）も同様である。これを洞察すると推論されるのは、二つのアーチの間にある空間からはいかなる光もわれわれの眼に達しえないということである。これが注意深い観察者に確認されるのは、次の事情によってである。太陽が明るく強烈に向かい合っている、純粋な厚い層をなす雨雲の上に、二つのアーチが全容を示しているのが見出されると、われわれが見るのは、二つのアーチの間にある濃い灰色で、この現象の上と下よりはっきりと暗いことである」。

レオポルディーナ版第一部テクストの最終一一巻の最後に収録されているロマン派の美術史家ズルピッツ・ボアスレーとゲーテとの書簡の往復は、詩人的科学者の生前最後の関心事が虹であったことを実証している。しかし同時にそれは諦念に由来する、色彩研究そのものの断念であった。「私がつねに努力してきたのは、できる限り認識可能なもの、知りうること、適用できることを把握することで、自分で満足できるよう、そればかりでなく他人に公正を期するためにもかなりのことを成就しました。これにより私は自分の限界に達しましたので、他の人々が絶望するところで、信じ始めました。彼らは認識からあまりにも多くのものを欲します。彼らは人間に恵み与えられたものに到達できても、人類の最大の宝を無とみなします。そこで人間は、好むと好まざるにかかわらず、全体から個へ、個から全体へと駆り立てられていくのです」。

実際、天上の虹は『色彩論』教示編においても、わずか二箇所で言及されているのみである。彼の色彩論は、もっぱら地上の多種多様な色彩現象にかかわるものだからである。まず、「物理的色彩」三八七節の（光線反射による）暈の輪に関連して「これらの輪の場合にも像とその作用にまでさかのぼって追究する理由が充分あることは、いわゆる幻日現象の場合に示される。このような隣接像はつねに暈と輪のある点に現われ、輪全体の中で絶えず漠然となっていくものを境界の付いたまま再現するだけである。これらすべては虹の現象とむしろ容易に接続するであろう」と指摘されている。次に第六編の色彩現象を一巡したあとの「全体性と調和」との関連で八一四節に「それゆえわれわれは、前述したような色相環は素材としてもすでに快適な感覚を惹き起こす、と言い表わすこともできる。しかし、ここで考慮しなければならないのは、これまで虹を色彩の全体性の一例とみなしてきたのは不当だということである。なぜなら、虹には主要な色彩である純粋な赤ないし深紅色が欠けているからである。深紅色が生じえないのは、この現象のさいには在来のプリズム像の場合と同じく橙色と菫色が互いに触れ合うことができないからである」といわれている。

「虹には主要な色彩である純粋な赤ないし深紅色が欠けている」という場合、ゲーテが色彩現象を主観的にも客観的にもいわゆる「色相環」の図式で考えているのに対し、虹に見られるのは太陽光線の連続スペクトルである。ゆえに、赤の外側に赤外線、紫の外側に紫外線という長短波長の電磁波がなお連なっている。スペクトルは、ニュートンが日光をプリズムで分解し、赤・橙・黄・緑・青・藍・紫と連続的に変わる色帯を観測し、スペクトルと名づけたのに始まる。それゆえ、ゲーテの言うように本来、橙色と菫色が触れ合って深紅色を生み出すこともないはずである。そもそも、プリズムの「赤」と美学的な「深紅色」の区別が判然としないうえ、虹がこれら七色に現われることは、雨滴が大きいという、よほど気象条件がよくない限りめったにないといわれる。ふつう、雨後に輝く大陽のもとはっきり見えるのは数色だけである。しかしながら、虹という天空の多彩な気象現象と小さなプリズムをとおして眼の中で見える色彩現象が原理的に一致しているということは、自然法則の広大無辺な普遍性を予感させ、晩年のゲーテにとり自然信仰から敬神に近い感銘をあたえるものであった。

もちろん、ゲーテにおいて、科学的認識が行きづまるところで発揮されるのは詩的表現力である。『西東詩集』に気象学的かつ人間学的「現象」という、自然研究者ゲーテにふさわしい美しい詩が見出される。それは雨後に見える、太陽と曇った媒体である立ち昇る靄の交錯から生ずる多彩な主虹と、霧の中に反映する淡い光のアーチを歌っている。これは、いわゆる副虹あるいは白虹を指しているのかよく分からないが、とにかくその対照は、老年の衰えと若々しい愛の情熱の併存をかたどっているかのようである。

フェーブスがちぎりを結ぶと、
すぐに鮮やかな色の
虹がかかる。

霧の中でたなびく
同じ輪が見える。
アーチはたしかに白いが、
天の蒼穹にかわりはない。

老境のおまえも、
悲しむ必要はない。
たとえ髪の毛は白くても、
おまえにはまだ愛があるのだ。

ゲーテにはこのほか虹を主題にした詩がいくつもある。たとえば一七九七年の第三次スイス旅行のさい、彼が親友のスイスの画家ハインリヒ・マイヤーと、テルによりリンゴが射落とされる舞台となるアルトドルフを訪れたときのことである。同年十月一日の夜、雨が降った。翌朝も降っていたにもかかわらず二人は宿屋をあとにした。しばらく行くと空が晴れ、虹が現われた。すると、きのうまでまだ緑色であった近くの山々が一夜にして雪に覆われていた。ゲーテはそこに先行する詩

における と同様、青春と老年が重なり合っているのを感じ、ドイツに残してきた内縁の妻クリスティアーネと幼い息子アウグストを偲ばずにいられなかった。自然、とりわけ色彩現象を注意深く観察しながら、ゲーテは余人と異なりつねに、人間性への洞察と文学的描写の才能に恵まれた詩人的科学者だったのである。

三部作『色彩論』の問題点

一八一〇年に完成されたゲーテの『色彩論』そのものは、ブーフヴァルトがすでに言及しているように、三部に分かれている。概略的に特徴づければ、「教示編」は色彩の現象学、自然現象の主として視覚にもとづく主観的および客観的把握、「論争編」は、ニュートンの光学理論の反駁であるが、そのさい根本的誤解は、ニュートンがプリズムをとおして入射する光のスペクトルを白い壁面に見ていたのに対し、ゲーテはプリズムに眼を当てて見ていたことである。「歴史編」においてゲーテは、ギリシア時代からの光学研究の歴史を文献学的かつ人間学的に考察していた。それは実質的に資料集とはいえ、「色彩論の歴史はまた、あらゆる自然科学の歴史の結果として理解されるだけである」という見方から、色彩研究の歴史性を強調している。一般に自然科学者というものは、人文学者のように自分のやっている研究の歴史を振り返ったり、自分の専門外のことにまで言及するようなことはしない。しかしゲーテは人文学的自然科学者としてつねに自然と歴史の関連を把握しようと努め、科学史研究の先駆者のひとりであった。「科学の歴史は科学そのものである」という卓見を述べたのはゲーテであった。また彼の色彩研究には恐らく地域性も含まれていると思われる。

アジアとアフリカとヨーロッパでは人間の色彩感覚が異なっているに違いないからである。

ゲーテを色彩研究へ促した事情については、植物学における「著者は自己の植物研究の歴史を伝える」と同様、『色彩論』歴史編末尾に添えられた「著者の告白」の中で詳述されている。それは詩人ゲーテの美術研究者から色彩学研究者への発展過程を生きいきと描写しており、目立たないながら彼の精神史の貴重な一章を成している。ここで確認されているのは、彼がほんらい光と色の関係ではなく、美術の実践における彩色という難しい問題を解決するため自然における色彩効果の探究に向かったということである。彼はイタリア旅行中ローマにおける画家たちとの交友から、「芸術に関して色彩について何かを得ようとするならば、それらは自然学的現象なので自然の側からまずアプローチしなければならない」ことを深く悟ったのである。

決定的な意義をもっていたのは、ゲーテが一七九〇年一月に、ゲッティンゲンからワイマールへ移住してきた宮中顧問官ビュットナーから借用したプリズムをとおして白い壁を眺める偶然の機会があったことである。さまざまな色の成立について彼はここで瞬間的にあるひらめきを得ることになるが、それは色彩研究者としてのゲーテにとって善かれ悪しかれ運命的となる。なぜなら、彼はプリズムの中で黒と白の縁に色が生ずるのを見て、それを明と暗、さらに光と闇の根源的対立にまで拡大し、前提条件が異なっていたにもかかわらずニュートン理論が根本的に誤っていると確信してしまったからである。以後彼は、ニュートンが太陽光を狭い孔に強制したことに反感をもちつづけ、自分の家に色彩の実験用に暗室をもうけて、上掲の詩におけるように室内あるいは戸外でそれらの観察に没頭するようになる。

『年代記』一七九〇年の項にはさらに次のように記されている。「絵画的配色は同時に私の着眼点であった。この学説の最初の物理的要素に立ち返ったとき私が発見してひじょうに驚いたのは、ニュートンの仮説が誤っており根拠がないということであった。より精確な研究により私の確信はたしかめられ、私にはまたしても成長期の病気が接種され、これは私の生活と活動に甚大な影響を及ぼすことになった」。もとよりゲーテは「著者の告白」の中で、『光学への寄与』の代わりに色彩学と言っていたら誤解を招くことはなかっただろうと述べている。しかし彼は、教示編において生理的色彩とならんで物理的色彩をも扱わざるをえなかったので、色彩学と光学を截然と分けることができなかったのである。「教示編においてわれわれに難しかったのは、ほとんどあるいは全く測定することのない色彩論あるいは色彩学を、自然なあるいは人工的視覚の学理、測定術が大きな助けとなる本来の光学からできるだけ切り離し、独自に考察することであった」(「著者の予告と概観」)。

とりわけ第一部「色彩論草案」においては、無数の色彩現象がある種の主要現象のもとへ統括され、ある一定の順序に従って提示される。その際、いかに経験を重んじるとはいえ、それらの配列と順序を導く理論的紐帯というものがあり、これはゲーテのばあい次のような認識論的確信からおのずと生じてくる。「ある物事をたんに眺めるだけでは、われわれは裨益されることはない。あらゆる熟視は考察へ、あらゆる考察は思念へ、あらゆる思念は結合へと移行し、それゆえ、われわれは対象世界を注意深く眺めるだけですでに理論化しているといえるのである。これをしかし明確な意識、自己認識、自由、そして思いきった言葉を用いるならばイロニーをもって行なうためにはひじょうな熟練が必要である。とりわけ、われわれの恐れる抽象を無害なものにし、われわれの望む経験からの帰結をほんとうに生きいきとした有用なものにしようとする場合にそうである」。

これらの引用の大部分が『色彩論』全体に対する「まえがき」からの所見であったのに対し、とりわけ「教示編」のための序論において警告されるのは、性急な理論化の試みである。その前提として、夥しい作用としての多種多様な現象の存在がある。人間の悟性はそれらを分類し、一定の秩序をあたえなければ安らぐことがないのである。しかし、まさにそれゆえ、誤った仕方で理論化することのないよう細心の注意が必要とされる。『箴言と省察』にも「自然研究の歴史においてよく気づくのは、観察者たちが現象からあまりにも性急に理論へと急ぎ、それにより不充分なしかたで仮説的になることである」といわれている。ゲーテが「客観と主観の仲介者としての実験」の論文におけるように、方法論的に、「ニュートンがその仮説の根底に錯綜した派生的な実験をおいた」と非難するのもこの点である。のちにヘーゲルも、いわゆる根源現象から出発するゲーテのやり方に全く賛同している。

ゆえに序論においてまず以下のことが指摘される。

「知識に対する欲求が人間の心の中で最初に惹き起こされるのは、彼の注意を引く顕著な現象を知覚することによってである。ところで、この欲求が持続的なものとなるためにはいっそう深い関心が生じなければならず、これによってわれわれはしだいに種々の対象を知悉するようになる。そのとき初めてわれわれは、群をなして押し寄せてくるものの大きな多様性に気がつく。そこでわれわれは分離し、区別し、再び集成することを余儀なくされるのであるが、それによって最終的に、多少の満足をもって見渡されうるような一つの秩序が成立する。／これを何かある専門分野においてある程度まで達成するためだけでも、しんぼう強い厳密な研究が必要である。だからこそ人間は、むしろ一般的な理論的見解や何かある説明の仕方で現象を片づけてしまい、個をよく見きわめ全体を構築しようとする労を惜しむのである」。

その他とくに再検討に値するように見えるのは、眼に関するゲーテの美学的な問題提起である。「いまやわれわれが主張するのは、たとえそれがある程度まで奇妙に聞こえようとも、眼が形を見ないということである。というのは、明と暗と色彩が合わさって初めて対象と対象を、またそれら三つのものから可視的世界を築き上げ、それによって同時に絵画を可能にする。絵画はカンヴァスの上で、現実の世界よりはるかに完全な可視的世界をつくり出すことができるのである」。

この機会に、分極性という「自然公式」は「教示編」の序論において、種々異なった表現で繰返されている。「色彩とは眼という感覚に対する初源的な自然現象であり、この現象は、他のすべての自然現象と同様、分離と対立、混合と一致、高進と中和、伝達と分配等を通して顕著に現われ、これらの普遍的な自然公式のもとで最もよく直観され把握されることができる」。これらにおいてゲーテが見出したのは、三様の現象の仕方、三種類の色彩、あるいは色彩に対する三様の見方であって、彼はそれらの違いを生理的・物理的・化学的という言葉ではっきり言い表わそうと努めたのである。

「われわれは色彩をまず、それらが眼に属し、眼の作用と反作用にもとづいている限りにおいて考察した。次にわれわれの注意を引いた色彩は、われわれが無色の媒体にもとづき、あるいはその助けを借りて知覚するものである。そして最後にわれわれが注目したのは、対象そのものに属していると考えることのできる色彩であった。第一のをわれわれは生理的色彩、第二のを物理的色彩、第三のを化学的色彩と名づけた。最初の色彩は絶え間なく消失し、その次の色彩は一時的とはいえとにかく継続的であり、最後の色彩はいつまでたっても変わらないほどの持続性がある」(序論)。

「教示編」がこのようにして截然と三編に分けられたあと、第四編において「内的関連の概観」が行なわれ、これまで一般論として言い表わされ、将来の色彩論の構想となるものの輪郭が描かれる。そして、ゲーテの色彩論の核心部分である、いわゆる色相環の内容が展開される。

「色彩を生み出すためには光と闇、明と暗、あるいはより一般的な公式を用いれば、光と光ならざるものが要求される。光の最も近くには黄と呼ばれる色彩が生じ、闇に最も近い他の色彩は青という言葉で表わされる。これら二つの色彩は、その最も純粋な状態のままでまったく均衡を保つように混合されるならば、緑という第三の色彩を生み出す。最初の二つの色彩はしかしまた、濃度ないし暗度を高められることにより、それぞれ独自に新しい現象を生み出すことができる。それらは赤味を帯びるのであるが、この赤味は、もともとの青と黄がもはやその中に認められないほど高進させられることができる。しかしながら最高の純粋な赤は、特に物理的色彩の場合に、橙と菫のそれぞれの末端が一致させられることによって生み出される。これは色彩現象と色彩生成の躍動する光景である。しかしまた特殊化による既成の青と黄のほかに既成の赤を仮定し、われわれが前進的に強度化することによって惹き起こしたものを、逆行的に混合によって生じさせることもできる。これら三つないし六つの色彩はたやすく環状に配列されうるのであるが、基本的色彩論が問題にするのはこれらの色彩に限られる」(序論)。

黒と白はスペルトルの意味で色彩ではないが、美術においては他の顔料と同じような一種の色と見なさざるをえない。ゲーテは白光がスペクトル色彩に分解され、これらが混合されるとまた白光に還元されるというニュートンの見方に断然反対であったが、灰色のばあいスペクトル色彩の混合と顔料の混合をまだ明確に区別していなかったように見える。「次にもう一つ一般的性質を言い表わすならば、色彩というものはあらゆる点で半ば光、半ば陰影のようなものとみなすことができる。種々の色彩が混ぜ合わされてその特殊な性質を相互に消し合う場合、陰影のようなもの、灰色がかったものを生み出すのは、まさにそのためである」(序論)。

第五編「隣接諸領域との関係」は色彩論と哲学・数学・染色技術・生理学および病理学・博物学・一般物理学・音響論・言語との関係を論じている。ゲーテによれば、「物理学者が根源現象と名づけられたものの認識に到達できるならば、彼はもう安全であり、哲学者もまたそうである。物理学者がもう安全というのは、彼が自分の科学の限界に到達したということ、彼が経験の高所に立っていて、ここからうしろを振り返ると経験のあらゆる段階を展望することができ、前へ向かうと理論の国へ入っていけないまでも少なくともその中を覗き見ることができるということを確信するからである。哲学者が安全であるというのは、彼が物理学者の手から最後のものとして受け取ったものが、いまや彼のもとで最初のものとなるからである。彼がもはや現象のことで心を煩わさないのは当然である」(七二〇節)。

「教示編」の最後に来るのが最終第六編の色彩美学である。

「われわれも、というのはわれわれは美術の側から、いろいろな表面の美的彩色の側から色彩論に入ってきたためであるが、第六編において色彩の感覚的および精神的作用を明確に規定し、これらの作用をそうすることによって芸術的使用の実際に近づけようとするならば、画家に対して大きな功績を上げたことになるであろう。そのさい、全体におけると同様、多くのものが単に素描に終わってしまったにしても、すべて理論的なものはほんらい概要のみを暗示すべきであって、その後これらにもとづいて活発に実践が行なわれ、法則に適った制作に到達しうるのである」(序論)。

理論的出発点としての「色相環」

色相環の根底にあり、『色彩論』の冒頭に置かれる第一編の生理的色彩は、眼にまったくあるいは大部分属しているため、色彩論全体の基盤をなし、美術において論争の的になっている色彩の調和の原理を示している。色彩は始原的自然現象の系列の中でひじょうに高い位置を占め、自分に割り当てられた単純な範囲をきわめて大きな多様性で満たしているからである。

そこに現われるさまざまな現象のうち、たとえば網膜上の補色関係にある残像といわれるものがある。有名な例は、ゲーテが作成した自然と正反対の色で描かれた居酒屋のある少女の半身像である(五二節「少女の胸像画」)。引きつづき「白いえり飾りをした黒人の女だったら黒でかこまれた白い顔を出現させたに違いない」(五三節)と言われているように、規則的な補色の代表として、この絵のばあい黒い髪が白に、肌色が黒ずんで見える。赤い頰は淡い緑である。描かれていない赤いエプロンは緑色に見えるはずである。交通信号の赤と青（緑）が光線の具合あるいは漠然した記憶のなかで正反対の色に見えてしまうのはそのためである。その他、ゲーテ自身が記しているポジティヴおよびネガティヴな残像の例は次のとおりである。

「夕方私はたまたまある鍛冶屋にいたのであるが、ちょうどそのとき、灼熱した鉄塊がハンマーの下に置かれた。私はそれをじっと見つめてからうしろを振り向き、偶然、入口が開いたままの石炭小屋の中をのぞきこんだ。するとものすごい深紅色の像が眼前に浮かび、私が眼をその暗い入口から明るい板壁のほうへ転じたとき、この現象は、素地が暗いか明るいかに従って、半ば緑色、半ば深紅色に見えた。この現象の漸消ということに当時私はまだ注意しなかった」（四四節）。漸消については次節に、「網膜の全体的幻惑の漸消もいま叙述したような輝くばかりの像の漸消の場合と同様である。雪に眼をそこなわれた人々が見る深紅色も、日光に照らされた白い紙を永いあいだ注視したあとの暗い対象のきわめて美しい緑色もこれに属している」と補足されている。

同様の光景は『ファウスト』第一部「市門の前」の場面でも「（夕日に照らされたほんらい赤色の）緑に囲まれた小屋」（一〇七一行）として簡潔に言及されているが、そのしばらく後では白と黒のもっとも単純な補色関係として表れてくる。すなわち、復活祭の散歩からの夕べの帰途に、ファウスト博士が走り回る犬の姿を見かける場面である。彼が「遠くにカタツムリのような輪を描いて／プードルがわれわれの周りにだんだん近づいてくるのが分かるか。／間違いでなければ、火の渦のようなものが／あれの走る跡からついてくる」と注意をうながすと、学僕のワーグナーは答える。「私には黒いプードルしか見えません。／先生の目の錯覚ではありませんか」（一一五六行以下）。

赤と緑、さらに黄と菫、橙と青が同時的対照であるのに反し、黒いプードルのうしろに見える明るい輝きは継続的対照のネガティヴな形式である。生きいきとした黒の印象のあとに反対の白の残像が生ずることは、詩人自身により次のように説明されている。「前出のことは、ずっと以前に、詩的な予感から、なかば無意識に書かれたものである。私の窓のまえを一匹の黒いプードルが路上を走りすぎると、それは明るい光の輝きを跡に引いていた。それは疾駆する形態の眼に残った不明瞭な像であった。このような思いがけない現象が快いのは、われわれが意識せずに眼の働きに身をまかせているときに正にもっとも生きいきと美しく出現するからである」。

これらの現象は物理的色彩のばあい、ゲーテにより、曇った媒体の理論と屈折に伴う変位というほとんど仮説により解釈されている。「物理的色彩」とは「それらを出現させるためにある種の物質的媒体を必要とする色彩のことである（一三六節）。そして一五〇節と一五一節には以下のようにいわれている。

「（無色）の光をほんの少しでも曇った媒体をとおして眺めると黄色に見える。このような媒体の曇りが増すか、その濃さが増大するならば、光はしだいに橙色を帯びるようになり、これはついには紅玉色にまで高められる」。「これに反して、射し込む光に照らされた曇った媒体を通して闇を見ると青い色が現われる。そしてこの色は媒体の曇りが増せば増すほどますます明るく淡くなり、これに反して曇りが透明に近くなればなるほどますます暗く濃く現われてくる。それればかりでなく、曇りの度合いが最小の純粋な段階ではいとも美しい菫色として眼に感じられる」。そして次節で「この作用は記述したとおりの仕方でわれわれの眼の中で行なわれ、したがって主観的と呼ばれうるのであるが、われわれは種々の客観的な現象によってもさらにいっそうこの作用を確かめることができる」と付記されている。これらの実例は朝焼と夕焼、無限の空間の闇、虚空が大気の靄を通して青空に見えることで、『ファウスト』第二部冒頭の「優美な地方」において朝日と虹の出現とともに壮麗かつ雄大に描写されている。結びの言葉が、普遍的人間性の英知をたたえた、「彩られた反映においてわれわれは生を把握する」であるが、ゲーテがこの描写にさいして念頭においていたに違いないベルン高地のラウターブルンネンの滝は、広いU字谷の三〇〇メートルの岩壁を流れ落ち、渓谷のかなたにユングフラウ連峰が見えるところにあり、ゲーテの抒情詩「水上の精霊たちの歌」もここで書かれた。

この「彩られた反映」の現象は『色彩論』の中で根本現象あるいは根源現象とも表示され（一七五節）、これを説明するため、プリズムの中で黒白の接する面が屈折によりずらされ、二重像が曇った媒体になるという仮定は、ゲーテの天才的なひらめきから生まれた着想である。彼はその理論的準備として、一八七節（客観的実験）と一八八節（主観的経験）において基本的な屈折の例として説明し、一八九節において「この現象をいま一般的なかたちで言い表わすならば、われわれが先に暗示したことをここで繰り返せばよい。すなわち、対象の関係が変化され、変位されるのである」と明言している。専門の物理学者たちにより、このような現象は生起しないと否定されるが、一九四節の主観的実験は、境界を伴って見られたもので実際に目で確認される。「これらの実験においては、対象は屈折する媒体を通して観察者によって眺められる」。しかし前述のように（二五三頁以下）、彼において現象の直観と現象の説明ないし解釈には問題があるので、彼の色彩論最大の理論的弱点といわれている。しかし実践的見地からは極めて生産的となった。コロンブスも大西洋を横断して西インドへやジパングへ向かおうとして新大陸アメリカを発見したのである。

ゲーテは第四編「内的関連の概観」において、「これまで種々の現象をほとんど無理に引き離して区別してきた」（六八八節）のに対し、これらの現象が「親近関係を有する他の分野の自然現象といかに密接に関連し、これらの自然現象といかに鎖のように結び付けられるかを」（六八九節）暗示しようと試みる。この連鎖の比喩こそ古代ギリシアのヘルメス思想の表われであって、ゲーテの場合、岩石・植物・動物という存在の段階的構造および諸現象の連続性とともに彼の自然研究の特徴である。しかし、これは彼の自然研究全体にわたるので、いま説明することができない。色彩生成の個々のプロセスを省略すると、七〇六節で「多種多様な色彩現象をその種々異なる段階に固定し、並列したまま眺めると全体性が生ずる。この全体性は眼にとって調和そのものである」といわれている。すなわち、この全体性は生理的色彩のさいに指摘されていた色相環の現出にほかならず、したがって、補色関係の成立のばあいに認められたものであり（七〇七節、色相環の成立、合一と混合）、第六編「色彩の感覚的精神的作用」において繰り返される。「黄色は赤青色を要求し、青は赤黄色を要求し、深紅色は緑色を要求する」。八〇九節（色相環の全体性、調和、満足）赤青色とは赤から青に接近する菫（青から赤に接近する菫は青赤色）、赤黄色は赤から黄に接近する橙（黄から赤に接近する橙は黄赤色）である。深紅色は純粋な最高の赤として緑の補色である普通の赤と区別される。波長の数値を使えばこのような曖昧さはなくなると思われるが、絵画においてそれは必要ない。ドレスデンのツヴィンガー美術館にあるラファエロの「システィーナのマドンナ」のように、ほとんどすべての聖家族像において、マリアは青いガウンのしたに赤い胸衣をまとい、黄（肌色）の幼子イエスを抱いている。あるいは夜陰（菫）の厩の中に眠る幼子は明るく照らされている。この絵の上端にはさらに緑のカーテンが付け加えられている。これ以上の基本色の全体性、したがって色彩調和と心情の満足は考えられない。たとえば、ムリーリョの青を基調とする「無原罪の御宿り」の聖母像には赤も緑も欠けている。

ロマン派色彩論との親和性

こうして『色彩論』「教示編」終わりの第六編において、色彩が眼によって知覚され、その仲介により心情と精神に及ぼす色彩環上における法則的作用が整然と論じられている。それはヨーロッパの哲学的美学において取り上げられたことのない、真にゲーテによって創始された独自の科学的色彩美学であった。すでに化学的色彩にさいし、彼は色彩現象を電気と磁気に見られる根源的分極性の系列に接続するため、暖色と寒色に色相環におけるプラス側とマイナス側という概念を導入していた。「われわれは色彩学的対立関係を他のすべての物理的対立関係の手びきに従ってプラスまたはマイナスで表わし、黄色の側をプラス、青の側をマイナスとする。するとこれらの二つの側は、化学的な場合においても化学的に対立するものの側と密接に結びつく。すなわち黄色と橙色は酸に、青色と菫色はアルカリにもっぱら関係する」（四九二節）。

これは周知のリトマス試験紙のことで、化学的色彩における「色彩の惹起」として、五〇三節に「能動（プラス）の側に、光、明るいもの、白いものに直接付随して生ずるのは黄色である」、また五

○四節に「同様に受動（マイナス）の側に闇、暗いもの、黒いものに付随して惹き起こされるものは、青またはむしろ赤味がかった青の現象を直接に伴っている」といわれている。これに対応する色相環の相対立する要求し合う色は、直径に従う二色おいた補色関係（五○節、八一○節）であるが、これは画家により実践的にかねて適用されてきたものである。たとえば、デューラーの一対の絵「使徒たち」はプラス側暖色とマイナス側寒色の代表例である。「プラス側の色彩は黄色・赤黄色（橙色）・黄赤色（朱色）である。これらの色彩は活発で、生きいきとした、内的欲求にあふれる気分にする」（七六四節）、「マイナス側の色彩は青・赤青色・青赤色である。これらの色彩が惹き起こすのは、不安な弱々しい憧憬的気分である」（七七七節）と言われているとおりである。

「経験の教えるところによれば、個々の色彩はそれぞれ独特の気分を心情に与える」（七六二節）。たとえば「黄色は最も純粋な状態においてはつねに明るいという本性をそなえ、明朗快活で優しく刺激する性質を有している」（七六六節）。「それゆえ、黄色がきわめて暖かい快い印象を与えるというのは経験に即している。絵画においても黄色が明るく照らされた活動的な方面に多く用いられるのもそのためである」（七六八節）。「この暖かくする効果を最も生きいきと認めることができるのは、黄色のガラスを通して、特にどんよりとした冬の日に風景を眺める場合である。眼は楽しくされ、胸は広がり、心情は朗らかにされ、暖かい風がまともにわれわれに吹きつけてくるような気がする」（七六九節）。

これに対し、「黄色がつねに何か光を伴っているように、青はつねに何か暗いものを伴っていると言うことができる」（七七八節）。「われわれから逃れていく快い対象を追いかけたくなるように、われわれは青いものを好んで見つめるが、それは青いものがわれわれに向かって迫ってくるからではなく、むしろそれがわれわれを引きつけるからである」（七八一節）。たしかに「青色はわれわれに寒いという感情を与え」（七八二節）「青いガラスは対象をもの悲しげに見せる」（七八四節）。青色がこのように憧れ、遠いもの、平安、鎮静の色彩であるために、ロマン主義の象徴は「青い花」、夢みる幸福は「青い鳥」なのである。赤色は深紅ともいわれ、理論的には色相環のプラス側とマイナス側から高進する最高点である。「この色彩の作用はその本性と同じく比類がない。その与える印象は厳粛と品位とならんで愛らしさと優美である」（七九六節）。

全体性をそなえた補色関係の組み合わせのほか、直径ではなく弦に従って見出される組み合わせがある。「われわれはこれらを特徴のある組み合わせと呼ぶ。それらはすべて意味深いものを有しているからである。この意味深いものはある種の表現をもってわれわれに迫ってくるが、われわれを真に満足させてはくれない。というのは、特徴のあるものはすべて、それが解消されることなしに、ある関係を保っている一つの全体から一部分として踏み出ることによってのみ生ずるからである」（八一七節）。すなわち、特徴的なものは、何かある個別のものが一つの全体から歩み出て、それが現われてくるものに特有の刻印を付与することにある。ゲーテにとって完全な全体性は相対立する互いに要求し合う二つの色彩のあいだに見出されるので、それから歩み出た組み合わせの二つの色彩はそれぞれの特徴をなんらかの形で保持していることになる。

論じられるのは「黄色と青色」「黄色と深紅色」「青色と深紅色」「黄赤色と青赤色」であるが、注目すべきことに六つの可能な特徴のある組み合わせのうちゲーテは緑と橙、緑と菫の組み合わせを無視している。たとえば『若きヴェルテルの悩み』第二部九月六日付で述べられている主人公の「ブルーの無地のフロックコート」と「黄色のチョッキ」は特徴のある組み合わせということになる。これは特徴のある組み合わせの中で最も単純なもので、赤の痕跡がまったく欠けているので貧相と呼ぶこともできる（八一九節）。また同じく第二部十一月三十日付で描写されている「グリーンの質素な上着を着た」少年ハインリヒが「黄色い花や青い花や赤い花」を探し求めているのは、色彩研究を始める何年もまえのことなので、注目にあたいする。

特徴のない組み合わせ（隣接する二色）の場合、八二九節に「黄色と緑にはつねにどこか卑俗な明るさがある。しかし青と緑はいつも卑俗でいやらしいところがある。昔のドイツ人がこの最後の組み合わせを愚者の色と呼んだのもこのためである。諺に「青と緑はどんな馬鹿者にも見える」と言われている。これでは緑の牧草地の上に青空が広がっているのが「卑俗」ということになってしまうので、理論にすこし無理があるように思われる。八三四節にも「前述の諸原則は人間の本性および色彩現象の一般に認められた諸関係から導き出された。経験においてわれわれが出会う多くのものは、これらの原則に合致することもあれば、矛盾することもある」と記されている。

「衣服を着る場合、色彩の性格は人間の性格と関係がある。そこで個々の色彩および組み合わせと顔色・年齢および身分との関係をよく観察することができる」（八三九節）といわれているように、「教養のある人々は色彩をきらう傾向がある。このようなことになるのは、視覚器官が虚弱なためと、趣味が不確かでとかくまったくの無へ逃げ込もうとするためである。女性の服装はほとんど白一色で、男性のはもっぱら黒である」（八四一節）。つい最近まで、教師や政治家や音楽家などの職業についている男女の服装は大抵そうであった。なお、生理的色彩の付録「病理的色彩」において扱われている青色盲の場合、青が欠如しているので、隣接する緑と菫も必然的になくなり、色相環は原則として赤・橙・黄系統の色から成り立っている。一種の法則性を持ったこれらの色彩からのみ描かれた風景画をゲーテは試みに描いている（一一三節）。

個々のメンタリティーが統一的に図式化されている色彩のアレゴリー的、象徴的、神秘的適用についてなお一言すれば、ドイツ十八世紀の時代思潮は美術史におけるロマン主義に傾き、古典主義のほうがしだいに時代遅れになっていった。現代美術のキュービズムとシュールレアリズムは自由奔放な空想的ロマン主義から派生したと考えられる。ゲーテの色彩体験も、絵の主題やモチーフを度外視すれば、ロマン派の画家的かつ神秘家的である。ただし、当時のもっとも偉大なロマン派の画家であるカスパール・ダヴィッド・フリードリヒの場合、彼の十字架や墓場を添えた風景画をゲーテは好まなかった。またドイツ中世の騎士などを描いたペーター・コルネリウスも、アンティーケ、すなわちギリシア・ローマに傾倒していた古典主義者のゲーテからあまり好まれなかった。ルンゲの理論と実践の一致の試みも必ずしも好まれていたとは思えない。しかしルンゲには市民の子どもを描いた清新な写実的描写も二、三ある。

不可視光線まで考える物理学者たちが多かれ少なかれ最初から『色彩論』に対して懐疑的であったのに対し、ゲーテの色彩美学はロマン派の画家たちから大いに歓迎され、それにもとづく芸術論がいろいろ刊行された。とくにロマン派の画家フィリップ・オットー・ルンゲ（一七七七―一八一〇）の色彩論は、独自の観察と考察にもとづきながら、ゲーテとほとんど同じ結果に達していた。一八〇一年のゲーテの懸賞課題に対する彼の応募作品「川の神々と戦うアキレス」は恐らく不適当な古典的主題のため落選の憂き目にあっていた。しかし両者が一八〇六年に出会ったあと、彼はゲーテに朝・昼・晩・夜の時刻を象徴的に表現した自分の絵のエッチングを送付した。それに対しゲーテは、「たぶん色とその意味について語り合うよい機会になるだろう」といってルンゲにそれらの絵の彩色を求めた（一八〇六年六月二日）。そこでルンゲは、同年七月三日に、自分の色彩理論の簡潔な叙述をそえて返信してきた。ゲーテはこの書簡を『色彩論』教示編の「結びのことば」のまえに付録として印刷していたのは、ルンゲとともに確信していることをよりよく表現できないと思ったからである。

色彩による癒し

ここで、ゲーテの色彩論における色彩美学の特別な心理学的意義を追加するのは容易である。すでに述べたように、この詩人的科学者において人間と世界、主観と客観は密接な相関関係にある。シェリングの同一哲学におけるように主観の中にあるものはすべて客観の中にあり、客観の中にあるものはすべて主観の中にあって、しかも両者は完全に同一ではない。ゲーテが色彩現象の観察にさいして生理的色彩にまず注目するのは、補色現象や残像におけるように、視覚というものが客観的な自然の事象を鏡のようにたんに反映するのではなく、色彩の知覚には眼が活動的に関与していることを強調するためである。これにより、色彩現象は主観と客観の相互関係として成立する。

実際「真暗な空間の中で眼を開けたままにしていると、われわれはある種の欠乏を感ずるようになる。視覚器官は自分だけにされてしまい、自分自身の中へ後退してしまう。眼がそれによって外界と結ばれ全体となる、あの充足した刺激の接触が欠けているためである」（第六節）とも「眼に暗いものが提供されると、それは明るいものを要求する。眼に向かって明るいものがもたらされると、それは暗いものを要求する。そうすることによって眼はその活発さ、対象を捉えようとするその権利を如実に示し、対象と対立しているあるものを自分自身の内部から生み出すのである」（三八節）ともいわれているが、明暗の始原的対立は白と黒ないし黄と青で代表される根源的対立にほかならず、これは彼にとり視覚の法則として色彩研究の大前提である。

ゆえに繰り返しになるが、「眼はそのさいまったく自己ほんらいの性質に従って全体性を求め、自分自身の内部で色相環を完結する。黄色によって要求された菫色の中には赤と青が、橙色の中には黄と赤があり、青がそれに対応している。緑は青と黄を合一して赤を要求し、種々異なった混合のあらゆる色調においても同様である」（六〇節）と明記され、ここから六一節において「教示編」論述の方法が導き出されるのである。「全体性の中にその構成要素がなお認められる場合、それを調和と呼んでなんらさしつかえないのであるが、色彩調和の理論がこれらの現象からいかに導き出され、また色彩がこれらの性質によってのみ美的使用のために用いられうるということは、広範な観察領域を一巡し、出発点に戻ってきたときに引きつづき示されなければならない」。

こうしてゲーテは、自然界の色彩現象を第一編から第六編まで一巡しながら考察したあと、彼本来の関心事である美術という芸術の領域へ戻ってくる。しかし、これも美学理論という抽象的なものではない。最終九二〇節になるほど、ルンゲを示唆しながら次のように挑発的に書かれている。「しかしながらわれわれは、本書を終える間ぎわに熱狂的な夢想にふけっているという疑いをかけられないようにしたほうが賢明であろう。われわれの色彩論が好評を博すれば、アレゴリー的、象徴的、神秘的適用および時代思潮に即した解釈の実例に欠けることはきっとないと思われるので、なおさらである」。

しかしながら、プリズムをとおさず、暗室ではなく戸外で自然色にもとづき色彩を観察するゲーテのモットーとみなされるのは、七五九節の「人間というものは一般に色彩に対して大きな喜びを感ずるものである。眼が色彩を必要とするのは、それが光を必要とするのと同じである。曇った日に太陽が景色の一部をところどころ照らし、そこの色彩を目に見えるようにしてくれるときのさわやかな気分を思い出されるがよい。有色の宝石には病を癒す力があるとされたのは、この言い表わしがたい深い慰藉の感情から生じたのかもしれない」という意味深長な言葉である。

ここでとくに注目にあたいするのは「有色の宝石」である。科学的モチーフを取り入れたゲーテの長編小説『親和力』第一部第六章にオッティーリエという少女が登場する。彼女の名前はアルザス地方オディーリエンベルク（標高八二六メートルの山）にある女子修道院の守護の聖女から取られているが、当地こそ眼病に効くとされる巡礼地なのである。主人公の男やもめの田舎貴族エドアルトにとり彼女はやがて「目の慰め（保養）」になる。その理由として、「なぜなら、エメラルドがその素晴らしい色により視覚に快いものとなり、そればかりでなく、この高貴な感覚に癒しの力さえ及ぼすようになると、人間の美は外的および内的感覚にはるかに大きな力で作用するようになる。それを目にする人に邪念が襲うことはなく、彼は自分自身および世界と調和していると感じるからである」。

このエメラルド・グリーンは、『色彩論』教示編七五節において叙述されている、ハルツ地方ブロッケン山における若いゲーテの宗教的体験を惹き起こした生理的色彩「有色の陰影」と同じであり、「自然によって宝石の中に固定された色彩」(七一四節)として化学的色彩でもある。第六編「色彩の感覚的精神的作用」では八〇二節に以下のように記述されている。「われわれの眼は緑色の中に現実的満足を見出す。二つの母色、黄と青が混合のさいにまったく均衡を保ち、どちらの色彩も特に認められない場合、眼と心情がこの混合されたものの上で安らぐことは、単純なものの場合と変わらない。われわれはそれ以上を欲することはなく、またそうすることもできない。いつもいる部屋の壁紙のために、たいてい緑色が選ばれるのはこのためである」。

緑色が現実的満足をあたえると言われているのは、それが暖色と寒色の均衡のとれた色彩であり、眼が黄色の場合のように活発にされることも、青の場合のように憧憬的にされることもないからである。この意味で『ファウスト』第二部第三幕でも塔守リュンコイスは、「山ほどの黄金が私のものになりましたが、/一番すばらしいのは宝石です。/あなたの(ヘーレナの)胸を緑で飾る価値があるのは/エメラルドだけでしょう」と述べている。そして「メールヒェン」という題名のゲーテの作品『メールヒェン』において、天と地のほかすべての対立を和合させる最も神秘的な象徴である「美しい緑の蛇」はもちろん全身エメラルドで形づくられている。そのうえ、自分の尻尾をかむ蛇は完全な円環として永遠性の象徴である。ゲーテにおいて詩と科学はこのように至るところで密接に結びついているのである。

ちなみに『若きヴェルテルの悩み』のモデルとなった女性シャルロッテ・ブッフは青い目をしていたが、作品の中で黒い目の女性として描かれているのは、ゲーテがその後まもなく好意を抱いた別の女性マクシミリアーネ（マクセ）が魅力的な黒い瞳をしていたからである。彼女はロマン派の詩人クレメンス・ブレンターノ（一七七八―一八四二）と、その才気煥発な妹ベッティーナ・フォン・アルニム（一七八五―一八五九）の母となる人である。

色彩を心理学的治療の目的のために使用することは、近年、精神病学などにおいてますます大きな意義をもってきたようである。キリスト教中世において、さまざまな色には心理学的というよりは、むしろ象徴的な意味があった。しかし最古のさまざまな文化においてすでに、光とあらゆる色の源である太陽は、その癒す力のため崇拝されてきた。治療のためさまざまな色彩を用いることはエジプトの神トートに帰せられる秘教にまで遡り、エジプトと古代ギリシアの医者たちは、西洋医学の父ヒッポクラテスを含め、治癒力のある色を塗った部屋で、種々異なった軟膏を使っていたといわれる。多くの古い文化において、たとえば橙色と赤に自然的なエネルギー・生殖力・生命が宿っていると思われていた。古代エジプト人は赤色の影響力が午後と秋にもっとも強いと信じていた。また色彩スペクトルの赤と菫の中間にある緑は胸腺・心臓・肺のための色とされ、調和をもたらすとされてきた。実際、人間はみどりの野山を散歩すると自然と結ばれ、知らず知らずのうちに内面の均衡を回復する。そして、すべての薬草と野菜には（黄色と赤のピーマンを含め）緑の治癒力が内在している。緑は明晰さをもたらす黄と、認識のもとである青から合成され、これら二つの色が合わさると記憶力を強めるからである。ドイツにおいて医師と看護師の制服は緑色といわれる。なお、九世紀アラビアの医者アヴィケンナにとって、病気の徴候と治療効果はさまざまな色に現われた。この内なるものが外に表われ、外なるものから内なるものを推測するという見方は、「まえがきに代えて」において述べたように、十八世紀チューリヒの牧師ラファーターの創始した人間の顔や手の観相学をとおしゲーテの動植物の形態学やフンボルトの植物観相学にまで影響を及ぼしている。

なお、ニュートンが晩年には神秘思想にふけっていたと言われるのに対し、ゲーテはイタリアにおいて現実の自然に触れ、さまざまな現象を対象的に、すなわち客観的に観察し始めたとき、むしろ錬金術的秘教趣味から脱却しようと努めたようにさえ見える。しかし分極性とその象徴である拡張と収縮、呼気と吸気のような原理はあくまでも彼の宗教的世界観の大前提であった。それは晩年の詩集「神と世界」における思想詩に見られるように、自然の諸現象に対する基本的態度においてもある程度まで同様であった。またゲーテは第五編「隣接諸領域との関係」において音響論との関係を原則的に論じているが、『色彩論』の完成後およそ五年のあいだ音響論を研究していたのは、ニュートンがスペクトルの七つの色を音階の七つの音に関係させたことを念頭においている。ヘルマン・ヘルムホルツは、いわゆるFarbenklavierを使って、スペクトル中の色列と音階上の音列との類似を説明しようとした。この講演の冒頭で指摘したように、ゲーテ時代の根本的傾向は、全体性と調和を求めることであった。しかしロマン派はすでに断片的なものを好み、現代は不調和の中にこそ芸術性を追求しているように見える。同様に音楽においても、以前のハーモニーに代わってむしろ不協和音の中に独特の美を見出しているかのような印象を受ける。七四八節になるほど、「同じ山に源を発する二つの川がまったく異なった条件のもとで二つの正反対の地方へ流れ下り、その結果、両者の進む全道程においてただの一個所も互いに比較されえないように、色彩と音響も同じ関係にある」と明言されている。しかし結びに、ゲーテ色彩論の芸術論広がりを示すため、色彩を音楽と比較している箇所をたんに列挙すれば次のとおりである。色を音で表現する技術は今後発展していくと思われるのである。

七五六節「音楽家でさえおそらく他の専門分野のことなどまったく気にもかけずに、自然によって促されて音調の主要な差異を長調（Majeur）と短調（Mineur）という言葉によって表現するようになった」。

八八九節「音調あるいはむしろ調性という言葉を今後も音楽から借りてきて彩色の場合にも用いようとすれば、これまでよりもっとよい意味でうまくいくであろう」。

八九〇節「そこで強烈な効果をもった絵を長調の楽曲に、温和な効果の絵画を短調の曲になぞらえても、あながち不当ではないであろう。またこれら二つの主要効果のヴァリエーションに対しても、他の適当な比較が見出されうるであろう」。

第七章　フンボルトによる中国の地理学的発見

想像力の魔力的圏内にある芸術が元来まったく心情の内部にあるのに反し、知識の拡大はなかんずく、外界との接触にもとづいている。その拡大は諸民族の交流が増大するにつれて多種多様かつ緊密になる。新しい観測機器がつくり出されると、人間の精神的な、しばしば自然学的な威力も増してくる。閉鎖電流は光よりも速く、思想と意志を地の果てまで伝達する。その静かな営為が今われわれの五官には知覚できないさまざまな力が、認識され利用され高次の活動へと目覚まされるならば、いつか夥しい数の手段に用いられ、これらは個々の自然分野の支配と、世界全体のより生きいきとした認識に近づけてくれる。

（フンボルト『コスモス』「世界観の歴史」から）

人間学としての地理学

地理学とは単純に考えると、地球という自然全体、すなわち森羅万象から科学的な世界像を獲得しようとする人間の精神的努力である。いまヨーロッパ人がシナを地理学的にいかに発見したかとなると、誰しもまずヴェネツィア出身マルコ・ポーロ（一二五四―一三二四）のことを考える。青木富太郎訳『東方見聞録』（社会思想社、現代教養文庫）の行程図をたどると、彼はイタリアからアドリア海をへてアラビアに渡り、当時すでにシナの杭州と泉州に陸路で達し、ここから海路マラッカ海峡を通り、セイロン島のコロンボをへて、ホルムズからまた陸路で黒海を経由イタリアへ帰国している。彼にとり未見のジパング（日本）がまだメールヒェンの国であったのに反し、中国は荒唐無稽な記述がいかに数多く見出されるにしても、明らかに自然地理学および人文地理学の意味で現実であった。中世ヨーロッパにおけるアフリカやグリーンランドないし北米へのフェニキア人やノルマン人の探検旅行と比べても、地球発見史におけるたしかに壮大な旅である。

次にとくにドイツ人が思い浮かべるのは、十八世紀ヨーロッパ美術において流行した、シナ製青白陶器や漆器に描かれた種々のモチーフに依拠した中国趣味（シノアゼリー）である。事実、バロック宮殿には中国風装飾を施されたさまざまな鏡の間やキャビネットが見出される。また造園のさいにも中国風の屋根のある園亭やパゴダが好んで建てられた。ゲーテも『ヴェネツィア短唱』（一七九五）の中で、「シナ人さえ慣れない手つきでヴェルテルとロッテをガラスの器に描いているからといって、それが私のなんの役に立つだろうか」と言っている。もっとも彼は、自然と芸術および古典主義とロマン主義を厳しく対立させた「ローマのシナ人」（一七九六）の詩においてはまだ、一八二七年の中国文学研究後の好意的な「シナ・ドイツ歳時記」（一八二九）に見られるのと異なり、ある種の偏見を示している。

十九世紀になると、ドイツの数多くの自然研究者が、ますますナショナリスティックになる祖国、プロイセン的ドイツを逃れて、南アメリカ、アフリカ、東南アジアへ研究旅行に出かけた。このようにして彼らは全世界を科学的に発見し、地球を地誌学的に記述することに成功した。彼らにとって地理学はゆえに、たえず自然環境の中で存在している人間を研究する一種の人間学となった。自然地理学がこのように人文地理学へ発展するにつれて、自然科学者は同時にまた多種多様な仕方で精神科学者ないし文化科学者であることが実証された。

しかしながら、あまり知られていないように思われるのは、自然研究におけるゲーテの後継者で、とりわけ地理学者として知られる偉大な自然科学者アレクサンダー・フォン・フンボルトが初期のシナ学者の一人と見なされうる事実である。二歳年上の卓越した言語学者ヴィルヘルム・フォン・フンボルトの弟である彼は、早くから兄の言語および文化哲学的研究に積極的に関与し、外国旅行のさいに言語的研究材料を収集することで協力していた。もちろん彼は、当時の中国知識を集大成した地理学者カール・リッター（一七七九―一八五九）と同様、シナの国土と人々を直接体験する機会がまだなかった。しかし中南米旅行（一七九九―一八〇四年）の研究成果を刊行するための二十年にわたるパリ滞在中、フンボルトはアジア旅行にそなえペルシア語・アラビア語・中国語を学んでいた。彼は一八二四年九月十三日付で兄に宛てて次のように書いている。「文字の影響に関する重要な原稿がダルムシュタット出身のシュルツ教授の手許にまだあります。彼は当地に住んでいて、ペルシア語・アラビア語・中国語に熟達しています。（中略）彼はドイツで中国語に対し、サンスクリット語に対するボップと同様の意義をもちうる才知豊かな人物です」。

この機会に彼は兄に、パリ在住のドイツ人教授シュルツ宛の手紙に、フランスのシナ学者ジャン・ピエール・アベール・レミュザ（一七八八―一八三二）についても一言書き添えてほしいと頼んでいる。レミュザは子供のときたまたまシナの植物に関する書物に触れ、それを読むため中国語を習得し、一八一一年に『シナの言語と文学』という本を出版した。こうして彼は一八一四年にフランスにおける最初のシナ学教授に任命された。これが機縁でヴィルヘルム・フォン・フンボルトも中国語に関する「アベール・レミュザ氏との文通」を始めた。なおドイツで最初のシナ学教授のポストが創設されたのは、一九〇九年ハンブルク大学においてである。

ドイツ人地理学者として初めて中国へ渡ることができたのは、フンボルトの一世代あとのフェルディナント・フォン・リヒトホーフェン（一八三三―一九〇五）であった。彼は一八六〇年から六二年にかけて、オイレンブルク伯爵の率いるシナ・日本・東アジアへのプロイセン使節団に参加し、一行の船は通商条約締結後一八六一年二月二十四日に長崎から離日、上海経由で北京に到着した。しかし同行した自然科学者たちはまだ中国奥地を研究調査することを許されなかった。それゆえ彼らは、台湾とフィリピンをへてジャワへ行き、タイで使節団とまた合流することになった。リヒトホーフェンは当地で使節団と別れ、単独でアジア南部を踏査した。そして、それに続くカリフォルニアへの地質学研究旅行のあと、彼は一八六八年から四年間、ようやく中国探検旅行を行なうことができた。しかし一八七〇年六月二十二日に内戦が起こったため、翌年にかけて彼は日本に避難しなければならなかった。そのさい彼は『リヒトホーフェン日本滞在記――ドイツ人地理学者の観た幕末明治』上村直己訳（九州大学出版会、二〇一三年）を書き残したが、五巻の主著は『シナ――自分の旅行にもとづく研究成果（地図付き）』である。それは、その資料的価値のため第二次世界大戦中に部分的に邦訳された。ザイデンシュトラーセ（シルクロード）という呼称は彼に由来する。

ハインリヒ・シュリーマン（一八二二―九〇）もトロヤの遺跡発見六年前に、一八六五年五月三日、古北口＝満州の国境から万里の長城・北京・上海を経由して開国したばかりの江戸へ旅し、同年六月一日から七月四日までの明治維新直前の滞在体験を『現代のシナと日本』（一八六九）としてフランス語で発表した。これはたまたまフンボルトの没年に当たっているが、故国で恐らくあまり注目されることなく、一九八四年に初めてドイツ語訳された。邦訳は石井和子訳『シュリーマン旅行記清国・日本』（講談社学術文庫、一九九八年）である。「この旅行記は、横浜港を離れ、太平洋上をサンフランシスコへ向かう、船中約五十日のあいだに書き上げられたもの」といわれる。なお半世紀後、ミュンヘンのヘルマン・フォン・カイザーリング伯が来日した。彼は、哲学者は遍歴者でなければならないという、ある程度までフンボルト的見地から、「自己自身への最短の道は世界一周に通じる」をモットーにして、地中海からスエズ運河を経由してアフリカ・セイロン・インド・中国に続いて訪日したのである。事実、彼は巻末において、アメリカ大陸まで世界を一周することが自己自身に達するための最短距離であるという認識を獲得したことを記している。しかし、彼は自然科学的にはほとんど関心がなかったので、文化比較的・文明批評的内容の長編小説風の『ある哲学者の旅日記』（一九一九―一九二〇）二巻を著すことになった。

これらの後代の探検旅行に先立ち、アレクサンダー・フォン・フンボルトは周知のように、ベネズエラからキューバを経由して再びアンデス山脈からメキシコへの中南米旅行をおこない、その研究成果をまずベルリン科学アカデミーで口頭発表し、その後まもなくエッセイ集『自然の諸相』（決定版第三版、一八四九年）として印刷公表した。しかしながら、彼はそこで熱帯自然を絵画的に記述しているだけではなく、アフリカとアメリカの中間大陸としての中国の地理と歴史にもしばしば言及している。それはとりわけ巻頭のエッセイ「草原と砂漠について」においてである。この講演がおこなわれた経緯は後続のエッセイ「オリノコ川の滝について」の冒頭に記されている。「科学アカデミーにおけるある講演の題目であった前章において私は、果てしないさまざまな平原を叙述したが、それらの自然の性格は気候の事情により多種多様に変化され、それらは植物のない空間（砂漠）となったり、草原ないし広い大草原となったりする。新大陸の南の部分におけるリャノスと対照的なのは、アフリカの内部を取り囲む恐ろしい砂の海で、これとさらに対照をなしているのは、中央アジアの数々の草原で、世界を席捲した遊牧民族が住んでいた。これらの民族はかつて、東方から押し寄せて、地球上に野蛮と荒廃をもたらしたのである」。

著述家としてのフンボルトの特質は、本文わずか十七頁のこのテクストに百七頁もの詳しい学術的な注を施していることである。たとえばこの巻頭論文の最初のページではまだ漠然と、「草原が死んだようにじっと横たわっている様子は荒廃した惑星のむきだしの岩肌のようである」と言われているだけである。しかし原注には「プレートのように剝きだしの岩石しか露出していない広々とした地方は、アフリカとアジアの砂漠に独自の性格をあたえている。モンゴルを北西シナと分離するシァモー（砂の荒野）において、これらの岩層はテュスィと呼ばれている」と詳述されている。いずれにしても、この箇所はフンボルトのモンゴルないしシナに対する初期の関心をすでに証している。また南アメリカのリャノスおよびパンパス（大草原）と北アメリカのミズーリ河畔の草原に言及するにさいして彼は、ヨーロッパと中国に向かい合っている海岸のあいだ、南海（南太平洋）を往来する船舶のことを想起している。

アフリカ奥地の平原との対比においてフンボルトがとくに中央アジアの高山地帯に興味を寄せていたのは、彼がそれを一八二九年のロシア・シベリア旅行のさい実見する機会に恵まれたからである。「『金山』といわれるアルタイ山脈と崑崙山脈のあいだにある中央アジアの山の背に、万里の長城から天山山脈の彼方まで、アラル海の方向に、数千マイルの長さにわたって、最高ではないにしても世界最大の草原（ステップ）が広がっている。その一部であるカラクーム砂漠とキジルクーム砂漠はドン川、ボルガ川、カスピ海、中国のザイサン湖のあいだ、すなわち七〇〇地理学的マイルにわたっているのであるが、私はそれを自ら見る機会に恵まれた。南米旅行の三十年後である」。

モンゴルとタタールの草原は、このように種々の山脈により中断されて、チベットとヒンドゥスタンの長い文化をもった太古の人間たちを、自然地理学的に北アジアの未開の諸民族と分け隔てているだけではない。それらの存在はまた、人類の有為変転の運命に多種多様な影響を及ぼしてきた。それらは原住民たちを南方へ寄せ集めることになった。そしてヒマラヤやスリナガールとグルカの雪山以上に、諸国民の交通を妨げ、アジアの北方で柔和な風俗習慣と芸術の創造的センスを広めるのに万古不易の限界をもうけてしまったのである。しかしアジア奥地における平原の歴史は、妨害する障壁としてのみ見なされてはならない。それは必然的に人文地理学的な帰結を伴っていたからである。

「それはたびたび災厄と掠奪を世の中にもたらした。この草原の遊牧民、モンゴル人、ゲーテン人、アラーネ人、ウヅューネ人たちは、世界を震撼させた。何世紀いらい初期の精神文化がさわやかな日光のように東から西へやってきたのに対し、のちには同じ方向に、野蛮と文化荒廃がヨーロッパを暗雲のように覆う危機がせまった。(トルコ系の祖先をもった)褐色の遊牧民、匈奴人は皮のテントを建ててゴビ高地の草原に住んでいた。中国の権力には長いこと脅威であったので、この種族の一部はアジア奥地の南のほうへ押し戻された。諸民族のこの移動は絶え間なく、ウラル山脈沿いの昔のフィンランドにまで波及した。ここからフン族、アヴァール人、カザール人などさまざまなアジア系混合人種が台頭してきた。フン族の軍勢はまずボルガ川に現われ、それからパンノニア地方とマルン川およびポー川沿岸にまで達した。彼らは美しく植樹されていた田野を蹂躙していったが、そこにはアンテノールの時代から形成する人間性が夥しい文化的記念碑を積み上げていた。このようにモンゴルの砂漠から悪疫に犯された風が吹きつけてきて、アルプスのこちら側で長年培われてきた繊細な芸術の花をほとんど窒息させてしまったのである」。

比較地理学的考察方法

これらの問題を研究するにさいし、フンボルトが適用するのは、アフリカとアジアとアメリカの対比のように原則として比較の方法である。「困難ではあるが、有益な一般地理学の課題は、遠隔地における自然の性状を比較し、この比較研究の結果を概略的に叙述することである」。ダルムシュタット版『フンボルト選集』（七巻、全十冊）の刊行者ハンノー・ベックも引用箇所へ「ここでフンボルトは明確に比較というやり方への信念を披瀝している」という注を付けて、彼の所見を確認している。それに加えて、比較により得られた自然認識を図表的に目に見えるよう描写する仕方は絵画的記述すなわち「自然絵画」といわれ、これはゲーテに捧げられた著作『植物地理学論考』いらい一貫してフランス語のTableaux de la natureという表現に対応している。「アジアの塩の草原、夏には蜜のある赤い花の咲き乱れるヨーロッパの荒れ地地方、アフリカの植物のない砂漠から、南米のさまざまな平原へ戻ろう。その絵画的記述を私は大雑把なタッチで描き始めたばかりである」。

それればかりではなく、南米のさまざまな平原に戻って考察をめぐらすフンボルトは、地球のこの一角が人間性のさまざまな運命にはあたかも無縁で、ひたすら現在に縛られていて、動植物の自由な生活の荒々しい舞台にほかならないことに注目する。彼によれば、ヨーロッパとアフリカの植民者たちがやってきたとき、南アメリカの草原には人間はほとんどいなかった。また牛乳を飲みチーズをつくることは、澱粉質の多い穀物栽培と同様、旧大陸の諸国民を他民族と区別する特徴だという人類学的前提から、彼はあえて以下のような思いきった民族学的仮説をたてる。ここでは中国と朝鮮だけではなく、日本も考察の対象となる。それはリヒトホーフェンの地誌的研究以前のことではあるが、フンボルトがすでに中国・朝鮮・日本を一つの文化地域とみなしていたことの証左である。ヘルダーは『人類史哲学考』（一七八四―九一）においてつとに、それをさらに大きなアジア文化の枠内で考察していた。

「それゆえ、これらのうちいくつかの種族が北アジアを通ってアメリカの西海岸へ移住し、寒さを好んで高いアンデスの山の背を南へたどって行ったとすれば、この遍歴が行なわれた行程には、家畜の群れも穀物も新しい移住民と一緒に移動することはできなかったに違いない。長いあいだ動乱に襲われていた匈奴帝国が崩壊し、この強大な部族の転落が中国と朝鮮の北東においても民族大移動を惹き起こし、そのさい文化をもったアジア人が新大陸へ移住したのだろうか。これらの新移住民が草原の原住民であって、そこでは農業が行なわれていないとすれば、これまで言語比較によりほとんど裏付けられていないこの大胆な仮説は、少なくともアメリカにほんらいの穀物の欠如がめだっていることを説明できるであろう。もしかしたら新カリフォルニアの海岸に、嵐に吹き流されて、神秘的な夢想にうながされて遠洋航海に出かけたアジアのかの祭司国民のひとつが漂着したのかもしれない。秦の始皇帝時代における日本の住民の歴史は、これらの国民の考察にあたいする一例である」。

引用中の「寒さを好んで」ということに関しては、フンボルトの原注に「メキシコとペルーの国中で大きな人間文化の痕跡が見出されるのは、高い山岳平原だけである。われわれはアンデス山脈の山の背で、一六〇〇ないし一八〇〇トワーズ（一トワーズ＝約二メートル）の高さのところにあるいくつもの宮殿や浴場を見た。このような気候を受け入れることができたのは、北から熱帯への大移動の途上にある北方の人間だけである」とある。また秦の始皇帝時代における日本住民の歴史に関連して、彼は「新大陸の西のほうに居住する諸民族がスペイン人たちの到着するずっと以前に東アジアと交流があったこと」を、メキシコとチベット・日本の暦、正確な方向をもった階段ピラミッド、太古の四時代神話などを比較研究することにより充分に可能とみなしていた。
しかし少なくとも一考にあたいすると思われるのは、ペルーの高原のいくつかが太古の湖底であったとか、アンデス山脈の高い白亜期の地層から始原的貝類の化石が出土したという後出の指摘である。ここから推測されるのは、ヨーロッパのアルプスと同様、新大陸のコルディリエーラ山系も想像を絶するほどの高潮や氷河で一面覆われていたということである。もしそうならば、ペルーの高い山々の中腹に舗装道路網や堅固な要塞都市を建設したり、山頂に神殿を築いたりしたとき、必ずしも重い切石を運び上げたわけではなかったのではないかと考えられるのである。フンボルトの時代にはまだ発見されていなかったペルーの都市遺跡マチュ・ピチュの城砦は、標高二五〇〇メートルの山の鞍部にあるとはいえ、建設されたときはまだそれほどの高さの海抜がなかったのではないかというような気もする。また世界中、とくに大西洋岸に散在しているいわゆる巨石記念物の謎も、人間の太古の生活空間におけるこのような高度の差異から説明されるかもしれない。

『自然の諸相』最後のエッセイ「カマハルカの高地」は、外見的にChinaという文字がキナ樹あるいはキナ皮の意味で使われているだけで、シナとは直接の関係はない。しかし、ペルーの舗装道路との関連で、文化比較についての興味深い指摘が見出される。「文化の種々異なった段階にあるさまざまな民族のもとで、国民的事業は特別な愛着をもって個々の方向にむかうのが見られる。しかし、このような個別的事業の顕著な発展は、文化の状態全体にとって決定的ではない。エジプト人・ギリシア人・エトルスキ人・ローマ人・中国人・日本人・インド人はわれわれにこれらのさまざまな対照的な面を示している」。この箇所について、原注にはたしかに次のように記されているだけである。「ギリシア人は都市建設のさい、とくに美と堅固さを達成することにより大成功を期待した。これに対しローマ人がとりわけ考えたのは、彼らが考慮しなかったことである。すなわち、道路の舗装、都市の汚物をティベル川へ流すことのできる下水道と掘割の敷設である。彼らはすべての街道を舗装したので、荷物車は貨物船のすべての物品を楽々と運ぶことができる（ストラボン）」。しかし私見によれば、中国人の文化は万里の長城建設に示されているように明白にローマ的であり、日本文化は西安すなわちかつての長安の都の城壁なしの模倣である奈良と京都の例に見られるように、美的な模倣と適合のギリシア的センスが特徴的であるように思われる。

初期のシナ学者としてのフンボルトの主要な関心事はこのように、シナの国土と人々、中央アジアからアメリカへの民族移動の三つであったが、とくに重要であったのは、最初の風土問題について中央アジア全体に唯一の果てしない高原（山岳プラトー）が広がっているという、当時の広く流布していた誤った地質学的な見方に反駁することであった。彼の詳細な原注によれば、十八世紀の後半にフランスで生じたこの謬説は「さまざまな歴史的観念連合と二つの文書の読み方が不充分なためであった。すなわち、有名なヴェネツィアの旅行者（マルコ・ポーロ）と、十三世紀と十四世紀に大陸奥地のほとんど全体を、シリアとカスピ海の港から太洋に洗われたシナの東海岸まで通過することのできたかの（モンゴル帝国における）外交使節的修道士たちの旅行記をよく読まなかったことに帰着するものであった」。そのうえ、これらの古い自然学的・地理学的な見解にヨーロッパでは、人類の起源に関する旧約聖書その他の分野からの神話的観念あるいは夢想が混入した。「しかし後代の研究旅行と直接の測定にもとづく種々のポジティヴな知見、およびアジアの諸言語と文献、とくに中国語の徹底的な研究により、かの粗野な種々の仮説の不正確さと誇張の数々が証明された」。

恐らくパミール高原からゴビ砂漠までの広大な地域をさしていると思われる「山岳プラトー」という仮説に対し、「その地層構造学的ノーマルな性格において並列山脈を形成する」アジアのヒマラヤを含む四つの巨大な山岳システムが区別されるようになった。実際にフンボルトは、一八三九年、中央アジアの山脈と火山の地図を作成したが、これは一八四三年に初めて印刷公表された。この機会に記述されていたのが、文化科学的シナ学の意味での参考資料と協力者の名前である。「それは私の利用しえたあらゆる天文学的観測と、中国語文献の提供する無限に豊富な山岳学的記述にもとづいていて、これらは私の提案でクラプロートとスタニスラウス・ユリアンにより精査された」。こうして彼の地図は、アジア大陸奥地の概略を、北緯三〇度から六〇度まで、北京から（ウクライナの）チェルソンまでの経線の間で描いていた。

とくにハインリヒ・ユリウス・クラプロート（一七八三―一八三五）はもともとオリエント学者であったが、文献学的意味のシナ学における最初の専門家の一人とみなされる。彼は十四歳ですでに独学でシナ語を学習し始めたのである。父親の指示で彼はハレ大学でオリエント諸語を学ばなければならなかった。しかしクラプロートはアジア諸語の学習をドレスデンとワイマールで続け、一八〇五年にロシアの中国派遣使節団に配属された。一八〇六年一月、使節団がロシア側の皇帝拝礼拒否のため現在のウランバートルで旅を中断せざるをえなくなったとき、彼は別行動をとり、ロシアと中国の国境を通って帰還した。その後彼は、ペテルブルク科学アカデミーの委嘱でコーカサス地方への探検旅行をおこない、めざましい成果をあげた。一八一五年からその死まで彼はパリで生活していたが、その際、フンボルト兄弟の世話でプロイセン政府の財政的援助を得ることができた。それゆえ彼は、シナ学関係の事柄においてフンボルトの最良の助言者であった。

クラプロートの研究助力によりフンボルトがシナ学にいかに精通していたかを示しているのは、この引用につづく彼の次の所見である。「シナ人は三つの利点があったため、その最初期の文献においても山岳学関係のデータを大量に収集することができた。これら三つの長所は次のとおりである。西方へのさまざまな戦役（すでに漢王朝と唐王朝のもとで、すなわち紀元前一二二年と九世紀に、征服者たちは（ウズベキスタンの）フェルガナとカスピ海の沿岸にまで達していた）および仏教巡礼者たちの平和な種々の獲得物、宗教的関心――これは法令により定められた周期的な奉献儀式のため一定の高い峰々に結びついていた――そして山と川の方向を規定するための初期からよく知られていた羅針盤の使用である」。

フンボルトが文化比較をおこなう場合、彼の利用した当時の中国語文献がはなはだ不確かであったのは言うまでもない。しかし彼が一八二九年四月、ロシア皇帝ニコライ一世の委嘱で鉱物学者グスターフ・ローゼと動物学者クリスティアン・G・エーレンベルクと共にロシア・シベリア旅行に赴いたとき、彼は同伴者たちと西シベリアで少なくとも中国のジュンガレイ地方との国境まで到達していた。ここで国境をこえる許可を得たため、彼は八月十七日にモンゴルの駅逓バティを訪問することができた。そして帰路の途中、中国と交易を営んでいたあるロシア人と知り合い、中国のさまざまな産物と珍しい物品を見せてもらう機会があった。旅の一行がカスピ海のほとりとサンクト・ペテルブルクをへてベルリンに帰還したのは、同年十二月の末であった。とくに中央アジアの地質と気象に関するロシア・シベリア旅行の貴重な研究成果はフランス語で公表され、ドイツ語訳も出版されている。しかしながら、南米旅行の成果と比べると、その詳細は一般にまだあまり研究されていないと言わざるをえない。

中国の自然と歴史

フンボルト晩年の大著『コスモス』(一八四五―六二)はヘルダーの世界史的考察方法とその人間性思想のつよい影響を受けている。いま中国との関係に限定すれば、問題になるのは最初の二巻だけである。なぜなら、残りの二巻は事実上それらの詳説・補足・追加だからである。第一巻の主要部分はいわゆる「自然絵画」で、第二巻の主要部分は「自然学的世界観の歴史」である。これはある程度まで時代順に並べた一連の自然絵画とみなすこともできる。両部ともそれぞれ二、三の序論的章節を付されており、第一部の絵画的自然記述においても第二部の歴史的叙述においても多数の中国関係の箇所が含まれている。それらは中国の植生・自然感情・風景画・造園術・自然知に関する事柄である。

やむをえない語学的なハンディキャップから、それらにおいて中国はその哲学的・文学的伝統についてというよりは、むしろ自然研究の見地から高く評価されている。たとえば第一巻の星辰部門において一般論として「これに対し、(ギリシア人とローマ人と異なり)自然を観察し万事を記載するシナ人は、それぞれの彗星が通過した星座について詳細な記録を提供している。このような記録は紀元前五世紀以前にまで遡り、その多くは今日なお天文学者たちによって利用されている」と記されている。中国の天文学者たちは昔からとくに彗星を精確に観察し、それらを年代記に記録していたのである。地上部門の特殊問題としては、たとえば火山の地理的分布について、火山活動が海に近いことと不可避的に関連しているかどうかという地質学的な問題がある。しかしアベール・レミュザが最初にいわゆる地層構造学者たちの注意を喚起した中央アジアには、大きな火山性山脈の天山山脈がある。「そこではペサン、ウルムチ火山の硫気坑、トゥルファンの活火山（ホチェウ）がほとんど同じ距離（三七〇から三八二マイル＝二七四五から二八三〇キロメートル）北氷洋の沿海地方とインド洋から離れて横たわっている。ペサンのカスピ海からの間隔は三四〇マイル（二五二〇キロメートル）もある。イシクルとバルカッシュの湖沼からは四三マイルと五二マイル（三二一および三八五キロメートル）である」。また「シナの著述家たちは誤認の余地なく、ペサンの煙と炎の噴出のなかに十里の長さのある溶岩流を記述しているが、これは紀元一世紀と七世紀に周辺地方を壊滅させたものである」とも報告されている。これらの事実からの地質学的帰結は、火山性山脈の成立が海に近いことに依存していないということである。

これと関連したフンボルトの推測は、当時シベリアにおける金の洗鉱により再び名高くなった北アジアの一部がギリシア人にとって富と奢侈の源泉となり、これは「アルゴー号」の神話的遠征により暗示されている黒海との交流により開かれたということである。しかし砂金の領域はずっと南の北緯三五度ないし三七度のところにあり、たまたま二義的な動物の名称のため何度も繰り返された巨大蟻の寓話がその領域に結びついているのである。「その観念連合には二つの方向性があり、一つはヒマラヤ山脈と崑崙山脈のあいだのボロール山脈の東のチベット高地、イスカルドの西、あるいはいま一つは、崑崙山脈の北、ゴビ砂漠のほうであって、いつも精確に観察している（七世紀初頭の）シナの旅行者ヒュエン・スサンがそれを同じく金に富んでいると記述している」。

しかし火山と砂金の領域とかかわりなく、地域に規定された気候についても次のように言われている。「シベリア平地の大ステップは、北緯二八・五度から四〇度までの間、ヒマラヤ山脈と西チベットの崑崙山脈と天山山脈との間における大地の巨大な膨張により補償される。見出された数字のなかである程度まで読み取られるのは、地球体内部のプルートー的（地底の火山性）強い力が大陸量塊の隆起においてどこで最もつよく作用したかということである」。それから年間平均気温も顧慮されている。「アジアの東海岸である北京（北緯三九度五四分）の年間平均気温（一一・三度）は、少し北にあるナポリのそれより五度以上も低い。北京における冬の平均気温は少なくとも氷点下三度であるのに対し、西ヨーロッパ、パリにおいてさえ（北緯四八度五〇分）氷点の上三・三度にも達する。ゆえに北京の冬の平均寒気は、一七緯度北にあるコペンハーゲンのより二・五度も高い」。

『コスモス』第二巻の主要部分は、自然観察にもとづく世界観の歴史的叙述である。そのさいフンボルトは古代中国の歴史について以下に列挙するさまざまな出来事を手がかりにしている。「薄明の太古、いわば真の歴史的知識における最果ての地平において、われわれはすでに同時にいくつもの明るい光点を目にする。文化の照らし合ういくつもの中心である。エジプトは少なくとも西暦の五千年まえ、それからバビロン、ニネヴェ、カシミール、イラン。シナは最初のコロニー以来であり、これは殷の国の中心地から江南の渓谷下流に移住してきた」。ゆえに彼が出発するのは、人類の始祖としての唯一のペアという旧約聖書的前提からではなく、ただちにいくつもの種族と文化の拠点からである。特にそれはエジプト人、シナ人、インド人であるが、後世への影響という点で、ギリシア人およびローマ人と比べ対外的な発展性に欠けていた。

「ギリシア人とローマ人の精神的形成はもちろん、その始まりからいえば、エジプト人、シナ人、インド人の文化と比べるとひじょうに新しいと呼ばなければならない。しかし彼らに外部から、オリエントと南方から流れ込んできたものは、彼ら自身つくり出し加工したものと一緒に、世界的出来事のあらゆる変転と大量の移民による異質の混合にもかかわらず、間断なくヨーロッパの土地へ移植された。何千年もまえに多くのことを先に知っていたいろいろな地方においては、すべてを暗くする野蛮が再び襲ってきたか、古い礼節の保存と牢固たる煩雑な国家制度の維持（シナにおけるように）とならんで、学問と生業の技術における進歩はきわめて僅かであった」。フンボルトによれば、「文化は、エジプト以前の本拠地においてティグリス＝ユーフラテス河に、インドではペンタポタミア（五河地方）に、シナでは豊かな河川地帯に呪縛されていて、〔海上民族〕フェニキアとギリシアにおけるようではなかった」。シナの河川地帯で黄河と揚子江が含意されているのは自明であり、その地域全体は巨大であった。

「ローマ国家は皇帝たちのもとでの君主制政体の形でも、その面積の観点から眺めると、絶対的大きさの点で秦の始皇帝と漢王朝（紀元前二二一年から紀元二二〇年まで）のもとでのシナの世界支配、ジンギスカーンのもとでのモンゴルの世界支配、現在のヨーロッパ＝アジア・ロシア帝国の版図に凌駕されていた」。そのうえ「遠隔のシナから生じたさまざまな動きは、長い期間でなかったにしても、嵐のように迅速に、長大な距離にわたる国土の政治情勢を変えた。この国土は火山性の天山山脈と北チベットの崑崙山脈のあいだに連なっている。シナのある軍事勢力が匈奴に攻め寄せ、コータンとカシュガールの小国に地代支払い義務を負わせ、その戦果赫々たる武力をカスピ海の東海岸まで広げた。それは漢王朝明帝のもとでのパンチャブ将軍の大探検旅行であった。それはヴェスパジアン帝とドミティアーヌス帝の時代に当たる。シナの著述家たちは、大胆不敵な将軍にもっと大きな計画があったとしている。彼らの主張によれば、将軍はローマ人の帝国を攻撃しようとしたが、ペルシア人が彼を思いとどまらせたとのことである」。

民族大移動の方向が新大陸において北から南へであったのに対し、それはアジアにおいて東から西へであった。「遠く東のアジアで遍歴する諸民族の流れは、紀元前何世紀もまえに動き始めていた。移動の最初のきっかけを与えたのは、ブロンドで青い眼の、恐らくインドゲルマン民族のウジュン人に対する匈奴の襲撃であった。その民族はトカラ人（ゲーテン人？）に隣接して北西シナの黄河上流渓谷に住んでいた。破壊的な諸民族の流れは、匈奴に対して（紀元前二一四年）築かれた万里の長城から西ヨーロッパまで増大して、天山山脈の北の中央アジアを通って移動した」。モンゴル人のシナへの侵入はたしかにオクスス（アムール河）経由の交通を妨げた。しかしアラビア人のインドとシナとの多くの結びつきにより、アジアの知識の重要な部分がヨーロッパに達していた。

反対方向の一例は、マルクス・アウレリウス・アントニウス（漢王朝の歴史家たちのもとでアントゥンと呼ばれている）のもとでローマの国使たちがシナの宮廷に現われたことである。彼らは海路トンキンを経由して来た。「われわれがここで、ローマ帝国のシナおよびインドとの広範囲の交流を表示するのは、恐らくこの交流により両国へ、およそ紀元一世紀頃に、ギリシア圏、ギリシアの黄道十二宮、天文学惑星週の知見が広められたと思うからである」。また、モンテ・カッシーノとサレルノにおけるベネディクト派修道院学校の手本の一つであったメソポタミアのエデッサの医学校が、イザウリア人ゼノのもとでキリスト教のファナティズムにより廃止されたとき、「景教徒はペルシアに行って分散し、やがて政治的に重要性を獲得し、クズィスタンのズォンディサプールに新しい医学研究施設を設立して成果をあげた。彼らは自分たちの知見と信仰を七世紀の半ばに唐王朝のシナまで広めることに成功した。仏教がインドから入ってきてから五七二年後のことである」。

アジアの植生全般についてフンボルトは、シーボルトの日本研究をとおしてかなりの知見を得ていた。シーボルトの情報により、彼には植物の分布に反映されるアジアの文化的相関関係さえ知られていた。「当時、たぶん五百年以上もまえに、シナ、インド奥地、日本の住民たちは多種多様な形態の植物を知悉していた。仏教のさまざまな施設はたがいに緊密な関係を維持していたので、この点においても影響を及ぼしていた。寺院・僧院・墓所は庭園施設に取り囲まれ、これらは外国の樹木と色とりどりの、さまざまな形をした草花の花壇で飾られていた。インドの植物は早くからシナ、朝鮮、日本へ広められた。あらゆる日本事情のきわめて包括的な概観を供給してくれるシーボルトの著作は、遠く離れた仏教諸国の植物界が混合する原因に初めて注意を促した」。

もとよりフンボルトは、古代ギリシア・ローマの文献を含めたヨーロッパ文学にはるかに精通している。彼はいわゆるインド・ゲルマン文学の枠内で、インド文献における自然描写の分野にまで深く入っていこうとした。なぜなら、兄その他のサンスクリット学者たちから手ほどきを受けていたので、彼はかつてベルリン公開講義において行なったように、「たびたび現われる生きいきした自然感情がインド詩歌の記述的部分にいかに織り込まれているかを」個別に実例にもとづき説明しようと思ったのである。そのうえ彼は、「アーリアあるいはインド・ゲルマン種族であるインド人およびペルシア人と著しい対照をなしている〔小〕アジア諸民族をも」一瞥しようとする。しかしながら、これら東西アーリア人のあと詳しく考察されるのは、とりわけセム語系あるいはアラメア語の国民、ゆえにヘブライ文学とアラビア文学であって、唐詩選の自然詩伝統のある東洋の中国文学はもはや取り扱われない。ほんらい彼は洋の東西を問わず「生きいきとした自然感情とその表白形式が、人種の違い、土地の形態に特有の影響、国家の政治体制と宗教的気分に依存しているように見える」ことを考察しようとしたのである。

それに代わりフンボルトがより一層念入りに考察するのはシナにおける造園術である。「自然感情は植物界の聖化された対象を選び出し、入念に手入れすることに言い表わされたが、それはさらに生きいきと多様に、早くから陶冶された東アジアの諸民族の庭園施設において明示された。旧大陸の最も遠い部分において、シナの庭園は、現在われわれがイギリス公園と呼びならわしているものに最も近づいたように見える」。漢王朝のもとで自由闊達な庭園施設は何マイルもの範囲にわたっていたため、農耕がそれらにより脅かされ、民衆が反乱に駆り立てられたほどであると言われる。そして彼は昔のシナの著述家、劉秀を引用して、ジョージ・スタウントン卿が万里の長城の北にある皇帝のチェホル大庭園についてわれわれに与えてくれた記述は、劉秀のさまざまな指図に合っていると指摘している。

「人々は遊園の楽しみの中に何を求めているのだろうか。あらゆる世紀の一致した意見は、人間のほんらい最も楽しい滞在である自由闊達な自然の中の生活から離れていることにより奪われるあらゆる優美なものの埋め合わせを、植物栽培がやってくれることである。ゆえに、造園術の努力は、(眺望)の明朗さ、繁茂する成長、木陰、孤独、安らぎを一致和合させ、田園の眺めにより五官が欺かれるようにすることである。自由闊達な風景の主要な利点である多様性は、それゆえ、土地の選択、丘陵と渓谷、小川と水草に覆われた湖沼の連なる変化に求められなければならない。あらゆるシンメトリーはうんざりする。倦怠と退屈が生みだされるのは、どの施設も強制と技巧を露呈するような庭園のなかである」。

『コスモス』における中国関係の叙述における頂点をなしているのは、乾隆帝が十八世紀半ばに大きな自然詩を書いたことに言及されている箇所である。

「前世紀の半ばに、乾隆帝がかつての満州の首都奉天と祖先の墓所を讃えようとした、大きな記述的詩文が書かれた。そこでも言い表わされているのは、自由闊達な、芸術により部分的に美化されただけの自然に対する深く心に感じた愛である。詩的な支配者は、爽快そのものの牧草地、森に飾られた丘陵、平和な人家の光景を、目に見えるような描写で祖先の墓所の厳粛な情景と融合させるすべを心得ている。孔子の定めた儀式にのっとり彼の祖先に捧げる生贄、逝去した先君たちと戦士たちへの敬虔な追憶は、この注目すべき詩文のほんらいの目的である。野生の植物と野に住む動物たちを長々と列挙することは、すべて教示的叙述と同様つまらない。しかし全構図に特有の性格を付与しているのは、いわば絵画の背景としてのみ役立っている風景の感性的印象が、観念世界の崇高な客体、さまざまな宗教的義務、歴史的な大事件への言及と織りあわされていることである。山々を聖化するシナ人の民族性に導かれて乾隆帝は、無機的自然の相貌を綿密に叙述する。ギリシア人とローマ人はそれに対しなんのセンスもなかった。個々の樹木の造形、その文枝法、枝ぶりの方向、その葉の形は特別な愛着をもって取り扱われている」。

これに対し、ドイツ文学さえ軽視したフリードリヒ大王の時代に、ドイツでシナ文学に対する関心はまだほとんど見出されなかったようである。しかし、フンボルトはここで七世紀半さらに歴史を遡り、有名な政治家司馬光の庭園詩をあえて追憶する。この詩が記述している庭園施設にはもちろん、昔のイタリアにおけるローマ郊外ティヴォリの別荘地帯のように、部分的にいろいろな建物がひしめいている。しかしこの大臣は、岩の間にあり高いモミの木に囲まれた隠者の庵をも歌っている。彼が褒め称えているのは、多くの船の行き交う黄河と思われる広々とした大河への眺望である。彼はまた友人たちの訪問を恐れない。彼らは自分の詩を彼に読んで聞かせるが、彼自身の詩にも耳を傾けるからである。司馬光がこの詩を書いたのは一〇八六年前後である。その頃、ドイツにおいて詩歌は粗野な聖職者たちの手にあり、祖国の中世ドイツ語で記されることさえなかったのである。

磁石の発見と羅針盤

『コスモス』第一巻の「自然絵画」において特別な意義を有しているのは、河川の方位測定との関連で、中国における初期からのコンパス（羅針盤）の使用が他の諸民族に勝る科学的長所として詳述されていることである。それは『自然の諸相』においてフンボルトによりすでに称揚されていたが、西洋の諸民族のもとで、自然の鉄磁石の牽引力に関する知見そのものはきわめて古くからあるように見える。たとえばローマ時代のプリニウスは、タ—レスのイオニア派自然哲学の意味で「摩擦と熱により生気づけられると、（ベルンシュタインの）電気は内皮と枯葉を引きつける、磁石が鉄を牽引するのと全く同じだ」といっている。しかしはるか以前に、ほとんど同じ言葉で、シナの自然哲学者クオフォが磁石を讃美しており、「磁針の復元力、その地磁気との関係に関する知見はアジアの極東、シナ人にのみ特有であった。紀元一〇〇〇年以上まえ、コドロスとヘラクレスの子孫たちのペロポネソスへの帰還という暗闇の時代に、シナ人たちは磁石指南車を持っていた。その上に取り付けられた人形の動く腕は絶えず南を指していて、彼らは中央アジアの果てしない大草原を通る陸路を確実に見出すことができた。そればかりでなく、紀元三世紀に、ゆえにヨーロッパの海洋に羅針盤が導入される少なくとも七〇〇年まえに、シナの船舶はインド洋を磁石による南方指示に従い航海していたのである」。この長い伝統にもとづくと思われるのは、一八二八年いらい地球がカナダのトロントと喜望峰岬と（タスマニアの）ヴァン・ディエメンスランドまで、フンボルトの提案によりパリから北京まで地磁気観測網で覆われていることである。

「もとより絶対的大きさの点で、ローマ国家は皇帝たちのもとでの君主政体の形でも、その面積の観点から眺めると、秦の始皇帝と漢王朝（紀元前二二一年から紀元二二〇年まで）のもとでのシナの世界支配、ジンギスカーンのもとでのモンゴルの世界支配、現在のヨーロッパ＝アジア・ロシア帝国の版図に凌駕されていた。しかしスペインの君主国が新大陸に広がっていた限り、これを唯一除いて、オクタヴィアヌス帝とコンスタンティヌス大帝までのローマ帝国におけるより気候・肥沃・

地理的位置により恵まれた大きな国土が一つの王笏のもとで結合されたことはなかった」。しかしながら、シナの地理学者たちにギリシアとローマに先んずる大きな利益をもたらした「磁石専用車」の存在は、フンボルトにとり歴史的に極めて目立っていた。ゆえにこの事実は、第二巻の主要部分である「自然学的世界観の歴史」において二度も繰り返されている。

まず、ローマのアウグストゥス帝のもとで帝国全体の測量が始められ、プトレマイオスの世界地図が刊行された頃、「遠いアジアの教養あるシナ人のもとではすでに、帝国の西の諸州が四十四に区分して記載されていた」。そしてプトレマイオスの綜合地理学が有していたあらゆる長所にもかかわらず、「磁針の北方位をまったく知らなかったので、すなわち、プトレマイオスより一二五〇年前にすでにシナ皇帝誠王の磁石車の仕掛けに道程測定器とならんで取り付けられていた羅針盤を使用していないので、ギリシア人とローマ人のもとでは、詳細な道程調査は方位不確定のため（子午線との角度）最高に不確実であった」。なおシナの歴史において、ヨーロッパにおけるような北への指示は実際問題としてまだあまり重要ではなかった。

次に十五世紀の大航海時代に関する項目において、羅針盤の使用とその全世界における普及の歴史が詳述されるとき、シナにおけるその発明が改めて強調される。中国有数の海将鄭和の活躍に言及されていないとはいえ、大航海時代のために羅針盤発明の重要性は、いかに高く評価されてもそれに過ぎることはない。空間関係のしだいに発展してくる知見がさまざまな航路の短縮を考えるよう促すにつれ、また数学と天文学の適用により、新しい測定機器の発明と、磁力をより巧みに利用することにより、実践的航海術を改善する手段も急速に成長してきたのである。

「磁石の南北の指示、すなわち航海用羅針盤の使用をヨーロッパは恐らくアラビア人に負っており、アラビア人はまたこれをシナ人に負っている。あるシナの著作の中で（紀元前二世紀前半の著述家 Szumathsian の歴史的 Szuk の中で）磁石車のことが言及されている。これらを古い周王朝の誠王が九百年もまえにトンキンと安南の使節たちに贈り、陸上の帰路の道を間違えないようにしたのである。紀元三世紀、唐王朝時代に、Hiutschin の辞書 Schuewen に、ある一定の摩擦により鉄棒に一方の端が南に向く性質を付与するやり方が記述されている。当地の航海における普通の方向のため、いつもとりわけ南の指示が言及されている。百年後も、晋王朝のもとで、シナの船は外洋での航海を安全に導くため、それを利用している。これらの船によりコンパスの知見はインドへ、そこからアフリカの東海岸へ広められた」。

キリスト教的ヨーロッパにおいて、磁針の使用について周知のこととして語られたのは、最初一一九〇年、ギュオー・フォン・プロヴァンの政治諷刺的詩 la Bible においてであり、次に一二〇四年と一二一五年の間、プトレメの司教ヤーコプ・フォン・ヴィトリーによるパレスティナの記述においてである。こうしてヨーロッパでは十五世紀末に、アジアの香料の国々へ導く最短距離の道を求める熱望が生じ、ほとんど同時にイタリアのふたりの才気煥発な人物、航海者クリストフ・コロンブスと天文学者パウロ・トスカネリのうちに、オリエントにアフリカ南端喜望峰からの東回りではなく、西方への航海により到達しようという着想が芽生えてきた。そしてプトレマイオスが『アルマゲスト』で提起した見解、すなわち「旧大陸がイベリア半島の西海岸から東のジーネン（シナ）まで一八〇赤道経度の空間、すなわち西から東への拡張に従えば、地球回転楕円体の半分全体を占める」という見方が有力となってきた。「きわめて真実らしく見えるのは、アラビア人あるいは一〇九六年から一二七〇年までオリエントと接触のあった十字軍士たちが、シナとインドの羅針盤の使用を広めながら、同時に当時もすでに異なったさまざまの方位における北東と北西指示に、とっくに認識された現象として注意を促したことである。シナの『ペントサオヤン』は、一一一一年と一一一七年のあいだに宋王朝のもとで書かれたのであるが、われわれがそれから確実に知っているのは、当時すでに西偏差量を測定することを理解していたことである」。

ゆえにフンボルトとともに言えることは、結局、コロンブスがアゾレス島子午線の西のまだまったく探究されていない海を船で横切り、位置を規定するため新たに改良された観測儀を適用しながら、西への途上アジア東部を向こう見ずの冒険者として探し求めたのではなかったということである。彼はそれを前もって考えた確固たる計画に従って探し求めていたのである。もちろん彼は、乗船のさい海図を携えており、これは一四七七年にトスカネリがフィレンツェから彼に送っていたものであった。「ところでコロンブスが彼の助言者トスカネリの地図にだけ従っていたならば、彼はリスボンの平行圏、北方のコースに進路を保っていたことであろう。これに反し彼は、ジパング（日本）により速く到着したいという希望から、道程の半分でカナリア諸島の島ゴメラの緯度に舵をとり、のちに緯度を下げて彼は一四九二年十月七日に北緯二五・五度にいた。ジパングの海岸を航路計算によれば彼はすでに二一六海里東のほうに見出すべきであったが、それを発見できない不安から、長い争いののちカラヴェレ・ピンタ号の指揮官マルティン・アロンソ・ピンソン（彼に敵意をもっていた裕福な勢力の大きな三人兄弟のひとり）に譲歩し、南西に舵を切った。この方向変更により、彼は十月十二日、グアナハニ〔ワトリング島〕の発見に導かれた」のである。

ゆえにコロンブスは意図的にはシナあるいはジパングを求めて航海し、偶然、アメリカ大陸に到着したのである。また、ヘラクレス的磁石の鉄に対する作用、またプリニウスが言うように、熱と摩擦により活性化された琥珀の干し草に対する牽引力に関する、アナロジーにもとづくこのような暗い予感はあらゆる時代、あらゆる部族、イオニアの自然哲学、シナの自然学者たちにもあった。ところが、「磁気学の父」ウィリアム・ギルバート（一五四〇―一六〇三）の時代に至り、地球そのものが一つの磁石であるという生産的な理論へ発展される。まことに「ここでわれわれは、ある考察に留まらなければならない。それが明らかにしているのは、小さな出来事の不思議な連鎖と、このような連鎖が大きな世界史に及ぼす見誤ることのできない大きな影響である。功績あるワシントン・アーヴィングがいみじくも主張しているように、もしコロンブスがマルティン・アロンソ・ピンソンの忠言に逆らって西へ航海を続けたならば、暖かい湾岸海流に入り込み、フロリダと、そこから多分ハタラス岬とヴァージニアへ導かれたことであろう。これが計り知れない重要性のある状況であることは、それが現在のアメリカ合衆国に、あとから到着したプロテスタント系イギリスの住民の代わりにカトリック系スペインの住民を与えることになったかもしれないからである」。

そのうえフンボルト自身が力説しているように、コロンブスの発見した新大陸が同時代者のアメリゴ・ヴェスプッチの名前を取ってアメリカと呼ばれるようになったのは、歴史の偶然にすぎない。フンボルトの文献学的考証によれば、厳密には南西ドイツ・フライブルクの地理学者ワルトゼーミュラーが、すでに一五〇七年、アフリカとの音声的類似性から新大陸のために最初にアメリカという呼称を用いていたのである。「ジェノヴァ出身航海者（コロンブス）の勇気は、これら（ルネサンス以来）の運命的なできごとの無限の連鎖における最初の環である。欺瞞や策略ではなく偶然が、アメリカ大陸からコロンブスの名を奪ってしまった。半世紀来の通商交通と航海の改善によりヨーロッパに近づけられ、新大陸は種々の政治制度、東において大西洋の外見的にますます狭くなる海溝を限っている諸民族のさまざまな観念と趣味傾向に重要な影響を及ぼした」のである。

結語

自然がその公然の秘密を明らかにし始めた人は、その最も尊敬すべき解釈者である芸術に逆らいがたい憧れを感じる。

（ゲーテ『箴言と省察』から）

周知のように、古代ギリシア人が自然について思弁をめぐらし始めたのは非常に早かった。しかし、それはエーゲ海の島々の狭隘な都市国家においてであった。彼らの政治的争いは、マケドニアのアレクサンドロス大王とペルシア王ダリウス三世が雌雄を決した小アジアにおける戦いと比べると蝸牛角上の争いであった。他方で地中海かなたのヨーロッパ大陸ではアルプス山脈は何万年もまえから存在していた。しかしスイス人が自国のアルプスの美を発見したのは、ようやく十八世紀の前半であった。「ヘラクレスの柱」（ジブラルタル海峡）をこえ大西洋のかなたへ広がっていった古代ギリシア人の自然学と比べると、古典古代の美術作品や建築物の美の本質について考察をめぐらす広義の芸術学、まして哲学的美学が始まったのは、ドイツにおいて啓蒙哲学者クリスティアン・ヴォルフの弟子アレクサンダー・G・バウムガルテン（一七一四—六二）以後であった。同時期にベルリン在住のスイス人ヨハン・G・ズルツァー（一七二〇—七九）は、『芸術の一般理論』全四巻（一七七一―七四）においてようやく知情意の三つのカテゴリーを分離し、美を情にもとづくとした。

　では中近東と異なる文化共同体としてのヨーロッパが、ヨーロッパ人によって発見されたのはいつからであろうか。ローマ人はヨーロッパ大陸の版図にすでに世界帝国を築き上げ、それがテオドシウス大帝のもと三九五年以後東西に分裂したあと、中世盛期には西ローマの領域に神聖ローマ帝国が成立していた。しかし、これはドイツ語圏諸国のゆるやかな連合組織であって、その後、フランス・イギリス・スペインその他、北欧諸国とロシア周辺にも多くの王国が群雄割拠していた。中世騎士の姿は、その二人の象徴的随伴者とともに、デューラーの有名な銅版画「騎士・死・悪魔」（口絵裏）に代表的に描かれている。西欧において、一八〇四年にナポレオンが教皇の承認のもとにフランス皇帝を名乗ったものの十年で没落し、彼により神聖ローマ帝国が一八〇六年に解体されるとプロイセンとオーストリアの覇権争いとなった。プロイセンの勝利後は、ヨーロッパ各地でナショナリズムが激化し、一八七一年にプロイセン王ヴィルヘルム二世がパリでみずからドイツ皇帝に即位した。このローマ教皇に戴冠されない第二のドイツ帝国のあと、同様に第三帝国を僭称したのが無冠のヒトラーである。以後、クーデンホーフ＝カレルギーが夢見たヨーロッパ連合EUが発足するまで、ヨーロッパ人によるヨーロッパのためのヨーロッパは地政学的な意味で存在しなかったということができる。

　もちろん、地理学的なヨーロッパが存在していた限り、少なくとも文化的なヨーロッパ人意識を持った個々の知識人あるいは民族はいつの時代にも存在していた。ドイツ・ロマン派の代表的詩人ノヴァーリスは、「キリスト教世界すなわちヨーロッパ」という非現実的な中世ヨーロッパ像を思い描いた。しかし宗教改革と三十年戦争（一六一八―四八年）以後、近代ヨーロッパは政治的だけではなく、内面的に深く分裂していた。なぜなら、かつてヨーロッパ人の宗教的絆であったキリスト教そのものが分裂しているからである。第二次世界大戦後「ヨーロッパ人ゲーテ」が強調されるなか、一九九九年には詩人の生誕二百五十周年の機会にイタリア・フランス・ドイツ共同企画の展示会「ゲーテが見たヨーロッパ」が開催され、五百ページをこえる大型のカタログ本がデュッセルドルフのゲーテ博物館から出版された。しかしEUが成立したあとでも、ブリュッセル二〇〇四年十月二十九日付のヨーロッパ憲章は、フランスとオランダにおいて国民投票により否決されている。それればかりでなく、二〇一六年六月にはイギリスが国民投票によりEUからの離脱を決定してしまった。もともとユーロの導入を拒否していたとはいえ、イギリス人の欧州連合からの脱退は、ベルリンの壁崩壊とならぶヨーロッパ現代史の決定的に重大な出来事とみなされる。

しかしながら、まさに国家社会主義の第三帝国時代に、非常に注目すべき現象が出版界に見出される。ハンブルクで「精神的ヨーロッパ」という叢書が「ヨーロッパ諸国の精神的関係についての書物」のために下記のような趣旨で創始されたのである。「この叢書の中で、ヨーロッパのさまざまな文化国家の精神的相互関係がその基本的評価を見出す。学問的に明瞭な姿勢で、江湖の読者に理解しやすい読みやすい形で、これらの文化関係は、文学・音楽・造形美術・哲学・自然科学の領域で有名な人物たちの業績にもとづいて叙述される。この叢書の意図と課題は、三つの命題で標語的に表現される。ドイツ文化は西欧文化の本質的な一構成要素であり、きわめて大きな精神的影響力を有している。さまざまなヨーロッパ文化は、ギヴ・アンド・テイクの絶えざる交流のうちに発展している。諸国は理解し合うまえに、自分のことをよく理解しなければならない」。ある評者によれば、「価値ある作品を認め合うことは対決を避けることを意味してはならない。それはむしろ率先して対決する根拠である。本叢書の諸書の導きによろこんで従いたいと思うのは、著者たちが自分の課題に対して充分かつ多面的な権能を有している」からである。

こうして一九四〇年に自然科学の啓蒙書として刊行されたのが、後世においてナチス文学史の著者として黙殺されているワルター・リンデンの著書『アレクサンダー・フォン・フンボルト――自然科学の世界像』である。その結語にはなるほど次のようにいわれている。「一九三九年から四〇年にかけての年頭に、大砲の爆音の轟くなかドイツ帝国最初の研究調査船が進水した。その名称〈アレクサンダー・フォン・フンボルト号〉は科学に最高のランクをもたらした人物の名である。すなわち、それは躍動する芸術性を科学的志操堅固と合一し、人間性を促進し諸民族を結びつける力、永遠に刷新される生への信念を告知するものとなるのである」。しかし最初の文章は一九四八年の再版においてさすがに削除され、フンボルト研究の権威であるハンノー・ベックは、「それ以外は注目にあたいする本」と高く評価している。実際、それは国家主義的イデオロギーなどの入る余地のない優れたフンボルト研究書なのである。

それは既刊の書名を列記するだけでも、明瞭に窺い知ることができる。「ジョットーとユヴァラ（建築家）」「エラスムス・フォン・ロッテルダム」「ライプニッツのパリ通信」「パリの音楽生活におけるベートーヴェンとワーグナー」「フリードリヒ・ニーチェとフランス精神」「オーギュスト・ロダンの遺産」「ルドルフ・フィルヒョウ――科学と世界形成」。第一巻の著者は叢書の刊行者で美術史家のA・E・ブリンクマンで、『諸国民の精神――イタリア人・フランス人・ドイツ人』を著している。それについて、あるハンガリー人は書いている。「ブリンクマンの輝かしい、そればかりでなく感動的な書物は、好意ある読者を、ヨーロッパ諸国の二千年にわたる協力関係の理解の高みへ導いてくれる。本書の刺激的かつ興味深い諸章が指し示しているのは、多種多様に織り合わされたヨーロッパ文化の世界である。この文化の意味と本質は、何世紀来、諸民族と諸国の兄弟的協力関係および諸種族の自己主張をも意味している」。また『ヨーロッパ・レヴュー』誌は下記のような書評を掲載している。

「外国の文物に対するさまざまな形の尊敬の念がかつて、『諸国民の精神』におけるほど寛大かつ遺憾なく発揮されたことはほとんどない。この美術史家は、みずから言うように本当に、〈ドイツ人としてまたヨーロッパ人として〉書いたのである。ヨーロッパ的目標の輪郭が描かれているのは、〈自由であることはしかし、さまざまな拘束を承認することである――この倫理的高みに個々の人間が例外的に、しかし諸民族が達したことは恐らく決してなかった〉という文章である。絶えず感じられるのは、究極の共通の精神的関心事に対する最高の責任感で、それはある種のフランス人批評家がドイツ芸術について精神的に短絡的に判断するのをブリンクマンが激しく明言するところでまさにそうである」。

ナチズムとヨーロッパの関係はもとより複雑であって、ここに表明されている見方は一時的な日和見主義であったかもしれない。またその後の展開が不明なある文化的現象から特定の時代傾向を即断することはできない。とくにワルター・リンデンの場合、彼の明らかに民族主義的なドイツ文学史と世界主義的なフンボルト啓蒙書が同一人格の中でどのように両立していたのか、それを判断する戦後の資料はまったくない。そのうえ彼は、もっともポピュラーなゲーテ伝の一つであるアルベルト・ビルショフスキ『ゲーテ——その生涯と作品』の原著（一八九五—一九〇三）を一九二八年に改訂し、これが我が国において高橋義孝・佐藤正樹訳として豪華な決定版（岩波書店、一九九六年）になっている。ビルショフスキがユダヤ系ドイツ人であっただけに、第三帝国においては微妙な問題である。協力した二番目の訳者も後記において「たとえば最後の章『最晩年と終焉』を読むと、ビルショフスキのゲーテに対する敬虔な態度が熱狂的ともいうべきゲーテ讃美にまで高められ、さらに原著以上に『ゲルマン民族』と『ゲルマン精神』が強調されるのを目の辺りにするとき、わたしたちはやや困惑する」と率直に感想を述べ、「本書が批判的に読まれるべきことを」指摘している。

ドイツ文化がゲルマンの民族性を自然的基盤にし、キリスト教により精神的に教化され、アンティーケの文化により洗練されたことはドイツ文学史の常識である。しかしヨーロッパにはローマのいわば直系の後継者であるロマンス系の諸民族も、イギリスのように中間的立場の民族もいる。中世末期からフランスとドイツが対立、まして反目するようになると、ドイツはキリスト教よりもむしろアンティーケに直接文化的洗練の源泉を求めるようになるが、これがまさにギリシアとローマから成り立っているため、フランス経由のローマではなく始原のギリシア一辺倒にならざるをえない。哲学者もソクラテス以前でなければならない。しかし北方のゲルマニアと古代ギリシア（ヘラス）では地理的に離れすぎているため、ドイツをギリシアと直結させるため考え出されたのが、仲介概念としての仮説的アーリア人種あるいはインド・ヨーロッパ語（印欧語）という祖語である。

もともとナチズムとは関係のなかったこの概念はしかし、第三帝国において政治的に濫用された。その結果がワルター・リンデンにおいて垣間見られるようなゲルマン主義であり、その代表者としての極端なゲーテ讃美である。『ファウスト』第一部「(ロマン的)ワルプルギスの夜」と第二部「古典的ワルプルギスの夜」の対比がその手がかりを与えることになった。自国のファウストは地獄に堕ちるいかがわしい魔術師であったため、ほんらい北欧伝説の王子ジークフリートが新しいドイツの英雄になるべきであった。これが失敗に終わったとき、ファウストはできるだけ理想的な人間に様式化されなければならなかった。またフランス古典主義に対し、イギリスのシェイクスピアがことさら称揚されなければならなかった。ところが、最後の著書『昨日の世界』を「一ヨーロッパ人の追憶」として書いたゲーテのよき理解者シュテファン・ツヴァイクは、ブラジル亡命中に自殺して果てたのである。

しかしながら、このようなことはドイツにおけるゲーテ受容史という専門的な文芸学的問題である。上述の精神的ヨーロッパの発見という視点から、またそのアジアへの適用という観点から見るとより重要なのは、ヨーロッパ人のアンティーケ探究と同様に、日本人は自分の文化的ルーツないしアイデンティティーをいかに再発見すべきかということである。ここでも、基本的な精神史的状況はドイツ文化におけるように明確であると思われる。それは神道的自然宗教、漢字文化(儒教・仏教)、近代西洋文化の三つである。第一のものは日本人の風俗習慣そのものなので贅言を要しない。第二のものは、中国との三千年の歴史的関係にもかかわらず、現地へ行ってみると、あまりにもまだ多くのことが知られていないような気がする。それは古典的中国・近代的中国・現代中国という三つの異なった歴史的様相だけではない。とくに現代における古典文化の伝統と急激な刷新のダイナミズムとのせめぎ合いの実態が具体的によく理解できていないのである。まして韓国における儒教と仏教の伝統はほとんど把握されていないように思われる。とりわけ、四〇五年百済の博士王仁が『論語』と『千字文』を伝え（韓日文化親善協会編「博士王仁と日本文化」二〇〇二年）、五三八年に仏教が百済より公伝された事実は、百済観音の存在やその後の新羅からの仏教伝来にもかかわらず日本史で『古事記』以来あまり重視されていないように見受けられる。最後に第三のわが国における近代西洋文化の摂取は、蘭学より先にキリシタン文学において翻訳されたラテン語のテクストで始めるだけでなく、キリスト教アリウス派の景教宣教師たちにより漢訳され、江戸時代に輸入されたかもしれない西洋知識も探索される必要がある。無論、これらの夢想にちかい文献学的研究は個人の学問的能力を超えており、共同研究によらなければとうてい成就されえない。しかし、その研究はシルクロード経由の目に見える事物による文化交流に劣らず意義深いと思われるのである。

木村直司（きむら なおじ）
1934年札幌生まれ。1965年ミュンヘン大学 Dr. phil.
現在，上智大学名誉教授，ドイツ文芸アカデミー通信会員，ウィーン文化科学研究所（INST）副会長。
著訳書：
『ヘルダー言語起源論』（大修館書店，1972年）
『ゲーテ研究――ゲーテの多面的人間像』（南窓社，1976年）
『続ゲーテ研究――ドイツ古典主義の一系譜』（南窓社，1983年）
『ゲーテ研究余滴――ドイツ文学とキリスト教的西欧の伝統』（南窓社，1985年）
『ドイツ精神の探求――ゲーテ研究の精神史的文脈』（南窓社，1993年）
『ゲーテ色彩論』（ちくま学芸文庫，2001年）その他。
『ドイツ・ヒューマニズムの原点――欧州連合の精神史的背景』（南窓社，2005年）
『ドナウの古都レーゲンスブルク』（NTT 出版，2007年）
『ゲーテ・スイス紀行』（ちくま学芸文庫，2011年）
『フンボルト自然の諸相』（ちくま学芸文庫，2012年）
『ソフィアの学窓』（南窓社，2013年）
『屋根裏のコックピット』（南窓社，2015年）
『イザールアテンの心象風景』（南窓社，2016年）
Goethes Wortgebrauch zur Dichtungstheorie im Briefwechsel mit Schiller und in den Gesprächen mit Eckermann. Max Hueber Verlag, München 1965.
Jenseits von Weimar. Goethes Weg zum Fernen Osten. Peter Lang Verlag, Bern 1997.
Der „Ferne Westen" Japan. Zehn Kapitel über Mythos und Geschichte Japans. Röhrig Universitäts-Verlag. St. Ingbert 2003.
Der ost-westliche Goethe. Deutsche Sprachkultur in Japan. Peter Lang Verlag, Bern 2006.

ロゴスの彩られた反映
二〇一六年十月三十一日発行
著者 木村直司
発行者 岸村正路
発行所 株式会社 南窓社
東京都千代田区西神田二―四―六
電話(〇三)三二六一―七六一七
FAX(〇三)三二六一―七六二三
E-mail nanso@nn.iij4u.or.jp

ISBN 978-4-8165-0436-5